Дневник Майдана

アンドレイ・クルコフ

ウクライナ日記

国民的作家が綴った
祖国激動の155日

Андрей
Курков

吉岡ゆき 訳　集英社

ウクライナ情勢入門　池上彰

二〇一三年に「マイダン革命」が起きたウクライナは、日本から西へ約八〇〇〇キロメートルの位置にあります。周りを囲むのは、東がロシア、西にポーランド、南が黒海その先にトルコ、北はベラルーシといった国々です。国土は約六〇万平方キロメートルで、日本の約一・六倍、ヨーロッパではフランスに次ぐ面積を有します。国の中央にはドニエプル川が北から南東へ大きくうねりながら縦断し、黒海へ注ぎ込んでいます。その中流域にある首都のキエフは東欧で最も古い都市の一つです。

一帯は古くから豊かな穀倉地帯で、上下二分割でデザインされた国旗は、上の青色が空を、下の黄色が麦畑をあらわしています。ソビエト連邦に属していた頃は「ソビエトのパン籠」とも呼ばれていました。地政学的にいくつもの文化の狭間に位置することから、これまで幾度となく周辺国から侵略を繰り返されてきた歴史を持ちます。

アジアの東からすると、どうしても遠い国に感じられてしまいますが、ひとたびその歴史を振り返ると、二〇一三年に表面化した、終わりの見えないウクライナ問題を軽視してはいられないことがわかってきます。

それとともに、一連の出来事を見ていくと、一つの国で民主的な政治が達成され、維持されることの困難さをまざまざと思い知らされます。

＊

九世紀末、現在のウクライナのあたりに、東スラブ民族によるキエフ・ルーシ大公国が形成されました。これは現在の首都でもあるキエフを中心に繁栄した国で、歴史的にウクライナとロシア両国のルーツであるとされています。

これが十二世紀に約十五の公国に分裂、つづく十三世紀にモンゴル帝国の侵略を受けてなくなります。一帯は周辺の国々に支配され、独自の国家が存在しない時代がつづきます。やがてこの地に勢力を張っていたコサックの自治によるヘーチマン国家が興るものの、十七世紀になって東部が帝政ロシアに吸収されてしまい、西部はポーランドの支配下に置かれるようになります。

一九一七年、ロシア革命が起き、帝政ロシアが解体します。これを機に「ウクライナ」の名での独立運動が大きく高まります。ところが、すぐにソビエト連邦が形成され、その構成国に組み込まれました。ふたたび雌伏のときがつづきます。スターリンの農業集団化と強制移住政策によって、一九三二年から一九三三年にかけて大飢饉に見舞われました。少なく見積もっても四〇〇万人以上の人々が亡くなったといわれています（二〇〇六年、ウクライナ議会はこれをホロドモール＝人工的な飢餓、ジェノサイドと認定しました）。

第二次世界大戦時には、独ソのポーランド分割で、ポーランド東部がソ連に吸収されます。これによりガリツィア地方などがウクライナに戻ります。一九五四年、当時のソ連共産党書記長フルシチョフが、友好の証として、黒海に面するクリミア半島の帰属をウクライナに移管します。このときからクリミアはウクライナの領土となりました。

二十世紀後半は、ソ連のなかで重工業と農業を主産業とした社会主義国家として進みます。そうしたなか、一九八六年にチェルノブイリ原発事故が起きました。国民の健康被害、土壌や水質資源の汚染といった災禍に加えて、原子炉の封じ込めに費やす支出が国家予算を大きく圧迫し、今日においても、ウクライナ経済を低迷させる一因となっているのです。

それでも、一九九一年、ソ連崩壊に伴って、ウクライナは一国家としてついに独立を果たします。一九九六年には憲法を制定するとともに、自国通貨フリヴニャを導入しました。

今世紀に入ってからは、二〇〇四年、与党で親ロシア派のヤヌコヴィッチと、野党で親欧米派のユシチェンコの争いとなった大統領選で与党陣営の不正が発覚します。野党支持者の抗議により再投票が行われ、結果ユシチェンコが逆転勝利。一連の出来事は野党のシンボルカラーから「オレンジ革命」と呼ばれました。しかし、その後は政権内に亀裂が生じます。首相ティモシェンコの交代にはじまり、議会は混乱、政情不安に陥ってしまいました。

＊

そして、本書アンドレイ・クルコフの日記が始まる二〇一三年十一月です。二〇一〇年の選挙で大統領に返り咲いていたヤヌコヴィッチが、EUとの経済連携協定を見送ったことをきっかけに親欧米派の市民によるデモが湧き起こります。初めに人々が集まった場所が独立広場だったことから「マイダン（広場）革命」と呼ばれ、以来、親ロシア派とのあいだで対立が鮮明化し、国内に歪みが生じています。

クリミアではウクライナからの独立の是非を問う住民投票が実施されて可決。間をおかずロシアへと編入されました。東部のドネツクとルハンスクの二州でもロシア編入を求める勢力が独立を宣言しました。この東部では戦闘が起き、国連統計で六〇〇〇人を超える死者が出ていると報じられています。悲惨な状況がつづいているのです。

ソ連から独立し、経済的に苦しみながらも歩み出して二十年余り、国内情勢は政権が代わるごとに揺れ動くものとなっています。ウクライナのこうした事態は、ロシアだけでなく欧米も巻き込み、角度によっては「新たな冷戦」と見える様相を呈しているようです。

クリミアとは何か

二〇一五年三月十五日、ロシア国営放送がクリミアのロシア編入一周年にあたって特別番組を放送しました。大統領プーチンが出演して、一年前の住民投票の際、じつは二万人のロシア兵を動員して監視にあたっていた。さらに、核兵器の準備もさせていたという発言をしました。いまどき核兵器を持ちだすのかと驚くとともに、ロシアにとってクリミアがそれほどまでに大事な存在であり、今回の編入において、NATOや西側諸国を牽制していることが、あらためてはっきりと分かりました。

近代以降、クリミアはロシアの領土だった時期を長く経験しています。黒海へ突き出たこの半島は、温暖な気候と風光明媚な土地柄で、帝政ロシア時代からおもに支配者層が保養地として訪れていました。南端のセヴァストーポリは不凍港であり、古くから黒海の要衝です。クリミア戦争でも、第二次世界大戦でも激しい戦場となっています。ロシアの黒海艦隊もここに駐留しています。

ソ連時代、同じ連邦内であればこそウクライナへ移管したクリミアを、独立に際してそのまま持っていかれたことについて、ロシアは内心どのように考えていたのでしょう。先のプーチンの発言には、ここは絶対に譲らないという強い意思が感じられます。もちろん、ウクライナは主権を主張していますし、この編入が国際的な支持を得られていないことは明確にしておかなければなりません。

その三月、わたしはクリミア半島へ取材に訪れていました。日本からはモスクワ経由のロシアの国内線です。シンフェロポリ空港の入管ブースの残りが、かつて国際線のターミナルだったことを思わせるのみで、現地はすっかりロシアになっていました。

街角で市民に「ロシアになってどうですか？」とインタビューをしたところ、給料が三倍、年金が三倍になった。それから医療費が無料になったと返ってきました。内戦が続くウクライナ東部から避難してきた人びとも少なくないようで、彼らの一人は「ロシアの懐に抱かれて安心できた」と話していました。

ロシア系の学校に通う子どもたちに話を聞くことができました。ある女の子は「これからロシアのいろんなところに行ける。パスポートなしに旅行できるから楽しい。うれしい」と、ある男の子は「強い国の中に入ったから、これから安心」と答えていたのが印象的です。そういう発想になるのかと。

ここクリミアはイスラム教徒であるクリミア・タタール人にとっての故郷でもあります。今回の事態について彼らに尋ねると、「どこの国になろうと、私たちはクリミア人です」と返ってきました。クリミア・タタール人はソ連時代に他所へ強制移住をさせられた過去があり（一九四四年〜一九七四年）、今回のロシア編入についても明らかに快く思っていない様子でした。直接的な発言をすると弾圧される恐れがあるために、このような言い方になったのでしょう。

ウクライナの東部と西部

翻って本土に目を向けてみます。帝政ロシアがウクライナの東部を支配していた時代、西部はポーランドが支配していました。ロシアは徹底的なロシア語化を推し進めます。ポーランドによる支配ではウクライナ語の使用こそ認められたものの、カトリックに取り込まれてしまいます。結果的に、ウクライナではおよそドニエプル川を挟んだ国の東西で、母語や宗教の分布の違いがくっきりと認められます。こうした背景から、西部を中心に「ウクライナ民族主義」なるものも生まれました。

マイダン革命で政府や親ロシア派と衝突し、「我々はヨーロッパだ」と叫んだひとの多くは親欧米派市民でしたが、国内が局所的とはいえ内戦状態に激化するには、その民族主義者の一部が親欧米派を焚きつけた側面もあると考えられます。独立国家でありながら、被支配の歴史による言語の問題が横たわっていて政治的な統一を妨げている。このあたりが、ウクライナ問題を複雑にしているのです。

ところが、ロシアからするとこの事情はかえって好都合なのです。というのも、第二次世界大戦においてソビエト連邦は参戦国の中で最も多い二七〇〇万人もの犠牲者（構成国全体）を出す戦争をしています。これが苦々しい記憶になっています。自国と国境を接するところに支配の及ばない国があることを大変に恐れます。そこで西側との緩衝地帯にされたのがいわゆる衛星国です。紛争は衛星国のなかで起き、ソ連は安全であるという。アフガニスタンなどがその役割でした。

その連邦が崩壊し、東欧の国々がEUに加盟し、NATOにも入りました。旧ソ連の構成国であるバルト三国までが加盟します。はじめこそ西側の拡大を静観していたロシアですが、さすがにしびれを切らしたようです。ウクライナがEUと連合協定を結ぼうとした際プーチンが圧力をかけたことは言うまでもありません。

ではロシアはウクライナを丸ごと併合したいのかと言えば、それはないでしょう。なぜなら、併合すれば直に西側と接することになるからです。ロシアはウクライナをあくまでも西側との緩衝地帯に留めたいのです。内戦状態が起き、東部に親ロシア派の自治州がつくられ、ウクライナが連邦制になり、一国全体がまとまらないままであってほしい。ウクライナが不安定な停戦状態にあるのはロシアにとって一番望ましいわけです。これがプーチンの戦略です。

一方で、EUとしても動きづらいのが実情です。ロシアが依然として天然ガスの主な供給源であること、またウクライナの財政が破綻状態にあることから、火の粉を被ってまで手を差し伸べようとはなかなかしません。

では、このさき親ロシア派と親欧米派の対立によって、国が二つに分裂する可能性はあるのか。いえ、それもまた現実的ではないと考えられます。なぜなら、親欧米派の占める地域ではチェルノブイリ旧原発という大きな負債を抱えていて、分裂してしまっては立ち行かなくなります。東部が親ロシアの州になろうとも、西部はウクライナとして一国にまとまっていたいのです。

これでは選挙のたびにロシアとEUの間を行ったり来たり振れるのも無理からぬことと言えます。しかし、ますます世界から取り残されます。もし一つの方向性を見いだせるような指導者が登場すれば別ですが、一過性のカリスマではまちがいなく揺り戻しがあるでしょう。いまのウクライナに求められる最善策は、経済的に自立できる国際的な支援ではないでしょうか。

エネルギー問題の視点から

ここでエネルギー問題に移してウクライナの問題を見ていきます。現在のところ、EUは圏内の天然ガスの七〇パーセントをロシアに頼っています。パイプラインの殆どがウクライナ経由で張り巡らされていて、ウクライナとロシアが揉めるたびに供給が不安定になります。

これを将来的にアメリカのシェール革命（シェールガス、シェールオイル）が変えるかもしれません。世界最大の天然ガス輸入国だったアメリカが輸出国に転じると、中東の産出国は輸出先としてEUに目をつけるでしょう。そのEUは圏内のエネルギー安定供給のため、ロシア依存を低く抑えるようになるはずです。こうなるとロシアは外貨収入の機会が失われます。販路拡大の必要が出てきます。目指すは中国、それから日本です。

実際、二〇一四年、中国とロシアが長期的な売買契約を結びました。日本はどうか。サハリンと北海道をつなぐパイプラインの話が上がっています。実現させるには北方領土問題の解決が不可欠で、二〇一四年にプーチンの来日が予定された理由はここにあります。

ただし、西側諸国がウクライナ問題でロシアへ経済制裁を課し、日本もそれに倣ったことから、プーチンの来日は取り止めとなり、日本とロシアの交渉は頓挫しています。とはいえ、近年の原油価格の下落でルーブルが暴落し、国内経済に苦しむロシアとしては、この経済制裁をそう長くは無視していられない。さて、プーチンはどう出てくるか。

ウクライナが抱えるロシアとの複雑な歴史に加えて、このように現在の係争が日本にも関わってくる問題であることを知れば、ウクライナという国が昨日までとは違った姿に映るのではないでしょうか。

では、現地で実際に何が起きていたのか。「マイダン革命」とは何か。それは、本書『ウクライナ日記』で確かめることにしましょう。

ウクライナ日記

国民的作家が綴った祖国激動の155日

・固有名詞は、原文がロシア語である本文においてはロシア語読みを基本とした。
・地図ではウクライナ語読みを基本とし、適宜、(　)でロシア語読みを補足した。
　ただし、「キエフ」「チェルノブイリ」「ドニエプル川」など、
　日本でロシア語読みが慣用化している名称については慣用に従った。
・原注は「*」で示し、訳注は〔　〕で示した。

目次

デスナ川
ロ　シ　ア
ドン川
チェルニヒウ
（チェルニゴフ）
スームィ
ハルキフ（ハリコフ）
イ　ナ
ポルタワ
ドネツ川
チェルカッシ
（チェルカスィ）
ドニエプル川
スラヴャンスク
セヴェロドネツク
クラマトルスク
ルハンスク
（ルガンスク）
ホルリフカ
（ゴルロフカ）
クリヴィーリフ
（クリヴォイログ）
ドニプロペトロウシク
（ドニエプロペトロフスク）
ドネツク
ザポリッジア（ザポロージェ）
南ブーフ川
ドン川
マリウポリ
ロストフ＝ナ＝ドヌー
コライイフ（ニコラエフ）
ヘルソン
アゾフ海
クリミア半島
クバン川
黒海
シンフェローポリ
セヴァストーポリ
ヤルタ
0
50
100
150
200km

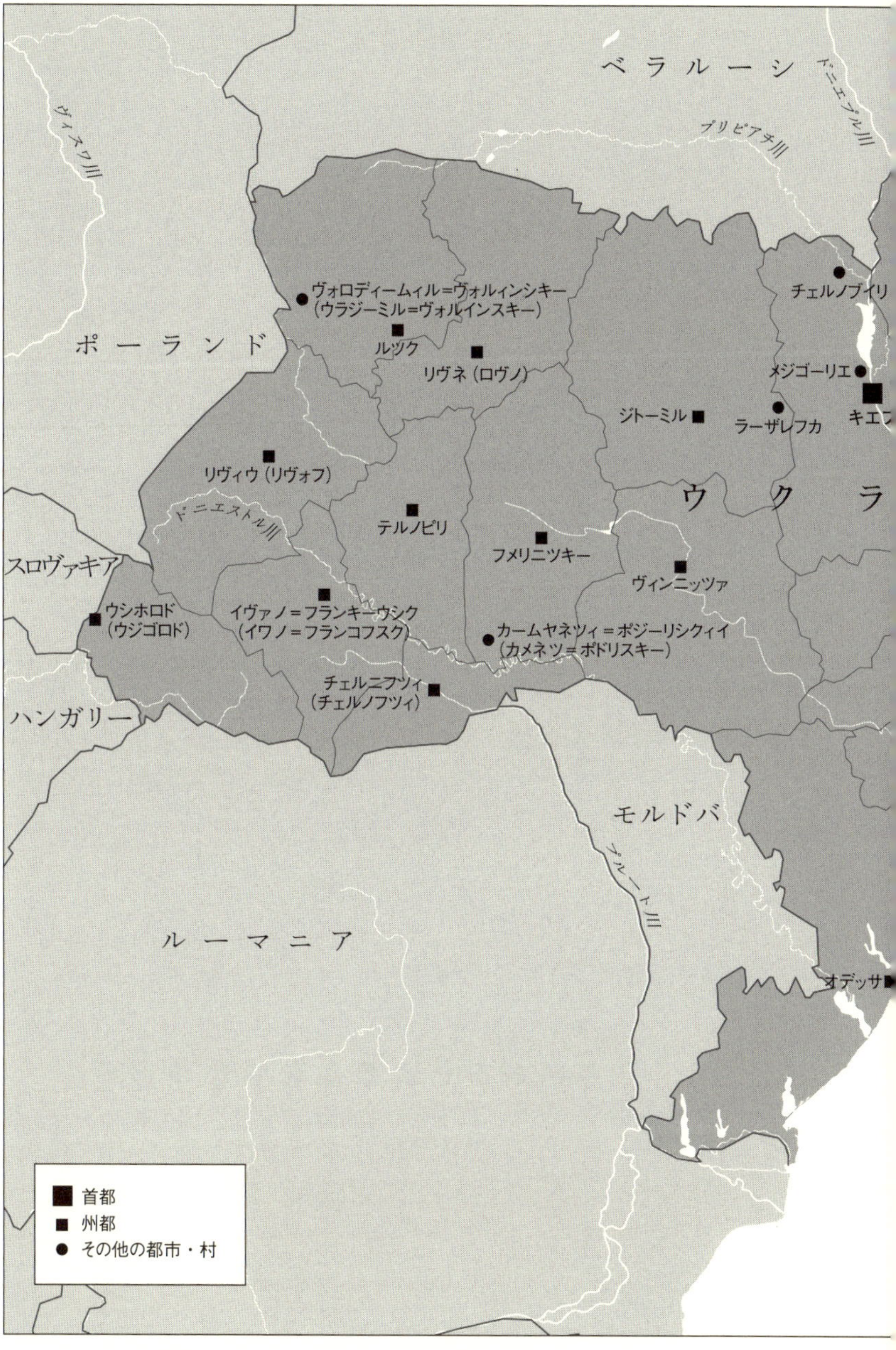
ベラルーシ
ドニエプル川
プリピアチ川
ヴィスワ川
チェルノブイリ
ヴォロディームィル＝ヴォルィンシキー
（ウラジーミル＝ヴォルインスキー）
ルツク
リヴネ（ロヴノ）
ポーランド
メジゴーリエ
ジトーミル
ラーザレフカ
キエフ
リヴィウ（リヴォフ）
ウクラ
ドニエストル川
テルノピリ
フメリニツキー
スロヴァキア
ヴィンニッツァ
ウシホロド
（ウジゴロド）
イヴァノ＝フランキーウシク
（イワノ＝フランコフスク）
カームヤネツィ＝ポジーリシクィイ
（カメネツ＝ポドリスキー）
チェルニフツィ
（チェルノフツィ）
ハンガリー
モルドバ
プルート川
ルーマニア
オデッサ
首都
州都
その他の都市・村

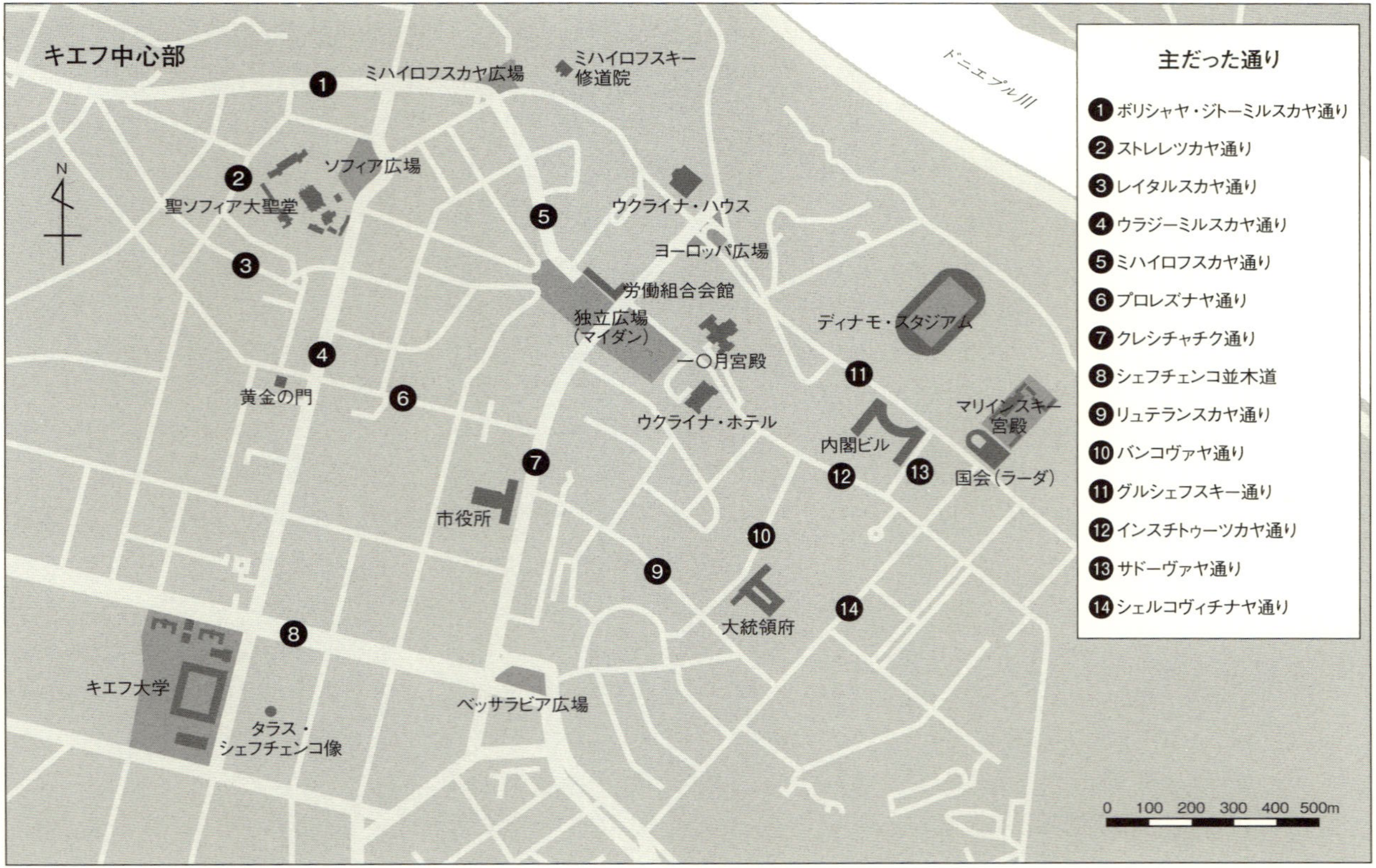
キエフ中心部
N
ミハイロフスカヤ広場
ミハイロフスキー
修道院
ソフィア広場
聖ソフィア大聖堂
ウクライナ・ハウス
ヨーロッパ広場
労働組合会館
独立広場
（マイダン）
ディナモ・スタジアム
一〇月宮殿
黄金の門
ウクライナ・ホテル
マリインスキー
宮殿
内閣ビル
国会（ラーダ）
市役所
大統領府
キエフ大学
タラス・
シェフチェンコ像
ベッサラビア広場
ドニエプル川
主だった通り
1 ボリシャヤ・ジトーミルスカヤ通り
2 ストレレツカヤ通り
3 レイタルスカヤ通り
4 ウラジーミルスカヤ通り
5 ミハイロフスカヤ通り
6 プロレズナヤ通り
7 クレシチャチク通り
8 シェフチェンコ並木道
9 リュテランスカヤ通り
10 バンコヴァヤ通り
11 グルシェフスキー通り
12 インスチトゥーツカヤ通り
13 サドーヴァヤ通り
14 シェルコヴィチナヤ通り
0 100 200 300 400 500m

日本語版序文（あるいはあとがき）　アンドレイ・クルコフ

出版社に原稿として渡すために私が日記に最後の句点を打った二〇一四年の四月二四日から、ドニエプル川をどれだけの水が流れたことだろう。多くの出来事がいまではウクライナ国家の歴史の一部となった。なかでもことのほか重要度の高いウクライナ大統領選挙は、危惧と懸念があまた表明されたものの、予定通りに二〇一四年五月二五日に行われた。決選投票にもつれこむことなく、有権者の大きな支持を得て一回目の投票で選ばれたのは、チョコレートにケーキ、バスを製造するいくつもの工場を所有する実業家のペトロ・ポロシェンコ。

二〇一四年の一〇月に前倒しで国会議員選挙が行われた結果、国会は機能を始め、政府を選出した。かくして国家の行動と態度は再び合法性を獲得した。省庁は仕事をし、政府は采配を振り、警察は秩序の維持に目を配っている。だが、ドンバスでは戦争が続いている。戦争は国中にこだまし、リヴォフ（リヴィウ）でも、西ウクライナでも、チェルニゴフ（チェルニヒウ）でも、国の北東部でも、人々は足元に戦争の振動を感じている。

現在のキエフでの日常には、以前の、「マイダン以前の」日々との違いは、一見したところあまりない。だが、目につく変化はやるせなさを誘うものばかり。我が家の並びの集合住宅のいくつかのバルコニーには、「売家」との掲示が出た。ドンバスからは金持ちの実業家たち大勢がキエフに移ってきたが、キエフからは中流階級の若い家族が再び外国に出ていくようになった。我が家の次男坊アントンは最近、さみしそうにしている。親友のダニイールが両親に連れられてカナダに行ってしまったからだ。アントンは毎晩寝る前に、ダニイールとSkypeでおしゃべりをしている。

キエフの中心街ではレストランやカフェが何軒も閉店した。今のキエフは、金が減って貧乏人が増えた。ドンバスからは普通の避難民に加えて、犯罪者たちも流れ込んできた。物取り、自動車泥棒、強奪犯といった輩。連中がドンバスから逃げてくる理由は二つ――いまやドンバスには盗みを働く場所がなくなった、そして、盗むものもなくなった。正確にいうと、分捕れるものを分捕る、あるいは「国有化」する権利を有するのは新「政権」およびそのメンバーだけなのだ。二つの理由はからみあっている。というのも、ドンバスの分離主義者たちは、彼の地を縄張りとしていた刑事犯罪者たちを、現場を押さえては即時射殺しているからだ。分離主義者対ドンバスの刑事犯社会の戦争が始まったのは二〇一四年の春。ドネツクで、地元警察には知られた存在だった麻薬売人たちを分離主義者たちが撃ち殺したときだ。

キエフでは空き巣狙いと往来でのひったくりの件数が数倍に増えた。先日は我が家と同じフロアの女性宅が空き巣の被害にあった。上階二フロア専用の鉄格子のドアを階段の途中に新たに設けるしかないのでは、と数戸で話し合っているところだ。多少でも家計に余裕があれば、誰もが大慌てで防弾仕様の鉄のドアを自宅の玄関に取り付けた一九九〇年代初頭を思い起こさせる状況だ。

しかしこういったキエフ発の三面ニュースは、今のドンバスでの暮らしに比べれば、たいしたことではない。公式には停戦が成立して、欧州安全保障協力機構（ＯＳＣＥ）の監視団が駐在しているにもかかわらず、彼の地では戦争は一日二四時間続いている。戦闘があった、ウクライナ軍兵士、分離主義者、爆撃にあった民間人が死亡したというニュースが日常になっている。加えて、分離主義者とロシア国民のコントロール下にある地域の住民の多くは、人道支援をまったく受け取っていない、というニュースも頻繁に流れてくる。ロシアの人道支援トラックは、ロシアのロストフ＝ナ＝ドヌー市方面からドンバスに定期的に何百台と入っているにもかかわらず。キエフに移ってきた、ドネツクのオリガルヒ、リナート・アフメトフもドンバスに人道支援物資を送っている。中身は主として食料で、支給対象は六五歳以上に限定されている。この支援物資はドンバスにちゃんと届いて、住民に支給されているのだが、ロシアから入ってくる支援物資の行方は分からないこともしばしば。もっとも、「ドネツク人民共和国教育省」は、ロシアの「人道支援コンボイ」がロシアの教科書一三トンを運んできたと発表した。足りない分は分離主義者たち自らが出版する予定らしいが、ソ連時代の学校教科書を再版すればいいと真面目に議論されている始末。ちなみに、「ドネツク人民共和国教育省」は最初の通達のひとつで、占領された地域で仕事を続ける教員たちに、ウクライナの他の地域の教員たちとの接触を禁じた。占領地域での教育事情をキエフに連絡することは厳禁となった。

今のウクライナにはドネツク大学が二つある。国立ドネツク大学は大部分の学生と教員ごと、ウクライナ中部のヴィンニッツァ市に移転した。ドネツクに残った人々は、ドネツク大学の昔からのキャンパスに通って教え、学んでいる。ドネツク人民共和国ドネツク大学だ。今年の一月末にそのキャンパスで、「ドネツク人民共和国大統領」アレクサンドル・ザハルチェンコと教員および学生との「歴史的な」集いが催された。承認されていない共和国の元首ザハルチェンコは、外国のジャーナリストたちも含めた満場の聴衆を前にして、「過渡期の困難」について語った。イベントの最後にある学生が「奨学金は支給されるのでしょうか？」と尋ねると、ザハルチェンコは、その学生の専攻分野を問うた。化学だと分かると、ドネツク人民共和国防衛のための爆弾を自家製造して生活費を稼げ、と発破をかけた。

「ドネツク人民共和国」は国際的な活動にも着手している。ドネツク市に「アブハジア共和国」首相ベスラン・ブトバ率いるアブハジアの公式訪問団を迎え入れた。どうやら近々、国際的に承認されていない二つの共和国は国交を樹立する模様〔二〇一二年三月現在、アブハジア共和国を承認している国連加盟国は、ロシア、ニカラグア、ベネズエラ、ナウル、シリア〕。この会合は、アブハジアとロシアが戦略的協力協定を締結した直後に行われた。同協定は、将来のアブハジアのロシア連邦への正式な併合の土壌作りというのが政治学者たちの見方だ。ドネツク人民共和国の幹部で、「ノボロシア人民同盟」党の共同議長コンスタンチン・ドルゴフは、ルガンスク（ルハンスク）もドネツクも緊急に観光客を必要としている、と言ってのけた。ドルゴフがどういう観光客を念頭に置いているのか、私は知らない。「軍人」観光客か？　イタリア、スペインその他いくつもの国出身の義勇兵が、分離主義者たちの側について戦闘に参加している。無政府主義や左翼政治運動のメンバーたちだ。

今年の二月末から三月初めにかけて、私もドンバスを訪れる機会があった。冬が終わったばかりだった。雪は解けたものの野に緑はまだなかった。

灰色の季節がドンバスの歴史の暗黒時代に重なるとき、周囲の光景はかなりおどろおどろしいものになる。被弾して折れた、もぎれた裸の木々、破壊された家々、特別な用でもない限り、戸建てであろうと集合住宅であろうと家から出てこようとしない人々。橋は爆破され、森を走る車のわだちが迂回ルートになっている。乗っている車ごと四方八方に飛び跳ねる。時が止まったこの世界の真ん中で、突如として目の前に、ウクライナの国民的詩人タラス・シェフチェンコの肖像と、彼の言葉がロシア語で書かれた大きな看板が現れる。「祖国への愛なき者は、心貧しきできそこないである」。解説は不要だ。ドンバスの「戦前からの」、そして廃墟となって日の浅い荒廃した産業施設と住宅を目の当たりにすると、この思いは自然と湧きあがってくる。

三人の文学者、私、セルゲイ・ジャダン〔七九頁の原注参照〕、イリーナ・ツィリクはNGO「オスタンニャ・バリカーダ（最後のバリケード）」のミニバスに乗って、スラヴャンスク市〔人口一一万人、ドネツク州〕――クラマトルスク市〔人口一五万人、二〇一四年一〇月よりドネツク州政府はここで機能〕――セヴェロドネツク市〔人口一〇万人、二〇一四年九月よりルガンスク州政府はここで機能〕のルートで旅をした。途中、リシチャンスク市〔人口一〇万人、ルガンスク州〕をはじめとするいくつもの市町村を通った。私たちが向かったのは戦争ゾーン、分離主義者たちから解放されて日も浅い地域だ。「祖国への愛ある者たち」、すなわちウクライナへの愛を心に持つ人々に会うために。道中、何度も検問所で止まって、パスポートチェックを受けた。どの検問所にも分厚いノートを手にした軍人がいた。分離主義者のリストだ。検問所を通過する者のパスポートはすべてこのノートに照らし合わせてチェックされる。「ウクライナ側の検問所で分離派戦闘員を逮捕」とのニュースを始終目にする理由が初めて分かった。分離派戦闘員たちは、この分厚いノートにデータが集められていることを知らないのだ。だから、平和な一般人を装って戦闘区域の外に出ようとする。戦争から一息つくためなのか、ウクライナの軍人の統制下にある地域に住む親族を訪れるためなのか、知る由もないが。

私たちの最初のイベント会場はスラヴャンスクの教育大学だった。大学で行われる作家や詩人と読者のあまたの集いとの違いは、戦争に動員された軍人たちが、それぞれのカラシニコフ自動小銃を銃口を上に向けて床に立てて持ったまま、前列を占めていたことだった。彼らは任地からイベントに直行してきたのだし、イベントが終わると任地に帰っていった。会場には学生も一般市民もいた。入場は無料で、巨大なホールは満員御礼に見えた。平和なキエフやリヴォフでは、社会派の詩であれ、ロマンチックな詩であれ、そもそも現代文学全般がそうであるように、選ばれし者に喜びをもたらすにすぎない。大方の人は、「ルーティン」という味気ない言葉で呼ばれることの多い、日々の雑事に囲まれて暮らしている。だが、「反テロ作戦」が展開されている地域には「ルーティン」は存在しない。「ルーティン」は懐かしく思い出されるものなのだ。だから、宇宙が破壊されてしまった怯えきった人々の緊迫した世界に突如として、そしてほんの一瞬とどまるために飛び込んで来た詩は、勢い特別な価値を帯びる。平和、愛、普通の、正常な暮らしの垂訓となるのだ。

クラマトルスクでは、愛国的気運の若者たちが市の中心部に「自由な家《ヴィリナ・ハータ》」という名の、クリエイティブ・スペースを作り上げた。スペースの賃料はヨーロッパから受け取った無償援助金でまかなわれている。「ヴィリナ・ハータ」ではコーヒー、紅茶が飲めるし、本が読めて、インターネットが使える。代金は入り口に置かれた透明な料金箱に、一人一人が払えるだけの金を入れる。払えないなら払わなくてもいい。私たちのイベントはこの「ヴィリナ・ハータ」で、ある日の晩に開催された。「ヴィリナ・ハータ」の前はレーニン像がそびえる巨大でがらんとした広場。ベビーカーに幼児を乗せた女性が、そのレーニン像の周りを円を描くように歩いていた。この地域では、ウクライナ愛国者の割合は、大人や年配者よりも若者の間でのほうがはるかに高い。ベランダにウクライナの旗を掲げている光景は一度も目にしなかった。通行人は見ず知らずの他人と口を利くことを避ける。「ロシアはちゃんと戻ってくる」と考えている人がかなりいる様子。

セヴェロドネツクの小学五年生のワジムはジャンパーにウクライナ国旗の色の「黄色と青のリボン」を堂々とつけている。「先生たちは分離主義者だけど、僕ら生徒は愛国主義者なんだ」。

セヴェロドネツク市、グヴァルジェイスキー大通り三一番地にカフェ「アーティチョーク」がある。ウクライナを愛する人たち——兵士、義勇兵、地元の人々——が集まる唯一の場所だ。カフェのオーナーのタチヤーナ・ベリャンスカヤは、セヴェロドネツクが占領下にあった時もこの街を離れなかった。彼女は毎朝、カフェの入り口に二つの旗、ウクライナ国旗とセヴェロドネツク市の旗を掲げる。夜間にウクライナ国旗を外に出したままにしてはおけない、破り捨てられてしまうからだ。タチヤーナは何十回と「殺してやる」と脅され、アパートのドアの防音のための革張りを切り裂かれ、玄関ポーチの壁にひどいことを書かれた。でも彼女はひるまない。「失うものなんて私には何もないの！私は二〇年間ロシアのソチで暮らした。そして故郷のセヴェロドネツクに帰ってきた。どこかに出ていく気なんてさらさらないわ！」。セヴェロドネツクが占領されていた時、カフェに入ってきたロシアの軍人が、バーカウンターのコップに小さなウクライナ国旗が差してあるのを見て憤慨した。「なんのつもりだ？」「ここはウクライナですから」とタチヤーナは答えた。ロシアの軍人は、くるりと背を向けると、何も注文しないまま店を出て行った。

地元のある女性がこう語った、「私は毎日トロリーバスでグヴァルジェイスキー大通りを通ります。『アーティチョーク』の付近にさしかかると、いつもどきどきします、ウクライナ国旗はちゃんと掲げられているかしらって。国旗を確認するとほっとします。国旗が掲げられているのだから大丈夫なのだ、恐ろしいことは何も起きていないのだ、と」。セヴェロドネックのたくさんの人がこの国旗を、市の権力を掌握しているのは誰なのかの判断材料にしている。時計台の時計の針と自分の時計を照合するように。

停戦が宣言されているにもかかわらず、前線までの距離が一〇キロとないこともあるこれらの大小の街には、不安と、静けさは脆いものとの実感が漂っている。人々は戦争のことは考えまいとしながら、戦争のことを考えずにはいられない。この地域では、停戦が平和と安定に発展すると信じる人はわずかだ。人々は未来のことを考えるのを恐れている。

面白いことに、昨今は、人々は特定の日に対しても恐怖を覚える。二〇一四年の五月二日に「オデッサの悲劇」が起きた。親ロシア派が逃げ込んだオデッサの労働組合会館で起きた火事で、五〇人近い人が煙に巻かれて窒息死した事件だ。その一周忌が迫るにつれ、ウクライナ全土が緊迫感に包まれていった。幸いウクライナ保安庁は今回はテロを防止できた。武器と爆発物を携えた数十人が逮捕された。事件一周忌の集会はつつがなく終わった。すると、またもやウクライナ全土が、今度は五月九日——ソ連時代からの伝統である、対ナチス・ドイツ戦勝記念日——の訪れを張り詰めた気持ちで待つことになった。ソ連時代から伝統になっている五月九日の大人数での行進の最中に、ウクライナの大都市ではテロが起きる、人々はそう考えた。戦勝記念日を目前にして、ウクライナの特務機関はまたもや分離主義者や破壊工作者を逮捕した。キエフやオデッサに向かおうとしていた、武器や爆発物を載せた車が何台も摘発された。これがすべてテレビのニュースで流れたことで、社会に漂う不安の温度はますます上がった。去年の戦勝記念日には、ロシアのメインの戦勝パレードはセヴァストーポリで行われた。あの日ロシアは、毎年恒例の「モスクワの赤の広場での軍事」パレードに加えて、セヴァストーポリで観艦式も行うという、巨大な規模の軍事的祝祭をもって、クリミアにおける対ウクライナ戦争の勝利を祝ったのだった。これまでの一年間、何人ものロシアの政治家が、二〇一五年の戦勝パレードを、ロシアはキエフで行うと公言してきた。分離派のリーダーたちとくれば、連日のように「キエフに攻め入る」と請合っている。しかし、そういった期待をものともせず、ウクライナにおける今年の戦勝記念日は、分離主義者たちに占領されている地域を除けば、軍事パレード抜きで、武器をひけらかすことなく、平和的に行われた。キエフでの戦勝記念日の行事では軍楽隊が行進して、ポロシェンコ大統領が、「ウクライナがロシアのシナリオどおりに戦勝記念日を祝うことは二度とない」と約束した。ポロシェンコ大統領とEUを支持する人々とは別途にこの日を祝ったのは、逃亡したヤヌコヴィッチ大統領が率いていた政党の後継である「野党ブロック」党。彼らもまたキエフの中心で集会を開いたが、会場はドニエプル川を望む公園だった。野戦キッチン一式を運び込んで、支持者たちに蕎麦の実の粥とウクライナ産のウォッカをふるまった。集まった支持者はおよそ二〇〇〇人、大した数ではなかった。彼らはキエフの中心街での行進に繰り出し、公園に戻ってくると再び、野戦キッチンの炊き出しの蕎麦粥を食べてウォッカを飲んだ。結論から言うと、すべては平和裡に終わった。ただ、ドンバスの前線でだけ、大砲が轟き続けた。

私がこの文章を書いている今も、大砲の轟きは続いている。だが砲撃は毎日の暮らしを無効にしてしまうわけではない。日常の気苦労や気がかりはまた別の話である。現在我が家では娘のガブリエラの卒業パーティの準備が進んでいる。ガブリエラは高校卒業を控えている。ウクライナ語とウクライナ文学の卒業試験はすでにクリアした。長男のテオと次男のアントンは首を長くして夏休みを待っている。ウクライナではかつてのソ連同様に、小学校から高校まで、夏休みは丸三ヶ月続く。この夏、テオとガブリエラはイギリスのユース・キャンプに参加する予定だ。私とエリザベス、そしてアントンはウクライナに残る。ラーザレフカ村のセカンドハウスでゆっくり過ごして、仕事もするつもりだ。できれば、夏の終わりに家族全員で黒海沿岸に行きたいと思っている。オデッサに。続いているのは戦争だけではない。命も、日々も続いているのだ。

ウクライナ日記

2013年11月21日〜2014年4月24日

前書き

我が身と自分の国に特別なことが起きているのではない場合、日々は安穏として限りなく続くもの、と人は思う。キャリアの節目、新居や新車の購入、家族の祝い事、結婚式や離婚で時間が測られる日々、それが安定と呼ばれるのだ。「ホットスポット」で暮らしている、あるいは活火山の麓で暮らしている人間は、時間は無限にあるとは感じない。無事に暮れた一日、無事に過ぎた一時間の価値は、安穏と暮らした一週間とは比べものにならないほど大きい。現実のものであれ、隠喩に過ぎないのであれ、火山の隣で暮らしていると、憶えているのが物理的に不可能なほどたくさんの出来事が一日に詰め込まれていく。どの出来事も、後年、学校の歴史の教科書に、数行か、ときには一、二ページを割いて記述されるものばかりだ。でも教科書に載った時には、出来事は日付と登場人物の名前だけに姿を変えている。

学校の生徒だった時分、私は歴史の教科書ではなくて、歴史的事件の渦中に身を置いた作家や政治家の日記を読むのが好きだった。その理由がようやく分かった。今でもよく憶えているのが、ロシアの偉大な詩人アレクサンドル・ブロークの一九一七年から一九一八年の日記。フランツ・カフカの日記もよく憶えている。最近読んだ、ウクライナの傑出した映画監督アレクサンドル・ドヴジェンコの日記の記憶は特に鮮明だ。ドヴジェンコは万一のために備えて日記の随所でスターリンを称賛し、万一のために備えてユダヤ人とウクライナ人非難を繰り返している。逮捕されてKGBに日記を読まれた時に、ソヴィエト体制への忠誠の証拠となるように。

私は三〇年以上日記をつけている。ウクライナのなじみの出版者たちからはこれまで何度か、抜粋でもいいから日記を公表しないかと誘いを受けてきた。だがその都度、読者と分かち合ってもいい個所を選ぶ決心がつかずにいた。そして今、ウクライナで二〇一三年一一月に始まって、いまだに収束していない「歴史的うねり」の渦中に――これで何度目なのだろう？――身を置き、劇的な幾多の出来事の目撃者となった。うねりがどういう結末を迎えるのか、私には分からない。近い将来、何が私の家族を待ち受けているのか、私には分からない。私は状況がよりよくなることを願うのみだ。私は引っ越そうとは思わない。私は現実から隠れたりはしない。私は毎日を現実のただなかで生きている。私たち五人――私、妻のエリザベス、私たち夫婦の子供たちガブリエラ、テオ、アントンは――キエフの中心にあるマイダン〔キエフで一番大きな広場である「独立広場＝マイダン・ネザレージノスチ」のこと〕から五〇〇メートルしか離れていないマンション四階の住み慣れた我が家でずっと暮らしている。我が家のベランダで私たちは、燃えあがるバリケードの煙を見て、手榴弾の裂ける音と射撃音を聞いた。この我が家から職場に通い、マイダンに通い、諸々の用事で出かけて行った。日々はつねに続き、一度も止まることはなかった。私は毎日のように、この日々を書き留めた。みなさんに今、詳しく語って聞かせるために。革命のさなかの日々、戦争が起こるのを待つ日々、この前書きを書いている現在、戦争は一週間前よりもはるかに間近に迫っていると感じられる。

二〇一三年一一月二一日　木曜日

今日の午前零時半、つまり一日が始まったばかりの時に、セヴァストーポリに隕石が落ちた。なぜ、セヴァストーポリに落ちたのか？　おそらく単なる偶然だろう。それにしても、よりによって、ウクライナの中で一番ロシア的な都市、風光明媚な入り江がロシアの黒海艦隊の基地になっているセヴァストーポリに落ちるとは！　もっとも、私はこの隕石事件を別段気に留めることもなかっただろう、もしも、これもまた今日、ニコライ・アザーロフ首相が、ＥＵとの連合協定調印の準備作業を停止すると声明しなかったならば。私は三部作『銃声一発の地理学』で、ウラル山脈に隠された、人工隕石製造工場を描いた。その秘密工場の隣には人工隕石打ち上げ実験場がある。ソ連軍司令部が夢見たのは、本物の隕石を装った人工隕石によるアメリカ合衆国総爆撃だった。だから私は考えた、これは人工隕石じゃないか？　ヤヌコヴィッチとプーチンの、ウクライナのヨーロッパへの統合中止をめぐる交渉が、（プーチンにとって）うまく決着したことを、「ウクライナの一番ロシア的な都市」に伝えるためなのでは？　ヨーロッパへの統合は棚上げ。我々は再びロシアを愛する。ヨーロッパは唖然とした様子。私とて同じだ。ヤヌコヴィッチはこの半年というもの、「我々はヨーロッパに行くのだ！」と言い続けてきた。この九月には、映画館「ゾリャーヌイ」に設けられている地域党〔一九九七年結成、党首は二〇〇三年より二〇一〇年四月の大統領選出までヤヌコヴィッチ。二〇一三年一一月時点の党首はアザーロフ首相、国会（最高会議）では第一党になるも議席数四割強。二〇一四年一〇月の最高会議選挙には参加せず、以降、活動停止状態）のキエフ本部に所属国会議員を招集して、足並み揃えて「入欧」せよと一人一人に詰め寄り、「入欧」したくないやつは離党だと言いのけたのではなかったか?! 大統領に言われるままの地域党は、足並み揃えてこれからどこに行くのか?!

アザーロフの声明への人々の反応は、たちまち目に見える形で現れた。この日の夕方には独立広場《マイダン》に人が集まりだした。EUとの連合協定調印の準備作業の中止というトップ・ニュースに、もうひとつのニュースが加わった。ウクライナ外務省が「エジプトのリゾート地へのウクライナ国民の渡航は危険ではなくなった」と喜びいっぱいに発表したのだ。つまり、ヨーロッパに行きたかった者は全員エジプトに飛びなさい、現地のイスラームだか別の種類の革命家に、偶然にだか故意にだかドカンとやられるがいい、というわけだ。気分は最悪だ。私はちょうどヴィリニュスに行くことになっていた。ウクライナのヨーロッパ的未来および協定調印後のウクライナについて話す予定だったのだ。

ちなみに、演出は伝統をきちんと踏襲している。協定には調印しないとアザーロフが宣言したのは、ヤヌコヴィッチが国を留守にしていた日。ヤヌコヴィッチはオーストリアに滞在中で、彼の地からヨーロッパをなだめにかかった。ウクライナはヨーロッパとの協定にすべて調印します、ただし、後日に。ついでに言い添えた、ティモシェンコを釈放する気はありません。もしもヤヌコヴィッチが三つ頭のドラゴンであったなら、三つの頭はばらばらに旅をしながらも、しゃべるときはみな同時にしゃべったであろう。もっとも、三つの頭のうちのどれかがモスクワにあったとしたなら、そいつは他とは異なる話をし、ヨーロッパについては一言も漏らさなかったはずだ。

どこかに行ってしまいたくなった。『リトアニア長編』の新しい章を書きかけのままカフェ「ヤロスラヴナ」に行ってコーヒーを注文した。五分くらいしてから、コーヒーに「ザカルパート」コニャック五〇ccを注いだ。気分は少しも晴れなかった。なじみの顔はカフェには見当たらなかった。暗い顔をして入ってくる客もいた。ウクライナのヨーロッパ入りが無理になったのを知ったからだと思いたかった。でも彼らは、それとはまったく違う、一人一人の個人的な、もっと些末な問題にひたっていたのかもしれない。

家に戻ってFacebookを開いた。独立広場《マイダン》に繰り出して協定の調印を求めよう！　と呼びかける書き込みが相次いだ。暖かい服装、スリーピングパッド、熱いお茶を入れた魔法瓶、一晩分の食べ物必携。マイダンに出かけて行って朝まで立ち通すパワーは私にはゼロだった。何もしたくない。おまけにテレビでは満面に笑みをたたえた溌剌としたプーチンが映し出され、アナウンサーは奇妙なことを言った、「ロシアはウクライナとの協力が拡大していくのを喜んでいます」。協力？　貿易戦争がすでに三年続いているというのに？　ロシアはウクライナ産チーズの輸入禁止、ウクライナ産の精肉と肉製品の輸入禁止、ウクライナ産ビールの輸入禁止といった措置を連発し、あげくには、結局始まりもしなかった、アントーノフ型飛行機の共同製造の中止を宣言したというのに?!

夕方になってようやく、今日の出来事の中で唯一笑えるものを思い出した。苦笑いではあるが。道化のミハイル・ドブキン（ハリコフ〔ハルキフ〕州知事、元ハリコフ市長、もともとは一警官）がもうひとりの道化（こちらは女性）イリーナ・ファリオンに寄せる戯れ歌を書いたのだ。ファリオンは民族主義政党スヴォボダのメンバーの中で一番気がふれている人物。彼女は、誰もがソ連共産党を脱退した一九八〇年代の末にその共産党に入党したのだが、在籍していた事実そのものを否定し続けていた。ところが最近、彼女がソ連共産党を脱退していなかったことを裏付ける資料がアーカイブから出てきた。ウクライナ共産党トップのシモネンコがこう言った、ファリオンは今でも共産党員だ、次回の共産党大会において、二五年にわたる党費未納の廉《かど》で除名する。そこでドプキン作の一篇、「コミュニズムからナチズムへ、駆ける俊足イリーナ嬢。たどった道を掘れば見えてくる、つらく悲しい女の過去。中世にタイムスリップしてみれば、異端審問の焚火でイリーナが暖を取る」。たしかにドプキンは詩人になったほうがましだった。でもそうだったら、私が今日ほほ笑むこともなかったのであるが。現代詩人の作品を私はほとんど読まない。

世界は今日、たしかに気がふれたようだ。アルチェフスクでは水道から青い水が流れ出した。グルジアには、三〇年間ラクダと寝食を共にしているスイス人旅行者がやってきた。ヴェルドン・ロランディという御仁で、トビリシで「最もユニークな旅人」証書を授与された。働きづめのラクダは何かもらえたのだろうか？　フランスは大雪で、停電する地域が続発。

わが方の状況はもっと単純でもっとさみしい。私たちはまたも未来を失った。

〔訳注〕

ウクライナとEUの連合協定について

ウクライナとEUの連合をめぐる協議は、欧米寄りのユシチェンコ大統領下の二〇〇七年に始まった。二〇一〇年二月に就任したヤヌコヴィッチ大統領の政権も、EU加盟を目指すことがウクライナ発展の戦略的方向性であるとし、二〇一二年三月末には連合協定の仮調印が行われた。EUと旧ソ連の六ヶ国、ウクライナ、アゼルバイジャン、アルメニア、グルジア、ベラルーシ、モルドバとの間での連合協定は「東方パートナーシップ」と呼ばれ、そのサミットが、二〇一三年一一月二八日と二九日、EU議長国であるリトアニアの首都ヴィリニュスで開催された。重要議題のひとつとみなされていたのが、ウクライナとEUの連合協定の本調印だった。つまり、ウクライナ政府が「調印にむけた準備プロセスの一時停止」を一方的に決めたのは、調印予定の一週間前。もっとも、これより三日前の一一月一八日に米上院が、ティモシェンコ前首相の釈放（後述）をウクライナ政府に呼びかけ、ティモシェンコの釈放を連合協定調印の重要な条件に含めるようEUに呼びかける声明を採択したことなどから、ヴィリニュスで協定が本調印される見通しには、ウクライナ内外で懐疑的な向きも多かった。それでも、政府が協定調印を、いわばドタキャンしたことは、政府はロシアの圧力に屈している、と日頃から不満を持っていた人々を中心に強い反発を呼んだ。アザーロフ首相は翌二二日に国会の本会議に出席して、この決定は経済的理由によってのみなされたのであり、EU加盟を目指す国家の戦略的方向性を変えるものではないと説明した。だが二一日の深夜からキエフの中心部の独立広場《マイダン》に集まっていた人々は、二二日以降も抗議を続けた。

ユーリヤ・ティモシェンコ（一九六〇年生まれ）は、一九九〇年前後からエネルギー部門に強い実業家として頭角を現し、一九九六年に国会議員に初当選。一九九九年暮れから二〇〇一年初めまで、燃料エネルギー部門担当の副首相を務めた。二〇〇四年の「オレンジ革命」の立役者の一人となり、二〇〇五年の一月から九月まで、および二〇〇七年一二月から二〇一〇年三月まで首相を務めた。二〇一〇年の大統領選挙では決選投票でヤヌコヴィッチに敗れるも、ウクライナ中央選管の発表で四五パーセント強の票を得た。大統領選挙の数ヶ月後から、いくつかの容疑で起訴された。二〇一一年八月には審理中の法廷で逮捕され、同年一〇月には、二度目の首相在任中にロシアからのガス輸入価格を巡り職権を乱用した廉で禁固七年の判決を受けた。欧米を中心とする各国は、政敵潰しを狙った恣意的な捜査、審理であるとヤヌコヴィッチ政権を非難した。

キエフの独立広場（マイダン・ネザレージノスチ）について

二〇〇四年の「オレンジ革命」、そしてこの本に描かれている「ユーロマイダン」において、独立広場が果たした役割は極めて大きい。独立広場はキエフのメインストリートであるクレシチャチク通りに面しているが、通りをはさんで左右にそれぞれ一五〇メートルほどの奥行きを持つ。大統領府、内閣ビル（政府庁舎）、国会である最高会議、内務省をはじめとする国家の中枢機関は、独立広場から半径一キロ内にすっぽり収まる。クレシチャチク通りは車道と歩道を合わせると幅約七〇メートル、全長一・三キロ。ここ一〇年余りは週末には歩行者天国になっている。交通を遮断したクレシチャチク通りと独立広場を合わせれば、数十万人が一堂に会することが可能だ。二〇〇一年には、クレシチャチクの東側の広場中央部に、柱の頂上に民族衣装姿の乙女を戴く「独立記念碑」（高さ六二メートル）が建立され、広場の地下にはショッピングセンターがオープンした。

ウクライナ語には広場を表す言葉は、マイダンとプロシャの二つがあるが、「〇〇広場」という固有名詞に広場《マイダン》が使われるのは、その市町村の中心をなす広場ひとつだけである。そのため、キエフの独立広場《マイダン・ネザレージノスチ》の場合は、独立《ネザレージノスチ》を省略して広場《マイダン》と言っただけでも、それが独立広場を指すことは誰にでも分かる。

一一月二二日　金曜日

ヴィリニュス。キエフ同様、冬らしからぬ暖かさ。昨日のウクライナ首相の声明にもかかわらず、ウクライナとそのヨーロッパ的展望をめぐる会議は中止にならなかった。もっとも、コモロフスキ・ポーランド大統領とグリバウスカイテ・リトアニア大統領、あと数名のヨーロッパの首脳レベルの政治家は参加を取りやめた。ホテル「ケンピンスキ」で開催された晩餐会も、ウクライナからの参加者の気分を昂めてはくれなかった。私の隣の丸テーブルについていたのは、リトアニアの初代大統領ヴィタウタス・ランズベルギス、ウクライナの前大統領ヴィクトル・ユシチェンコ、ヴィクトルの兄で、元国会議員のピョートル・ユシチェンコ、そして私の知らないあと二名だった。ランズベルギスもユシチェンコもスピーチをした。ランズベルギスはヨーロッパ的な価値について話したのだが、ユシチェンコは相も変わらずユーリヤ・ティモシェンコ批判を繰り返した。スピーチの後でユシチェンコは同じテーブルについている人たち全員に瓶入りの蜂蜜を進呈した。

同じころ、キエフの独立広場《マイダン》では、雨の中、自然発生的に集会が始まっていた。抗議者の雨よけになるようにビニールシートを持ってきた人がいた。すぐに警官がやってきて、ビニールシートを取り上げた。私服の男が、一一月二二日から一月七日までの期間、独立広場へのテント、出店、その他の「小型建築物」の設置を禁じる裁判所の決定を読み上げた。と同時に、市警の代表者は、抗議者を蹴散らしたりはしないと言った。

ヴィクトル・ヤヌコヴィッチはいまでも、ここヴィリニュスで開催中のEUサミットに参加する意向だ。会議に参加しているポーランドとリトアニアの政治家たちは、ヤヌコヴィッチは最終的には連合協定にサインするだろう、と慎重を期して推測している。彼らの考えでは、ウクライナ首相があの公的発言をしたのは、EUがユーリヤ・ティモシェンコ問題でウクライナに圧力をかけすぎているからだ。この点は私も同意見だ。ティモシェンコは、ヤヌコヴィッチにとっては最も危険な敵なのだ。ティモシェンコを釈放すれば、彼女の人気は再びうなぎ上りになり、今日現在の「三勇士」――オレグ・チャグニボク、ヴィターリー・クリチコ、アルセーニー・ヤツェニュク〔一九七四年生まれ、二〇一四年二月二七日〜二〇一六年四月首相〕――を脇に追いやって、彼女は再び野党勢力をまとめるリーダーになってしまう。ヤツェニュクはティモシェンコが率いる政党「バチキフシチナ（祖国）」〔議会第二党、議席数二割強〕のリーダーになるために、自分の政党「変化の最前線」を実質解散せざるをえなかった。「変化の最前線」のメンバーは公式にはバチキフシチナに統合されたのだが、実際には、多くの党員がティモシェンコの党に加わることを拒否した。ティモシェンコが自由の身になって、政治活動に復帰した暁には、ヤツェニュクはティモシェンコの「副」になってしまう。正確に言うと、ティモシェンコの複数の「副」の一人に降格ということだ。先の国会選挙で、率いる政党「ウクライナ民主改革連合（UDAR）」が思いがけない高得票だった〔国会選挙初参加にして一五パーセントに迫る得票率で第三党に〕ヴィターリー・クリチコにしても〔UDARは「ウクライナ民主改革連合」の四つの単語の頭文字をとった略語だが、ロシア語とウクライナ語に共通するудар（ウダール）という言葉と同じになる。ударは「打撃」「パンチ」の意。クリチコはボクシング世界ヘビー級王者、二〇一四年六月五日よりキエフ市長〕、「席を詰め」ざるをえない。UDARには「バチキフシチナ」支持者の票が多く流れた。ティモシェンコが政界復帰すれば、その票は再びティモシェンコに戻るかもしれない。チャグニボクが率いる、急進的民族主義者の政党「スヴォボダ（自由）」〔議会第四党。議席数は一割未満〕支持者たちは、ティモシェンコには何のシンパシーも抱いていない。だが、スヴォボダ票はそもそも大したものではないので、ティモシェンコの政界復帰はチャグニボクとスヴォボダには何の変化ももたらさない。

アザーロフ首相は今日も発言をした。「民心をなだめる」ものだった。EUとの連合協定の調印を拒否したことは、ウクライナが関税同盟入りするとの条約をロシアと調印することを意味するものではない、と。実際のところ、ウクライナ国民の大部分は、調印されていない、このふたつの協定について は何も知らない。理解しているのは、EUとの連合協定はウクライナをヨーロッパへと導き、関税同盟条約はロシア連邦に経済的にも政治的にも「抱きしめられる」状態にウクライナを引き戻すということだけなのだ。

キエフでは今日、ナイフ・ファイトの第二回ヨーロッパ選手権が始まった。参加チームはロシア、ウクライナ、ラトビアにイタリア。競技としてのナイフ・ファイトが世の中に存在するとは初耳だ！

〔訳注〕「冬らしからぬ暖かさ」　日記が書かれた年のキエフの月別平均気温は、二〇一三年一一月六・四度（平年一・七度）、一二月マイナス〇・二度（平年マイナス二・二度）、二〇一四年一月マイナス四・八度（平年マイナス三・五度）であった（気象庁「世界の天候」参照）。

一一月二五日　月曜日

ヴィリニュス。午前一時四〇分。雨。予報では午前三時には雪になるそうです、とタクシーの運転手。夜中も過ぎてから、ヨーロッパの外交官たちが私に尋ねた、あなたのウクライナをどうすればいいのでしょうかね？　私は答えた、「私のウクライナを、ですか？　どうぞお取りください。私や他の住民ごと」。ウクライナは新しいご主人様をすでに何人も体験済みだ。新しいルールは分かりやすく、実行しやすいものであってほしい、これが肝心。皆が欲しているのは、まさにこれなのだから。そして、ルール一つ一つが一行に、シンプルな一つの文章に収まること。そう、十戒のように——汝殺すなかれ、汝盗むなかれ等々。そうすれば誰かが手をたたいて「わぉ、簡単！　文明的に暮らすって、すごく楽なんだ！」と言う。でも念のために尋ねる、「地区担当警官もこのルールを守って暮らすのかな？」。

ルールは全員が守るべし、となれば、哀れ、地区担当警官もそのルールに従う羽目になる。ルールが受け入れられなければ、零細事業者のキオスクから、うちのチビたちに、とアイスクリームをタダで持っていく地区担当警官の権利は残される。そうなれば零細事業者の子供たちは、零細な、いや、正確に言うと、度量の狭い地区担当警官の子供らを憎みながら育っていくことになる。

地区担当警官、事業者、そして単なる人生参加者のみなさん、よい夜を。

昨日（日曜日）は、今の時点で一番大人数の抗議集会がマイダンで行われた。ヨーロッパへの統合支持派の行進は、正午にタラス・シェフチェンコの銅像前を出発して、ヨーロッパ広場に向かった。警察の発表では参加者二万人、ロシアのニュースでは数千名、野党勢力は、政府と大統領に反対する一〇万人以上の市民がマイダンに集結、と発表した。集会での演説は、大統領弾劾と政権交代を呼びかけるものばかりだった。それが二時間続いたのちに、言葉を行動に移す時がきた！　内閣を包囲しよう！　と演説した者がいた。それに呼応して抗議者たちは移動を始めた。途中で三グループに分かれると、一番大きなグループは内閣ビルに向かい、あとのふたつは国会と大統領府に向かった。内閣ビルの前では、同ビルを内務省の特務警察部隊である「ベルクト（イヌワシ）」とともに守るために集結した「チトゥーシキ＊」との乱闘がたちまち始まった。抗議者たちの戦闘的前衛となったのは、スヴォボダ党員と急進的な若者たち。彼らは車両用の遮断機を壊すと、棍棒や旗竿を使って、内閣ビル防衛線の「脳天をかち割り」にかかった。ベルクトはノイズ手榴弾を投げた。スヴォボダ党員たちは、今回の抗議行動とはまったく関係のない民族主義的スローガンを叫んだ。ヴィクトル・ユシチェンコ政権で内務大臣だったユーリー・ルツェンコ〔一九六四年生まれ。二〇一四年八月、ペトロ・ポロシェンコ・ブロック党首に就任、二〇一四年一〇月国会議員に選出、二〇一六年五月～二〇一九年八月検事総長〕は乱闘を止めようとした。マイダンに戻ろう、内閣ビルには明日戻ってこようと呼びかけた。ついにはスヴォボダもヨーロッパ広場に戻ることを承諾した。スヴォボダはヨーロッパ広場に抗議村のテント張りを始めた。

地域党も眠ってはいなかった。土曜から日曜にかけての晩、ミハイロフスカヤ広場に集会用のステージと移動式トイレを設置した。つまり、ミハイロフスカヤ広場を賛同者の基地にするつもりなのだ。

同じく、土曜から日曜にかけての夜、リヴォフ市では学生たちが市の中心に一〇個のテントを設営した。EUの旗がいくつも掲げられた。チェルカスィ（チェルカッシ）市では警察がテント設営を阻止した。ウクライナの多くの都市では中央広場を警察が警備している。ある野党政治家は、解散はヴィリニュスでのEUサミットが終了する一一月二九日まで待とうと抗議者たちに呼びかけた。

抗議行動の陰で「ホロドモール犠牲者追悼の日」がひっそりと過ぎた。意外なことに、ドネツク州知事のシシャツキー（地域党所属）がホロドモールを思い出した。短いスピーチの中で彼は認めた、飢饉は人工的に作り出されたものだった、なぜなら、一九三二年から一九三三年にかけての当時、ルーマニア領およびポーランド領だったウクライナの地域では、飢饉は起きなかったのだから。地域党は、ウクライナの人口を三〇〇〇万人から五〇〇〇万人減らした飢饉に対するスターリンとソ連共産党の罪を否定している。シシャツキーは所属する地域党に罰せられるのだろうか？

*チトゥーシキ　現代ウクライナ語の新語のひとつ。「チトゥーシキ」という言葉にはれっきとした誕生日がある。二〇一三年五月一八日。この日、ヤヌコヴィッチの政党、すなわち、地域党の資金で、ベーラヤ・ツェルコフィ市から「体育会系」の一団がキエフに送り込まれた。一日二五〇フリヴニャで民主派集会の参加者たちとの乱闘を挑発するためだ。その手の乱闘で最初に「手柄を立てた」のは、プレスに襲いかかり、女性ジャーナリストのオリガ・スニサルチュクを殴り倒したワジム・チトゥーシコだった。この出来事は別のジャーナリストがビデオに撮り、証拠として裁判所に提出した。チトゥーシコはジャーナリストの活動妨害と秩序紊乱《びんらん》行為の廉で身柄を拘束されたが、後日、二万二九四〇フリヴニャ（二一〇〇ユーロ相当）の保釈金で釈放された。保釈金を払ったのは地域党で、弁護士を手配したのも同党だった。審理を複雑にするために、地域党は、チトゥーシコも記者登

録証を持っていると申告した。ほどなくして記者証は偽物であることが判明した。おまけに、チトゥーシコには窃盗罪による執行猶予二年の前歴があることも明らかになった。結局チトゥーシコは、あと三人の徒手戦クラブメンバーとともに有罪が確定した。三年の執行猶予と被害者のジャーナリスト数名への賠償支払いという判決だった。「チトゥーシキ」という新語は、ワジム・チトゥーシコの名前が世間に知れわたるとすぐにできた。チトゥーシコは「チトゥーシキ」という言葉の使用を裁判に訴えて禁じようとしたが、無駄だった。

いまやチトゥーシキは、体制に反対する人々を威嚇し、喧嘩を吹っ掛けて肉体的暴力をふるうために、警察を含めた当局から金で雇われた、「体育会系」をはじめとする、広い年齢層の男たちを指す言葉として定着している。チトゥーシキは悪徳事業者による工場や店舗などの乗っ取りの際にも動員される。チトゥーシコが所属していたベーラヤ・ツェルコフィ市の「ボドー」クラブのメンバーたちは、キエフ西部の複合スポーツ施設「アテク」が乗っ取られた際にも「活躍」した。

ユーロマイダンの期間中は、警察およびウクライナ保安庁の将校たちがチトゥーシキを指揮した。

一一月二六日　火曜日

今日の深夜二時、オデッサ行政裁判所が、オデッサ市内および「隣接する地域」の二五の広場と道路での集会、行進の禁止を決定した。抗議者たちはオデッサから締め出されたわけだ！　そして朝の五時には執達吏たちがこの文書を手にリシュリュー公の銅像〔映画『戦艦ポチョムキン』でも有名なポチョムキン階段の上に立つ、オデッサのシンボル的銅像。一八二八年建立〕の前に現れて、ユーロマイダンのテントを壊し、ピケを張っていた人々を広場から追い出しにかかった。テントでピケを張っていたのは二四人。オデッサ・ユーロマイダンのリーダー、アレクセイ・チョールヌイを含めた三人が「軽微な秩序紊乱」及び「警察職員への抵抗」の廉で禁固五日間となった。チョールヌイに禁固五日間の有罪判決を下した審理は、ジャーナリスト立ち入り禁止の非公開裁判だった。

私は日増しに確信を強めているのだが、ウクライナの司法制度は、国の経済が「影の経済」なのだから、こちらも陰の存在で構わないという段階を飛び越えて、「夜」に入った。裁判所の判決・決定が、国が眠りについているべき夜に下されるケースがどんどん増えているのだ。裁判官は夜働いて昼眠る、こういうルールになっているのだとしたら、裁判官の精神面の健康を心配する必要はないだろう。しかし一日二四時間勤務なのだとしたら、一時間前に自分がどんな決定をしたのかさえおぼつかないはずだ。もっとも、何度かジャーナリストたちが証拠をつかんでいるとおり、一部の裁判官は、あらかじめ、それも、彼ら抜きで確定された、印刷されて署名済みの判決文や決定書を手渡されるだけなのだ。少なくとも、現政権に反対する人々、あるいは単に当局に不満を持ち、それを隠さない人々の裁判はそうやって行われる。

ハリコフのマイダンには今日は二〇〇人ほどが集まった。昨日集まった人々はガーゼのマスクで口元を覆っていた。地元当局はすかさず、インフルエンザその他の感染症伝染の恐れありとして、集会および大人数のイベントの禁止を通達した。ハリコフは明らかに病んでいる、二〇〇四年のオレンジ革命の折は、ハリコフ市民ははるかに積極的だったのだから。プーチンは一時間か一時間半ごとにウクライナについての声明を発している様子。最新の声明は、「ウクライナはロシアに三〇〇億ドルの借りがある」。一週間前は確か、一八〇億ドルだったはず。

キエフでは今日学生たちが、ウクライナ全土でのストライキを宣言した。キエフ大学の学生たちはシェフチェンコ像の前に集まってマイダンに向かった。そうやって二〇〇〇人近い学生が、マイダンで抗議する人々に合流した。

昨日、ヨーロッパ広場でベルクトが野党の国会議員三名を棍棒で殴り、催涙ガスを浴びせたことがわかった。議員たちが議員証を提示したにもかかわらず、だ。どうやら警察は、憲法で保障されている議員特権を国会議員からすでに剝奪したらしい。少なくとも野党議員は国会議員の身分証明書で身を守ることはできなくなった。リヴォフのマイダンの昨日の参加者たちが、ネットで嘆いている——集会では、ヨーロッパを象徴するものやEUの旗が少なすぎた、ウクライナ国旗の数も少なすぎた、野党の旗の方がずっと多かった。壇上からジャーナリストや作家が演説しているうちは、集会参加者たちは熱心に耳を傾けていた。だが野党の政治家たちの演説が始まると——野党共通の綱領やメッセージがまとまっていないのは明らかだった——集会は大統領選に向けての美人コンテストと化した。もっとも、ヤヌコヴィッチの指示で一年以上刑務所に入れられていたユーリー・ルツェンコの演説だけは、関心を集めた。しかしルツェンコは政党を代弁したのではなくて、あくまでも自分の意見を述べていたのだ。ユーリヤ・ティモシェンコの代行であるトゥルチノフは、内閣にデモをかけよう！と演説した。このラジカルな呼びかけに応じた人々は、内閣ビルを取り囲んだ警官隊と衝突して、ゴム製の警棒の洗礼を受けた。これが内閣ビルへのデモの目的だったのならば、そもそもデモをけしかけた理由が私には分からない！

ドニエプロペトロフスク（ドニプロペトロウシク）〔二〇一六年五月にドニプロ市に改称〕では昨晩チトゥーシキが、同市のヨーロッパ広場に設営されていた、抗議者たちのテントを壊した。テントの中にいた人々は、ひどく殴られた。ドニエプロペトロフスクのユーロマイダンのリーダーは、脳震盪と打撲傷多数で救急車で運ばれていった。ドネツクとルガンスクでは、見たところ、まったく何も起きていない。クリミアも墓地のごとく静かだ。ちなみにドニエプロペトロフスクでは、ユーロマイダン指導部は、抗議集会への政党の旗の持ち込みを禁止した。持ち込めるのはEUの旗だけ。

ネットでは「抗議集会参加者キット」の販売が見受けられるようになった。そうしたお知らせの一つ――「寒い季節に自己の利益と信条を長時間にわたって守り抜こうと決めたあなたに必要なものすべてを揃えました。一・五リットル魔法瓶、クーラーバッグ、傘、フロアマット、レインコート、寝袋、携帯充電器、懐中瓶、キャンプ用のガスコンロ、三日分の食料、サーモケミカル・カイロ（四個）、警察と揉めた場合の法令集『抗議行動参加者ガイド』」。値段はおおよそ一〇〇〇フリヴニャ。警察と揉めた場合のガイドはネットからただでダウンロードできる。わりと最近だが、「ドライバーのためのガイド」が大受けした。道路交通警察への正しい応対法のマニュアルだ。交通警官はよく停車を命じるが〔難癖をつけてドライバーから金を巻き上げることが目的〕、それによって警官自身が抵触している法律、具体的な条文のリンクが列挙されている。

今日は一日中、憂鬱になる天気だった。日の光は一条も差し込まなかった。雨だったり、みぞれになったり。この季節の最大の気晴らしはサウナ。すべてが計画どおりに運べば明日、サウナに気を晴らしてもらえる。

一一月二七日　水曜日

気温は氷点下。昨日ようやく冬タイヤに換えた。病院に母を見舞った。病院の隣のウズベク人のパン屋で、肉入りの丸いパイを買った。母の病室には三〇分ほどいた。母は私に、父と一緒に家で留守番をしている猫のムールカの写真を何枚も見せた。母が恋しがっているからと、私がわざわざ実家に行って撮った写真だということを、母は憶えていない。帰宅して、夕飯のパンプキン・スープと肉を料理した。プーチンはウクライナの破綻を待っている。ヨーロッパの夢へと向かう道からウクライナをそらす気はありません、ヤヌコヴィッチはそう発言した。地方の道路の修理工事もします、と約束した。ウクライナ国民にいま大事なのは高速道路よりも地方の道路です、と。なんだか唐突だ。ヤヌコヴィッチが言わんとしたのは、ヨーロッパへの接近などより、地方の道路の修復の方が大事、ということだろう。たしかに道理にはかなっている、道が悪くてはヨーロッパまでたどり着けない。途中で車が壊れてしまう。

刑務所の病院に収容されているユーリヤ・ティモシェンコが、すべての政党は反ヤヌコヴィッチ闘争に結束せよと呼びかけた。いっぽう各都市のマイダンは、政党旗を掲げた政治家たちを追い払っている。リヴォフでは、集会の壇上から、クルートゥイの戦い〔一九一八年一月二九日にキエフの東北一三〇キロにある鉄道の駅クルートゥイで起きた、キエフ攻略に向かっていた赤衛軍とウクライナ民主共和国軍の戦闘。ウクライナ側は大学生や高等学校の生徒も参加していた。戦闘の経過、死傷者数などはいまだに不詳・不明な点が多い。祖国のために死を厭わない人々、特に若者の自己犠牲の例としてウクライナでは有名〕を想起せよ、「ウクライナの理念」のために死を賭して戦うのだ！　とアジったスヴォボダ党の国会議員ユーリー・ミハリチシンが、政府に抗議する学生たちに追い払われた。学生たちに聞き入れてもらえないと合点するや、ミハリチシンは、「この抗議行動はヤヌコヴィッチ大統領府にお膳立てされたのだ」と言ってのけた。自分の国の「こことここがどうしても嫌だ」と人々が自発的に抗議行動を起こすことはある、なのに政治家たちがそれをなかなか理解できないのはどうしてなのか？　各都市の「マイダン」はすべて、自然発生的に誕生したもので、どの政党にも組織されていないのは誰の目にも明らかだ。なのにいずれの野党も、マイダンの主宰者たろうとあがいている。無党派のユーロマイダン。たしかにいままでになかったことだ。

ヨーロッパへの統合棚上げは無効――キエフの行政裁判所が唐突にもこんな判決を出した。おそらく審議は夜ではなく昼間行われたのだろう。もっとも、判決にはこう書かれている「国際交渉を取りやめるあるいは始めることができるのは大統領あるいは大統領がそれを委任した者のみ」。つまり、ヤヌコヴィッチがアザーロフに、調印に向けての作業を止めるよう、正式に委任したのであれば、講じられる手立てはないということだ。一方で、形の上では、アザーロフが勝手に演説したのだとすれば（そして私が見るところでは、まさにそうだったのだ、とヤヌコヴィッチはあらゆるところで示したがっている）、ヤヌコヴィッチがアザーロフを完全に無視して、明日ヴィリニュスでEUとの連合協定に調印することには何の障害もない。ましてや、大統領府は、ヤヌコヴィッチはEUサミットに参加する、と確認したのだから。協定に調印する気がないのなら、なぜサミットに出向く必要があるのか？　物笑いの種になるためだけに行くのか?!

今日ハリコフではとても変わったお祭り騒ぎがあった。ユーリヤ・ティモシェンコの誕生祝いだ。なんと彼女は五三歳になった。ティモシェンコが治療なのだか懲罰なのだかを受けている病院の門は、花、スローガン、ウクライナとEUの旗で飾られた。彼女の盟友たちは病院の門の脇に演台を設置して、マイクとスピーカーを使って彼女にお祝いのメッセージを送った。五〇〇人ほどが集まった。赤いバラでできた巨大なハートを、EUのマークを描いた木の台にセットしたものがプレゼントだった。「ユーリャ〔ユーリヤの愛称〕に自由を！」という見慣れたプラカードの代わりに今回目立ったのは「ウクライナに自由を！」というプラカードだった。病院の入り口は警察にブロックされており、病院の門を通ろうとする車は、交通警察にチェックされていた。

今日キエフでは、キエフ総合技術大学の学生たちが隊列を組んで、勝利大通りを歩いてマイダンに向かった。ベルクトを乗せたバスが後についていた。学生たちは授業の代わりに抗議集会に出させてほしいと求めていた。西ウクライナでは多くの大学が「政治的休暇」に入った。キエフで、抗議集会への参加を授業への出席とみなすと許可されたのは、キエフ・モヒーラ・アカデミー国立大学の学生だけ。ドミトリー・タバーチニク教育大臣は今日、抗議集会に参加する学生は奨学金支給の対象から外す、と脅した。

いっぽう学生たちは、キエフのマイダンの文化の面を軌道に乗せようとしている。映画の夕べと若いミュージシャンのコンサートをやることを決めた。本や雑誌を交換するための「ブック・クロッシング」ボックスを設置した。学生たちが呼び掛けているのは、ウクライナの作家の本を優先的に持ち寄ってください、そしてどの本にも「ユーロマイダンの記念に」と書き込んでください。「ブック・クロッシング」のルールはシンプルだ、置いてある本に読みたいものがあれば、それと引き換えに持参した本を置いていけばいい。

プーチンは、ヤヌコヴィッチを釣った餌の正体をついに明かした。ガス価格を一〇〇〇立方メートルあたり二七〇ドルまで下げるという何度も繰り返されてきた約束の蒸し返し、そして一五〇億ドルを低利で融資するという約束、経済的な特典とやらをいくつか、そして、アントーノフ型飛行機の共同製造！　どこかで聞いた話じゃないか。

一一月二八日　木曜日　夕刻

ヤヌコヴィッチ大統領はヴィリニュスに飛び立った。だが何を求めてEUサミットに向かったのかは、今のところ分からない。ましてや、ヤヌコヴィッチ支持派は、ゲイとレズビアンの旗につつまれた「ヨーロッパへの統合」の棺桶を担いでキエフ中を練り歩いていたのだから。おそらく仮想空間だけに存在している「社会運動体　ウクライナの選択」の反ヨーロッパキャンペーンには、まったくもってうんざりだ。EUとの連合協定が調印された暁には、ウクライナ人は一人残らずホモとレズビアンになってしまうことを分かりやすいイラストで示した「社会運動体　ウクライナの選択」の意見プラカードやビルボードが、国中に張り出されている。地下鉄に乗るたびに、エスカレーターの両脇の壁に何十枚と貼られたこの手のポスターを見る羽目になる。このキャンペーンはキエフでこそ物笑いの種だが、東部や田舎では純朴な人々が、全員がゲイとレズビアンになることは、ヨーロッパがウクライナに突き付けた条件で、それを実行に移さない限り、どんな協定も調印できない、そう思い込みかねない。ロシアは今日、ウクライナ製の陶磁器の輸入を禁止した。

昼間は湿った雪が降っていた。降ってはたちまち溶ける雪。マイダンには隊列を組んで五〇〇〇人近い学生がやってきた。夕方近くになって、マイダンのステージにスラーヴァ・ワカルチュク〔スヴャトスラフ・ワカルチュク、一九七五年生まれ、ロックグループ『オケアン・エリズィ』の設立者、リーダー、ボーカル、ソングライター。二〇〇四年のオレンジ革命を積極的に支持し、一時は国会議員を務めるなど、政治・社会活動にも積極的。『オケアン・エリズィ』はウクライナでは絶大な人気を誇り、ロシアをはじめとした旧ソ連圏でも広く知られていてファンも多い。二〇一五年に政党「ホロス（「声」の意味）」を設立、党首となり、二〇一九年の国会選挙で当選、「ホロス」は一七議席を獲得。二〇二〇年に党首および国会議員を辞職〕が登壇して、集まった人々に、もしも明日ヴィリニュスでヤヌコヴィッチがEUとの連合協定に調印しなかったとしても、落胆しないでほしい、幻滅しないでほしいと呼びかけた。短いスピーチだった。ステージを降りようとしたワカルチュクに皆が叫んだ、「歌って！　歌って！」。

ワカルチュクは伴奏なしで、集まった何千という人と一緒に持ち歌の『起きて、愛しい人（＝ウクライナ）よ、立ち上がって』を歌った。

寝る前にジントニックが飲みたくなった。ジンは家にあるが、トニックがない。二〇〇四年の大統領選挙の不正に抗議して立ち上がったほどには、今のウクライナは起きても、立ち上がってもいない。この状況は、オレンジ革命の繰り返しではない。今は、「ヨーロッパの夢」を葬り去りたくないという状態なのだ。国の南部と東部では、そもそもこの夢自体が存在しない。ドネツクとセヴァストーポリにとって、ヨーロッパは遠すぎる。いっぽう、リヴォフ、テルノポリ（テルノピリ）、イワノ＝フランコフスク（イヴァノ＝フランキーウシク）、チェルノフツィ（チェルニフツィ）といった西ウクライナ*にとっては、ヨーロッパははるかに近い。だから西ウクライナでは世間が沸き立っているのに、東部は静かなのだ。

＊西ウクライナ　歴史上のある二人の人物がいなければ、そして歴史上のひとつの出来事がなければ、ウクライナは今とは全く違う国になっていただろう。もしかすると、ベラルーシに似た国になっていたかもしれない。だがそうはならなかった前提条件を作り上げたのは、ヒトラーとスターリンだった。だから今日の抗議行動の責任はこの二人にある。もちろん、ヒトラーがリベントロップに、スターリンがモロトフに、一九三九年のポーランド分割についての条約調印を命じた時は、ヒトラーもスターリンもそれぞれ独自の計画と考えを持っていた。条約は調印され、一九三九年九月一七日、ブコヴィナと西ウクライナにソ連軍がやってきた。戦車を率いて堂々と。人々は興味津々の面持ちで、そして抵抗することなくソ連軍を受け入れた。ガリチナ（現在のウクライナのイワ

ノ＝フランコフスク州、リヴォフ州、そしてテルノポリ州の西部にほぼ該当。ロシア語では「ガリチア」、日本語では「ガリツィア」と呼ぶ場合もある〕のウクライナ人は当初は幸せでさえあった、やっとポーランド人から解放されたのだから。ブコヴィナの人々は、もちろん、全員がではないが、ルーマニアから解放されて幸せだった。だが一年も経つと人々の気持ちは変わった。たしかにポーランド人たちはリヴォフとテルノポリから駆逐されて、彼らの家やアパートにはウクライナ人が入居した。だがソ連軍の将校とその家族も越してきた。彼らの挙動を西ウクライナの人々は最初は笑い、しばらくするとまごつき、そして怖気づいた。それからまたしばらくして、ガリチナの人々の逮捕と強制退去が始まると、笑いどころではなくなった。ちょうどその頃、つまり、一九四一年六月に戦争が始まり、ガリチナにはドイツ軍がやってきた。ドイツ軍は共産主義の圧政とスターリンによる弾圧からの解放者として迎えられた。多くのウクライナ人の心が勇み立った。一九三〇年代には対ポーランド人テロを繰り返していた民族主義団体も、ウクライナはついにはポーランド人からも、ロシア人からも、そしてドイツ人からも自由になるとの希望を抱いていて、奮い立った。当初、ナチス・ドイツはウクライナ民族主義者たちに、政治的特恵に期待していいですよ、と示唆した。そしてたしかに、ウクライナ人たちの文化・社会生活は花開いたのだった。ウクライナ語の新聞・雑誌が刊行され、ウクライナ語の劇団が上演をはじめ、ドイツ人のもとだったら、民族復興も可能なのでは、との希望が生まれた。第二次世界大戦が終了すると、西ウクライナの人々は、ヒトラー体制への選択的な忠誠に対するソヴィエト体制の復讐を実感した。西ウクライナの何万という人々がシベリア送りになった。同時に西ウクライナ全域でソヴィエトのやつらに対する、本物のパルチザン戦争が始まった。何十、何百というグループが、ソヴィエトの役人、兵士、将校を待ち伏せした。東ウクライナとロシアから派遣されてくる共産党の専従職員が頻繁に殺された。そして、これに言及しないわけにはいかないのだが、ロシア語と共産主義教育のためにロシアとソヴィエト・ウクライナから農村部に派遣された若い教師たちも殺された。この戦争は一九六〇年代の初めまで続き、犠牲者は双方ともに数万人にのぼった。西ウクライナにおける反ソヴィエト軍事抵抗を組織したのは、ウクライナ蜂起軍（ＵＰＡ）とウクライナ民族主義者組織（ＯＵＮ）だった。だが、ソ連による占領に対しては、組織化されていない抗議行動やテロも数多く起きた。ソ連時代、これは禁断のテーマだった。そして抵抗のリーダーだったステパン・バンデラとウクライナ蜂起軍の最高司令官ロマン・シュヘーヴィッチは裏切り者であり敵だとされた。ウクライナの独立とともに、ステパン・バンデラもロマン・シュヘーヴィッチも再び民族の英雄となり、往時の事件の数少なくなった生存者たちは抵抗運動についての回想録を書くようになった。歴史家たちはＯＵＮおよびＵＰＡの歴史の空白部分を埋める作業を始めた。歴史の教科書に書き加えられた英雄たちについて、何十冊もの本が新たに書かれた。まずは西ウクライナの、しばらくしてからは中部、そして南部の都市の通りに、バンデラやシュヘーヴィッチの名がつけられ、記念碑が建立された。ロシアはこれに病的ともいえる過剰な反応を示した。ロシアのテレビはウクライナ民族主義者とナチス・ドイツとの協力、戦後のバンデラ派の蛮行、教師殺害などをめぐるドキュメンタリーを流した。東部ウクライナの情報空間に伝統的に影響力を持っているロシアは、ウクライナの南部と東部の親ロシア政党が、西ウクライナおよび西ウクライナの人々は、ファシストとの闘いにおいて一枚岩だったソ連人民を裏切った敵だったのだ、というイメージを流布させることに手を貸した。戦争をテーマにしたロシア製のテレビドラマでは、ウクライナ人はきまって裏切り者として描かれるようになった。

私が西ウクライナに初めて行ったのは一九七三年、修学旅行の折だった。一二歳の私はウクライナ語がほとんどしゃべれなかった。リヴォフに近いスタールイ・サンボルという小さな町を訪れた時のことを憶えている。レモネードとキャンディを買うために先生の引率なしで商店に入った。行列に並んだ私は、順番が来ると、キャンディとレモネードをください、とロシア語で言った。店の中がしーんとして、張り詰めた空気になったのを憶えている。行列で私の次に並んでいた老人が、傷つけるような言葉を私に吐いたのも憶えている。

西ウクライナがソ連の一部だったのは四六年間。民族としての一体感、ウクライナ語、そして起業家精神を守り抜いた。ウクライナの中部と東部は一九一八年からソ連邦の一部だった。これもまた、特殊なメンタリティがますます強くなっていったことに影響を与えている、と私は考えている。西ウクライナでは現在、起業活動が盛んで、小企業が元気だ。西ウクライナに住む人々は、国の東部の人たちよりもはるかに政治への関心が強い。ガリチナの人々が積極的なのは政治に限ったことではない。たとえばウクライナで最初のチャリティー商店や、ホームレス救援組織が誕生したのは、西ウクライナの首都といえるリヴォフだった。

一一月二九日　金曜日

ウクライナはマズった！　EUサミットはモルドバには良い成果をもたらし、ウクライナにとってはひどい終わり方をした。ヤヌコヴィッチは結局、何も調印しなかった。ならば、なぜヴィリニュスに飛んだのか？　メルケルと一緒に写真に収まるためか？　西ウクライナとキエフが抑うつ感に覆われること必至だ。

キエフでは新しい抗議集会が行われている。正確に言うと、地域党による反抗議集会だ。栄光広場をはじめとして、何十台ものバスが停まっている。バスから降りてくるのはウクライナ東部をはじめとした地域から動員されたビュジェトニキ〔直訳すると「財政から給与を支給される者」。教職員、公立病院の医師を含む、公共機関の職員。薄給であるとの大前提がある。省庁や地方政府の職員、特に何らかの役職についている者は収賄などの大きなチャンスがあると考えられていることから、ビュジェトニキのカテゴリーには入れられていない。従って、「公務員」と訳すことはできない〕で、彼らはウクライナ国旗を手にヨーロッパ広場へと坂を下りていく。ヨーロッパ広場にはすでに、与党である地域党の大好きな白と青で飾り付けられたステージが設営されている。「ウクライナの中のヨーロッパを目指して」――この集会には名前がある。つまり、今一番ホットな言葉二つを一つの文章に押し込んだわけだ。ただし、マイダンはヨーロッパの中の、つまりヨーロッパの一員としてのウクライナを支持しているのに対し、こちらはその逆を支持している。演説する者は異口同音に、ウクライナがヨーロッパに入るのはまだ早い、まだ幼く、弱弱しく、貧乏だからと繰り返す。ロシアともヨーロッパとも渡り合えるくらい成長して金持ちになったなら、ヨーロッパに行こうじゃないか。地域党の国会議員のトップ、アレクサンドル・エフレーモフが演説する、まだ何も決まったわけではない、ウクライナがヨーロッパとの協定に調印することはまだ可能だ、今年中に、この五月に調印できるかもしれない。他の演説をまとめるとこうなる――ルガンスク、ドネツク、ハリコフ、ザポロージェ（ザポリッジア）ではロシアからの恐ろしいほどの圧力を感じている、だから今すぐ立ち止まってじっくり考えよう、ヨーロッパへの統合のプロセスには休憩を宣言するべきだ。

集会はコンサートへと引き継がれ、紅茶の入ったプラスチックのコップが配られた。

同じころ、坂の上のマリインスキー宮殿〔ウクライナ大統領公邸。隣は国会〕前ではスポーツウェアのチトゥーシキ数千人が縦隊を組んでいた。「公共テレビ」の記者二名がカメラ取材に出向いた。二〇人ほどのチトゥーシキが二人を襲い、殴り、地べたに倒し、カメラを壊し、ポケットをまさぐり、USBメモリーを取り上げた。記者たちが探し当てた警官たちは「チトゥーシキには近づかないことだね」と忠告すると、関わるのを拒否した。それからしばらくした夕方六時半ごろ、チトゥーシキの一団が、ユーロマイダンの参加者を襲った。取っ組み合いのけんかになった。一団の足元に発煙弾を投げた者がいた。不意に警察が現れると、チトゥーシキたちは姿を消した。ガスマスクをつけた警官隊は横隊を組んで、独立広場《マイダン》に集まっていた抗議者たちを独立記念碑の方へと押しやっていった。警官の二つ目の横隊はクレシチャチク通りの反対側を封鎖する形で整列し、抗議集会を分断した。

ニュースをチェックするため、夕方テレビ・ザッピングをした。マイダンはほぼ黙殺されている。そのかわり、いくつものニュース番組が、ハリコフではまたもや現金輸送会社の職員が殺されましたと報じた。装甲仕様の現金輸送車が襲われたのは、ここ数年で六件目。「襲撃・殺人の実行犯を追っています」。だが、他の事件同様、犯人はまず見つからないだろう。ハリコフで頻発している現金輸送車襲撃事件の犯人は、ロシアから出張してきている連中だとの説が頻繁に唱えられるようになった。ハリコフからロシアとの国境までは四〇キロ足らず。

一一月三〇日　土曜日

ソ連時代に学校生活を送った私たちは、歴史の授業で「血の日曜日事件」〔一九〇五年一月、ペテルブルグで皇帝に陳情するために平和に行進する市民に軍隊が発砲して多数の死傷者が出た事件〕を習った。今日、ウクライナ現代史に「血の土曜日事件」が誕生した。朝の四時ごろ警察特殊部隊がマイダンを襲った。携帯電話の電波がブロックされた。マイダンにいたのは数百人、眠たい時間帯ゆえに、何が起きているのかすぐには誰も合点がいかなかった。学生も年配者も手あたり次第殴られた。逃げた者は追跡され、道路に倒され、とどめを刺すかのように警棒で殴られた。男女の学生の一団は袋小路に追い詰められ、包囲された。若者たちはウクライナ国歌を歌った。歌う彼らは殴られ、警察の護送車に押し込まれて、警察署に連行された。抗議者の一部は坂の上にあるソフィア広場とミハイロフスカヤ広場に向かって走った。彼らは、重い「騎士の甲冑」に身を包んだベルクトよりも逃げ足が速かったが、ベルクトは追跡をあきらめなかった。抗議者たちがミハイロフスカヤ広場にたどり着くと、背の低い修道士が駆け寄り、修道院に入りなさい、と促した。修道院の門は開いている、修道院長が許可したのだ、と。修こうして、若者を中心とする一〇〇人以上の抗議行動参加者がミハイロフスキー修道院に逃れた。修道院の門は内側から閉鎖された。朝になると、キエフの市民は修道院に暖かい服、お茶、食べ物を運んだ。警察の将校たちも修道院にやってきて、構内に入ろうとしたが阻止された。キエフの警察トップは、マイダン襲撃の命令を出したのは、抗議者たちが、マイダンへの新年の樅ノ木〔イルミネーションを飾り付けるための高さ三〇メートルほどの円錐形の金属の骨組み。生きた樅ノ木ではない」の設営を妨害したからだ、と発表した。「血の土曜日」の結果は、逮捕者三七名、負傷者三五名。だが「結果」は、これがすべてではないだろう。行方不明者の名簿作成が行われている。マイダンでは死者も出た、遺体は警察がどこかに運び去ったという噂が流れている。キエフは暗鬱な気分におおわれている。通りを行くのは暗い顔ばかり。テレビのニュース曰く、抗議行動は九日目にして警察の力で終結した。ミハイロフスキー修道院に籠った若者たち曰く、帰宅解散する気はない、この土曜日を経験して、怖いものはなくなった。

昼になって、スヴォボダ所属の国会議員イーゴリ・ミロシニチェンコが、警察がマイダンを蹴散らしたのは、マイダンに政治家がいなかったからだ、と発言した。抗議参加者たちが、我々の抗議は政治的なものではない、と言ったからだ、と。野党さえ参加していなかった、市民社会による九日間にわたる抗議、これは前代未聞だ。全国放送のテレビ局で、実際はどうだったのかという映像を流したのは「1＋1」だけだった。「1＋1」は、野党政治家たちがミハイロフスキー修道院に匿われている学生たちに会いに来た場面をちらりと流した。学生たちはあまり嬉しそうではなかった。「どうして昨晩マイダンにいなかったのですか？」と政治家に質す学生もいた。

ヨーロッパとアメリカは、抗議行動参加者に対する警察の非情な行動を非難した。雷雨の気配が漂っている。昨晩はウクライナで眠りについたのに、今朝目が覚めてみるとベラルーシだった——こう言う人は多い。「ベラルーシ」はここには根付かない！　ウクライナは独裁国家になるにはあまりに多様であまりに広大だ！

一二月一日　日曜日　夕刻

マイダンから戻ったのは二三時ごろ。どうやら今夜、「掃討」がありそうだ。午後も遅くなって、「マイダン派」はバンコヴァヤ通りを襲撃した。ウクライナ国旗を手にした活動家たちが張り付くように乗り込んだブルドーザーが現れて、大統領府への道を遮断していた何台もの警察のバスを押しのけた。ベルクトが反撃に出た。クリチコがやってきて、「みんな、坂を下りてマイダンに行こう」「これは、ヤヌコヴィッチが全土に非常事態を宣言するための挑発行為だ」と叫んだ。誰も耳を貸さなかった。ポロシェンコ〔二〇一四年五月二五日の大統領選挙で当選したペトロ・ポロシェンコのこと〕も大統領府への攻撃を止めようとしたが、脇にどけられて終わった。ベルクトはマイダン派に飛びかかり、男女のジャーナリストが逃げ込んだ作家同盟のビルも襲撃した。ビル一階のドアと窓を壊すと、逃げ込んだジャーナリストたちを往来に引っ張り出して殴り続けた。ベルクトに殴られたのは、ウクライナ、ポーランド、グルジアのジャーナリストたちだった。彼らはベルクトに記者証を見せたのだが、無駄だった。ベルクトは記者証を取り上げると、彼らに罵声を浴びせながら、さらに激しく殴った。

インスチトゥーツカヤ通りを何十人もの血まみれのマイダン活動家が歩いている。腕をとられてマイダンに降りていく者もいる。マイダンでは寝泊り用の大きなテントがいくつも張られた。バンコヴァヤ通りからマイダンに降りてきたスヴォボダとバチキフシチナの活動家たちは労働組合会館を占拠した。会館のドアを壊して、ここをマイダン本部にしようと呼びかけた。キエフ市警本部長が辞任した。軍の複数の将軍がベルクトが振るった暴力を非難した。ヤヌコヴィッチの報道部が辞職した。政権が砂のように崩壊を始めた様子。つまり、非常事態宣言は充分にありえる。

ユーロマイダンの活動家を乗せた車七〇台が隊列を組んで、ヤヌコヴィッチの私邸を封鎖するべくメジゴーリエに向かった。だが、目的地の手前で、警察が作ったバス数台による「バリケード」に行く手を阻まれた。

たった今入ったニュース――内務省軍の士官学校生徒を乗せたバス四〇台と放水車を含む技術車両がハリコフからキエフに向かっている。

国営第一テレビの最新のニュース番組は、バンコヴァヤ通りでは警官一〇〇名が負傷と伝えた。そもそも革命家たちが乗っ取ったブルドーザーは、どうやってバンコヴァヤ通りにたどり着いたのか？現場にいたジャーナリストたちの話では、大統領府襲撃に加わった活動家たちは、スローガンこそウクライナ語で叫んでいたが、仲間同士ではロシア語で声を掛け合っていた。ポロシェンコも、あれは挑発行為だ、と発言した。ルツェンコは、革命が始まったと宣言した。非常事態下の革命？　無理だろう、それは。それを言うなら、政権に対するパルチザン戦争だろう。マイダンが政権に譲歩させることは可能だと信じない人々は、急速にパルチザン戦争を話題にするようになった。

一二月二日　月曜日

マイダンは無事だった。掃討は行われなかった。一四時半にガビー（ガブリエラ）のクラス担任のガリーナ・ペトロヴナに会った。ヤロスラヴォフ・ヴァル通りの「フランスのパン屋さん」でお茶を飲んだ。ひいき目に見ても勉強が嫌いで、チャンスがあれば授業をサボろうとするガブリエラを担任教師がかばうのを見るのは妙なものだ。ガリーナ・ペトロヴナは、タラス・シェフチェンコ生誕二〇〇年を記念する学校行事のシナリオをチェックしてください、と頼んできた。ガビーには、シェフチェンコの私生活に関わった女性の一人を演じてほしいのです、この行事に参加するよう、お嬢さんを説得してください、と頼まれた〔タラス・シェフチェンコ（一八一四〜一八六一）ウクライナの詩人・画家。近代ウクライナ語文学の始祖。ウクライナでは民族復興のシンボル的存在でもある〕。

与党から所属国会議員が大挙して脱退しているとの噂は、裏がとれなかった。ボゴスロフスカヤ〔一九六〇年生まれの地域党所属の女性の国会議員〕は、プーチンは戦争を望んでいる、と発言して人々を怯えさせている。貸別荘から鍋やテレビを持ち出した、と警察沙汰になり、政治がテーマのトークショウで数々の問題発言を繰り返してきたボゴスロフスカヤの発言を真に受けるのは容易ではない。どうやら、地域党を脱退したのは、いまのところ彼女ひとりらしい。その彼女にしても、夫は党員のままなのだ。

明日、国会で内閣総辞職を審議する予定。アザーロフ首相は昨日、キエフ市警本部長が辞任、と発言したが、警察は確認の発表はしていない。

リヴォフではレーシャ・ゴンガッゼの葬儀が執り行われた。彼女は、二〇〇〇年に首なし死体で発見された息子の葬儀を出せないまま亡くなってしまった〔レーシャの息子であるゲオルギー・ゴンガッゼ（一九六九〜二〇〇〇）はジャーナリスト。クチマ大統領をはじめとする政権中枢の腐敗を調査・報道していた二〇〇〇年九月にキエフ市内で失踪、二ヶ月後に首のない胴体だけが森の中で発見された。この事件は政権を揺るがす大スキャンダルになった。ゲオルギーの妻や友人、数度の鑑定は、首なし死体をゲオルギーであると認めたが、母親のレーシャは最後まで認めなかった〕。ハリコフでは強盗に射殺された数名の現金輸送職員の葬儀が行われた。ヤヌコヴィッチは、大統領府の窓の下で抗議行動参加者とジャーナリストたちを激しく殴ったベルクトは「張り切りすぎた」と認めた。キエフ市役所は、独立広場に新年の樅ノ木を設置するにあたって、警察の支援を頼んだおぼえはない、と発表した。ドネツクでは今日、ヤヌコヴィッチ支援集会が開催される予定だったが、中止になった。充分な数のビュジェトニキを動員できなかった、あるいはドンバス〔「ドネツ炭田」の略語で、ドネツク州北部とルガンスク州南部にまたがる〕の首領である、オリガルヒ〔ウクライナやロシアにおいては、ソ連崩壊後に形成された新興財閥を率いる、政治的影響力を有する寡頭資本家を、一九九〇年代末頃からこう呼ぶようになった〕のリナート・アフメトフ〔一九六六年生まれ、ウクライナ一の資産家で、ドンバスの鉱山業を押さえているといわれている〕がＯＫを出さなかったといったところだろう。

ハリコフとドニエプロペトロフスクではチトゥーシキがユーロマイダン参加者に殴る蹴るの暴力を振るった。クリミア議会はヤヌコヴィッチに非常事態の導入を要請した。

マイダン派はキエフの中心部に住む市民に対して、キエフ以外からやってきた活動家たちが屋外でインターネットを利用できるように、個人のWi-Fiのピンコードを解除してほしいと訴えた。そして確かに、ウラジーミルスカヤ通りの私のパソコンをチェックした限りでは、何人かの隣人が個人のWi-Fiへのアクセスをフリーにした。

夕方になるとキエフのマイダンにはおおよそ二万人が繰り出した。いっぽうの私は列車でカメネツ＝ポドリスキー（カームヤネツィ＝ポジーリシクィイ）に向かっている。カメネツ＝ポドリスキー、ウジゴロドそしてリヴォフの学生と読者たちとの集いが予定されている。

一二月三日　火曜日

晴れた肌寒い一日。スラフコ・ポリャティンチュクが駅まで出迎えて、ホテル「七日間」に連れてきてくれた。ホテルのマネージャーが今回も無料で泊めてくれるそうだ。ホテルの隣は市役所で、屋上には青地に星のEU旗が翻っている。まるで別の国に来たようだ。市役所前の、公園で囲まれた小さな広場には誰もいない集会用のステージ。カメネツ＝ポドリスキー市では、マイダンは毎日一四時にこの広場に集まるのだ。

総合大学の学生たちとの会合を終えた私が広場に戻ると、ちょうど高校生や専門学校の生徒たちが校旗を手に隊列を組んで集まってくるところだった。地元の政治家二名もやってきて、マイクとスピーカーをチェックした。まったくもって正常な、平和な雰囲気。周囲には警官の影もない。

いっぽうキエフでは国会がベルクトを乗せた六〇台のバスで警護されている。正面玄関は閉鎖されている。国会および国会を鎖となってがっちり固めたベルクトの周りには数千人の抗議者。議員たちはサドーヴァヤ通りから地下道を通って、議場に入っていく。国会の向かい側にある、国会内のいくつもの委員会が入った建物を経由してのことだろう。

その地下に一度行って確認したいものだ——国会から一キロと離れていない大統領府、そして国立銀行へと通じる「国会専用通路」はないのだろうか？　一年前に、特典を取り上げられそうになったアフガニスタン戦争参加員たちが国会を襲撃したことがあった。なぜ議員たちはあの時、国会から避難する際に、この地下道を使わなかったのか？　あの時、議員たちは、議員バッジを背広から外して、議会の裏側の通用口から逃げたものだ。これまでは地下通路のことは、まったく知られていなかった！

アザーロフが国会で、国庫に金がないのは、抗議行動を続けるマイダン派のせいだ、と言った。変だぞ！　これまでは、悪者はつねに前任者たち、つまりユシチェンコとティモシェンコだった。

警察は、ユーロマイダンを支持する自動車ラリーに参加した人々に対する刑事訴訟手続きを開始した。それを受けて、ラリー参加者たちは、今晩七時にナーベレジナヤ街道のキエフ創始者記念像前に集まる。彼らは、法律の専門家、人権活動家、ジャーナリストを呼んだ。裁判で権利を守る方法を話し合う予定。

大統領府前で、何千人もが「服役囚は辞めろ！」と叫んでいる頃、元服役囚のヤヌコヴィッチは

〔ヤヌコヴィッチは一七歳の時に強盗罪で三年の、二〇歳の時に傷害罪で二年のそれぞれ実刑判決を受けた。いずれも刑期満了前に釈放された〕一二月六日までの滞在予定で中国に出発した。条約をはじめとする二〇件以上の文書の調印が予定されている。ヤヌコヴィッチの「ポケット」経済人たち、つまり地盤のドネック地方のビジネスマンとオリガルヒが同行している。訪中プログラムには「中ウ経済フォーラム」が含まれていて、ヤヌコヴィッチ自らが講演するらしい。我が家が火事なのに、訪問先で晩餐会に出て、将来の計画を立てるというわけだ！

キエフ市役所の役人たちは、独立広場に設営されている首都のメインの「新年の樅ノ木」のことを心配してやまない。樅ノ木はいまや、大統領とその一味に反対するプラカードが張られたアジテーションン・オブジェになっている。キエフ市役所は市民に約束した、メインの「新年の樅ノ木」の代わりに、市のすべての行政区に「新年の樅ノ木」が設置されるように監督する、と。当局の、ヒステリーにも似た「新年の樅ノ木」へのご執心は前代未聞だ！　地域党の国会議員に至っては、野党とマイダン派を「子供たちから新年のお祭りを盗むつもりだ」と弾劾するありさま。

国会での内閣総辞職決議は可決されなかった。アザーロフは首相のままだ！　地域党がまたもや勝ったと分かるとすぐに、ユーロマイダンに利はない、とアザーロフは発言した。そりゃそうだ、この体たらくの議会が政府の味方なのだから。抗議行動を誠実に伝えていたテレビ局ＴＶＩが今朝から放送されなくなった。

マイダンに持ち込まれた携帯電話の番号はすべて、特殊な機械で記録されているというのは、どうやら確かなようだ。今日、抗議行動参加者の携帯に見知らぬ番号からの「グリーティング」ショート・メッセージが届いた。「平和と安定が一番だよね！　新年は抗議集会と乱闘まみれじゃなくて、樅ノ木と『おお寒む爺さん』〔東スラブ版のサンタ・クロース〕と一緒に祝いたいよね！」

ヴラージクは新しいＳＩＭカードを買って、マイダンにはそれを持って行くようにした。古い携帯は家に置いていく。ウクライナ保安庁勤めの知人に勧められたそうだ。

一二月五日　木曜日　ウジゴロド

昨晩、カメネツ＝ポドリスキーでは雪が降っていた。スラフコ・ポリャティンチュクは長距離バス乗り場まで送ってくれた。そして私が乗ったバスが、フメリニツキーに向かって走り出すまで見送ってくれた。私は夜の九時にはフメリニツキーに着いた。ウジゴロド（ウシホロド）行きの列車まで四時間あったので、二時間ほどネットカフェに寄ってから、駅に向かった。駅には待合室がいくつかあって、合わせて二〇人ほどの人がいた。年配者が主で、いちように居眠りをしていた。ホームレスも数名いた。待合室と待合室の間を一二、一三歳のロマが数人走り回っていた。何か盗めないか、探していた様子。私もターゲットになっているな、と何度か感じた。ようやく列車に乗り込み、上の寝台に横になると、たちまち眠ってしまった。ウジゴロドでは大学生のオクサナが出迎えてくれて、駅近くのカフェに連れて行ってくれた。ほどなくしてミーシャ・ロシコ（ウジゴロド国立大学の学部長、作家）が来て、今日の打ち合わせをした。午前中に予定されていた史学部の学生たちとの会合は中止になった。学長が抗議集会に参加することを「政治的休暇」として許可したからだ。他の町や村出身の学生たちは、あっさり帰省してしまいましたよ、とミーシャ・ロシコは続けた。私学のウジゴロド大学の文学部の学生たちとの会合と、市立図書館での講演は予定どおり行われた。

ウジゴロド市の中心のマイダンには人は少なかった。アフグスチン・ヴォロシン記念カルパチア大学の学生たちがいた。つまり、学生たちが市内から消えてしまったわけではないのだ。神学アカデミーの学生たちもいた。彼らは横断幕を手にしていた。数名のスピーチを聞いたが、いずれも言葉遣いはきつく、演説慣れしていない口調で、誰もが「ならず者集団を打倒せよ！」という言葉で締めくくっていた。

キエフでは身柄を拘束された人々の釈放を求めて抗議行動参加者が検察庁の前でピケを張った。警察に激しく殴られて身柄を拘束された人たちの一人は、片目が潰された状態で、緊急手術が必要だという。ピケを張った人々は検察庁の前にテントを二枚張り、拘束された人々が解放されるまでここを動かない、と言っている。内務省は、警察は、今後、抗議行動参加者を殴らない、と宣言した。内務大臣ザハルチェンコには辞任の意向はない。機関として調査をすると約束した。現段階では起訴は越権行為の廉で警官が三件、抗議行動参加者は刑法違反で六四件。素敵な比率だ！

キエフではウクライナのナンバープレート用の、EU旗のステッカー販売が始まった。道路交通警察は、このステッカーを貼ると素早いナンバー判読ができなくなるので、罰金を科すとの警告を発した。キエフの交通警察は、きょうび、まずは走る車のナンバーに注目するのだ。

ルスラナ*がマイダンのステージから、政権が抗議者たちに耳を貸さず、EUとの連合協定に調印しないのなら、焼身すると発言した。他の都市でも抗議行動が活発化してきた。もちろん、東部ウクライナの都市を除いて。

*ルスラナ　ウクライナの歌手。二〇〇四年のユーロヴィジョン優勝者。二〇〇四年の大統領選挙ではヴィクトル・ユシチェンコの選挙キャンペーンに参加。二〇〇四年から二〇〇五年まで無報酬でヴィクトル・ヤヌコヴィッチ首相の顧問を務めた。二〇〇六年の国会選挙では、ヴィクトル・ユシチェンコが率いる「我らがウクライナ」党から立候補（比例代表制）して当選。しかしじきに議員を辞職して歌手活動に戻る。二〇一〇年の大統領選挙では、ユーリヤ・ティモシェンコ候補のリヴォフ州における代理人となる。ユーロマイダンに積極的に参加した。二〇一四年三月、ブリュッセル訪問時に、EUに対して、クリミア侵略を行ったロシアへの制裁を訴えた。

一二月六日　金曜日

朝六時半にリヴォフ着。降る雪に迎えられた。オクサナ・プロホレツは路面凍結と雪のせいで列車の到着時間に間に合わなかった。でも彼女が遅れたのは、たったの五分ほどだった。彼女の家でお茶を飲み、朝ご飯を食べた。リヴォフのマイダンは降る雪にもかかわらず、人も多く積極的だ。参加者の大部分は学生とスヴォボダ党員あるいはそのシンパだ。公共インターネットテレビ局を設立するための寄付金は、すでに五〇万フリヴニャ集まったそうだ。第五チャンネルとTVIは近日中に放送停止になるだろうと、私は読んでいる。

ヤヌコヴィッチは帰国する気がないらしい。キエフの代わりにソチに着陸して、プーチンとお茶を飲んでいる。中国への公式訪問の成果について流れてくるのは噂ばかり。具体的な情報はまったくない。南ウクライナの土地を中国に貸与することに合意した、という話だ。だがこの噂は一年前にも流れていた。ヤヌコヴィッチは、数万人の中国人をクリミアに移住させることに合意した、と。

夕方入ったニュースでは、ヤヌコヴィッチはソチ滞在の日程を終えたのに、キエフに戻る気配なし。このまま続けてマルタを公式訪問するべくアレンジをしているらしい。だが追って、マルタ政府がヤヌコヴィッチの訪問受け入れを拒否したとの知らせが入った。それでようやくヤヌコヴィッチは帰路に就いた。

ヤヌコヴィッチを出迎えるべく、抗議行動参加者の三〇〇台以上の車が、ボリスポリ空港〔キエフの空港の名称〕に向かった。

一二月七日　土曜日

家に着いたのは朝八時近く。誰のことも起こさずにすんだ。今日はアントンの誕生日。なんと、もう一一歳なのだ！

午後一時にアントンの友だちや同級生が我が家に集合すると、皆で地下鉄に乗ってギドロパーク*に行った。ペイントボールクラブ『プラネット』はすぐに見つかった。プロテクター、ゴーグル、マーカーを受け取って、「グリーン」と「ブルー」の二つのチームに分かれた。それから二時間、何度も休憩を入れながら、グリーンとブルーのネッカチーフを結んだ者同士、ペイントボールで撃ち合った。外は寒かったので、休憩になるとクラブの建物に入り、コーヒーベンダーのココアを飲んで体を温めた。ペイントボールを撃ち尽くしてゲーム終了となり、ピザを食べるために家に戻った。バースデイ・イベントは夕方七時にめでたく終了とあいなった。誰もが満足の様子だったし、アントン本人は大満足だった。ただ、アントンの同級生のうち一人だけが少々悲しい思いをした。ギドロパークでの「第一戦」の際に、ゴーグルのつけ方がまずくて、ペイントボールで唇を切ってしまったのだ。「バトルなんか、もういやだ！」。クラブの職員はその子を射的場に連れて行ってくれた。その子は少し落ち着くと、マーカー弾を装填した機関銃で、ビールの空き缶を撃っていた。

警察とベルクトは今日、メチニコフ通りのテレビ局ビルとテレビ塔の警備を特別態勢にした。マイダン派は、自分たちもメチニコフ通りに繰り出すつもりだと言っている。政府の情報政策に抗議するためなのか――主要なテレビ局のニュースでは抗議行動はまったく報道されていない――テレビ局の業務をブロックするのが目的なのかは不詳。

「ロード・コントロール」[**]の活動家アンドレイ・ジンジャが逮捕された。チェルカスィではユーロマイダン派と警察の間で大乱闘が起きた。ドネツクではようやく、街頭で政府に抗議する人たちが現れた。実はヤヌコヴィッチはすでに、プーチンとの間で、関税同盟にウクライナが加盟するという条約にサインしたのだ、多くの人がそう考えている。だが今夕、ロシア政府の誰だったかが、そんな条約は存在しないし、昨日のソチでのプーチンとヤヌコヴィッチの会談では、ウクライナの関税同盟加盟はまったく取り上げられなかった、と言った。これを信じろ、と言われてもねぇ。

＊ギドロパーク（「水の公園」）　キエフの中心部、ドニエプル川の中洲にある複合レクリエーション施設。同名の地下鉄の駅が隣接し、「島」全体がレジャーの場としてキエフ市民に親しまれている。数十の飲食店、スポーツ施設がある。砂浜のビーチは特に有名で、夏は連日数万人が訪れる。

＊＊「ロード・コントロール」　ウクライナのドライバーの権利を、警官の不法な行動から守ることを目的とした非営利のプロジェクトおよび同名の新聞。二〇一一年に活動開始。プロジェクト参加者は警官による法律違反をビデオで記録し、YouTubeで公開し、後日、裁判に訴える際の証拠として利用する。プロジェクトのリーダーはロスチスラフ・シャポシニコフ。（新聞の記者ではない）プロジェクトの活動家たちは、法的な地位を持たず、自律的に行動する。警察は「ロード・コントロール」メンバーの活動を禁止しようと何度か試みた。プロジェクトのウェブサイトは裁判所の決定で何度か閉鎖された。活動家たちは何度か暴力や挑発行為の犠牲になった。

一二月八日　日曜日

キエフは一日中沸騰していた。そして夕方近くには小さな地震が起きた。覆面をしたスヴォボダ党員および「シンパ」たちが、シェフチェンコ並木道に立つレーニンの石像の首に縄をかけると、台座から引きずりおろした。そしてすかさず、金槌と大型ハンマーで、割りにかかった。まずは頭を割った。スヴォボダ派やただの通行人たちが、記念にと、赤い大理石の破片を拾った。この間ずっとベルクトを乗せたバスが脇に停まっていたのに、バスから出てきて事態に介入した者は一人もなかった。そして共産党員たちも見当たらなかった。彼らは以前からレーニン像の脇にテントを張ってつねに番をしていたのに、この期に及んでどこに消えたのか、今のところ判明していない。おおかた逃げ出したのだろう。

　マイダンにはおおよそ一〇万人が集まっている。「アザーロフ、退陣！」と叫んでいる。ハリコフからの「ユーロマイダン支援ラリー」の車が次々に到着すると、それは歓声に変わった。ハリコフからキエフのマイダンに来てくれた五〇〇人を超す人たちは、勝利の時までここに残ります、と案内があった。「民会《ヴェーチェ》」はいつものように祈りで始まった。ステージからはリュボミル・グーザル〔一九三三～二〇一七。二〇〇一年から二〇一一年までウクライナカトリック教会大司教〕が語り掛け、タラス・ペトリネンコが

「神の歌」を歌った。マリインスキー宮殿の脇では、当局が二〇〇〇人近いビュジェトニキを連れてきて、参加者名簿を作ったうえでの官制の集会を準備した。夕方には名簿に沿って参加費が支給されるのだ。でも官制集会はなかなか始まらず、ビュジェトニキはマリインスキー公園から帰ろうとした。だが帰らせてもらえなかった。アザーロフ首相の演説があるから、との説明だった。しかしアザーロフは、この有償参加集会では結局演説しなかったようだ。

一二月九日　月曜日

夕刻、ユーリヤ・ピリペンコ*の自伝的長編小説『赤毛の女の子』のプレゼンテーション（於「映画の家」）を決行。ユーリヤはこの会のためにわざわざキエフに来てくれた。出席者は七名だったが、キエフの今の状況を考えると、大成功といえる。一日の始まりはかくも平和だったのに！　朝の九時、抗議行動参加者が占拠したキエフ市役所の二階に無料理髪店がオープンした。ボランティアの理容師たちは希望者全員の髪をカットするというので、行列ができた。だが希望者全員のカットはかなわなかった。まずは鉄の盾を手にした内務省軍の兵士たちがグルシェフスキー通りを封鎖した。それからベルクトが、内閣のビルと国会の脇にあるマイダンのチェックポイントを攻撃した。内務省軍兵士を乗せたトラック数台が、ヨーロッパ広場の側からマイダンを遮断した。ベッサラビア広場の脇でバスからベルクトが降りた。飲食店や商店のオーナーは、店を閉めて従業員を帰宅させよ、と警察に命令された。地下鉄の主要な三つの駅が、爆発物がしかけられている恐れがあるとの理由で閉鎖された。乗客は避難させられ、地下鉄は市の中心部のこの三駅を素通りして運行されている。ヤヌコヴィッチはまず、私邸のメジゴーリエにシロヴィキ〔「力の省庁」、すなわち軍や治安担当機関〕のトップを集めた。その後、円卓会議の開催を約束したうえで、歴代のウクライナ大統領三名と一緒にテレビで演説する、と言った。そのとおり、テレビで演説した。気分が悪くなる代物だった。一一月末にベルクトが学生たちに殴る蹴るの暴力を振るった件に言及した時、ヤヌコヴィッチの顔に満足そうな笑みが浮かんだ。隣に座っていた初代大統領のレオニード・クラフチュクも笑みを浮かべていた。レオニード・クチマだけがいかにも居心地が悪そうだった。ユシチェンコはまるでその場に居合わせてもいないように、無表情だった。マイダンで今、何が起きているのかは分からない。

＊ユーリヤ・ピリペンコ　二八歳、ドニエプロペトロフスク在住。一〇年前に腎移植を受ける。二〇〇七年、バンコクで開催された、臓器移植を受けた人たちの世界選手権で、テニスのシングルス、ダブルス両方の世界チャンピオンになった。手術後に英語とフランス語を習得し、自伝小説『赤毛の女の子』を書きあげた。現在、次作を執筆中。

一二月一〇日　火曜日

昨晩、リュテランスカヤ通り、インスチトゥーツカヤ通り、グルシェフスキー通りのバリケードが撤去された。文化センター「マスター・クラス」で開催されたフランス学院主催の夕べから歩いて戻った時、往来は寒く、ひと気がなかった。正門の上に築かれた教会が印象的なペチェールスカヤ大修道院は、時代物映画のセットのようだった。そして地下鉄のアルセナリナヤ駅に着くと、ソ連時代の巨大な軍用車両が停まっていた。バリケードを壊すためなのか、家屋の壁に穴をあけるためなのか、用途は分からない。グルシェフスキー通りには、将校会館の脇に、公園のベンチを集めてできたバリケード第一列があり、バリケード第二列は壊れた家具、鉄製のごみ箱その他の手あたり次第の「材料」で構築されていた。いくつものドラム缶で火が燃やされ、大勢の人がいた。バリケードの手前にはベルクト隊員が立ち、バリケードの向こう側にいるのはマイダン派と、彼らと政治の話をしにきた人々。そんな人たちの中には女性も数人いて、彼女たちの声は、この革命的な絵柄の中で奇妙に目立っていた。二列目のバリケードの先には、兵士たちが立っていた。将校会館の角を曲がると、盾を手に壁となって立ち並ぶ内務省軍兵士たちと壁との間に隙間が見えた。内務省軍兵士の脇では小さな集会が行われていた。マイクを持った女性が兵士たちに向けて、「私は五人の子を持つ母です」と訴えていた。兵士たちはその女性を疲れた目で見ていた。その先のインスチトゥーツカヤ通りには、またしても兵士たちが控えていた。縦隊に整列していて、いまにもどこかに向かいそうな様子だった。縦隊の「頭」は坂の下にあるマイダンの方を向いていた。私は歩きながら全てを写真に収めた。そして今朝になってみると、バリケードはなくなっていた。ただし、警察との衝突、負傷者や逮捕者に関する情報は一切なし。奇妙だ。

〔訳注〕

ここまでのおおよそ三週間のキエフ中心部の主だった出来事をまとめると以下の通り。どの出来事もSNSやマスコミによってネットに実況アップされた。

一一月二四日　日曜日。独立広場からヨーロッパ広場にかけての一帯で数万人が参加した集会が開かれ、「ヴェーチェ」と呼ばれた。「ヴェーチェ」とは古代スラブの民会の呼称で、以降、ユーロマイダンの大規模集会は民会《ヴェーチェ》を自称するようになった。

一一月三〇日　午前四時、独立広場にいた抗議行動参加者がベルクトに強制排除される。公式発表では負傷者七九名。

一二月一日　民会《ヴェーチェ》が開催される。参加者は二〇万人ともいわれ、独立広場とヨーロッパ広場、この二つの広場の間のクレシチャチク通りを埋め尽くした。抗議を無期限に続行すると宣言。深夜、マイダン活動家たちが、独立広場にバリケードを構築、「新年の樅ノ木」の骨組みも使われる。独立広場への車両でのアクセスが不可能になる。

一二月二日　活動家たちがグルシェフスキー通りの通行を封鎖したため、内閣の業務が不可能になる。キエフ中心部全体の交通が麻痺する。マイダン自衛隊が組織される。

一二月三日　最高会議、野党が提出した内閣退陣要求を否決。大統領府の建物の周囲が抗議活動参加者により封鎖される。政府機関が集中する地区がマイダン活動家たちにより包囲される。

一二月一一日　独立広場のインスチトゥーツカヤ通り側のバリケード、市の職員により撤去される。一一時間にわたる対決の後、内務省軍は独立広場から撤退。マイダン派、バリケードを再建、強化。

ウクライナの国会は一院制。この時点でのウクライナ最高会議（定員四五〇名）は、二〇一二年一〇月二八日の総選挙で選出された第七期。二〇一二年一一月一二日に中央選管が発表した各党議席数は、地域党一八五、バチキフシチナ一〇一、UDAR四〇、スヴォボダ三七、共産党三二、その他の政党、および無所属五〇（残り五議席は後日、再投票あるいは裁判により決定）。

一二月一三日　金曜日

出版社「トヴェルドゥイニャ（要塞）」のピョートル・コロブチュクとミコラを連れて、ルックから戻った。我が家に寄って朝ご飯を食べて、コーヒーを飲んでからマイダンに行った。よく晴れた寒い日。気分は最高。まずはプロレズナヤ通りの辻公園で、コーヒーカップを模した広告用のベンチに客人二人を座らせて写真を撮った。プロレズナヤ通りとクレシチャチク通りの交差点に築かれたお飾りのバリケードを抜けると、いくつものテントを背景にした、カートゥーン・キャラクターの着ぐるみたちに出くわした。『カンフー・パンダ』のパンダと『アイス・エイジ』のリスだ。パンダの方が時宜を得ていた、というのも、マイダンで一日に一〇〇〇回は響く「ならず者集団を打倒せよ《バンドゥ・ゲッチ》！」というシュプレヒコールを、我が家の息子二人が「パンドゥ・ゲッチ（パンダをやっつけろ）！」と言い換えて、これまた日に何回もシャウトするからだ。というわけで、パンダの着ぐるみと一緒に写真に納まった。着ぐるみ男は、一緒に写真に納まった際の固定料金は、今はない、「もらえるだけもらえれば」、と言った。ミコラは一〇フリヴニャ渡した。私も一〇フリヴニャ渡した。「ヴォルイニ」と書かれたマイダン派のテントをみつけた。ピョートルとミコラが同郷の人々のテントを背景に写真に納まってから、マイダンに向かった。周りは観光客でいっぱい。誰もが太陽を喜び、革命を背景に記念写真を撮っている。ロシアから来た人も多い。クラスノダールの旅行会社が「マイダン・ツアー」を売り出して、いい商売になっているらしい。キエフとモスクワ間の航空券も売り切れ状態。この路線がこんな人気だなんて、久しくなかったことだ。ロシアのショービジネスのスターたちも、バリケードを背景に写真に納まるためにやってくる。テレビ司会者のソプチャーク〔クセーニヤ・ソプチャーク。一九八一年生まれ。プーチンを市の要職に登用して政治の表舞台に出した、ペテルブルグ市長の故アナトーリー・ソプチャークの娘。二〇一八年三月の大統領選に出馬するも得票率一・七％〕とヘアデザイナーのズヴェリョフも、すでにキエフに来ている。

　私がキエフを留守にしていた数日間のうちに、インスチトゥーツカヤ通りとＴｓＵＭ《ツム》（中央デパート）脇のバリケードが「完成した」。難しい作業ではない、うってつけの天気なのだから！　雪と、道路から剝がした厚い氷を袋に詰めて、バリケードに投げ上げればいい。いまではバリケードはゆうに四メートルの高さ。五メートルあるかもしれない。バリケード襲撃は懸念されたし、当局は脅しをかけてくるが、起きていない。起きてはいないが、いずれ起きるだろう。ドネツク、ロヴノ、その他の地域から、警官とベルクトがキエフに向けて集結させられている。でもいまのところ、マイダンとクレシチャチクに漂っているのは祝祭気分、着ぐるみのパンダとリスも入れると、ほとんどカーニバルの雰囲気。

二日前、ウラジーミル＝ヴォルインスキー（ヴォロディーィムィル＝ヴォルィンシキー）にいた私は、同地の「ビジネスランチ」の値段に驚いた。その時までは、ウクライナで一番貧しい都市はセヴァストーポリだと思っていた、なぜなら、「ビジネスランチ（三品＋ドリンク）……一九フリヴニャ（一・七ユーロ）」というカフェの看板を目にしたのはセヴァストーポリだったから。でもヴラジーミル＝ヴォルインスキーはその上を行っていた。その理由が何なのか、貧しさなのか、気前の良さなのかは分からずじまい。とにかく、ビジネスランチが一一フリヴニャ（一ユーロ強）！　ただし私は、ルックに戻らなければならなかったので、この値段のランチをカフェで試すことはできなかった。この安さの秘密は、ポーランドとの国境まで一六キロという地理的条件なのだろうか？　ポーランド人がお昼代を節約しようと、国境を越えて、ルックにランチを食べに来ているのかも？

ウクライナ正教会（モスクワ総主教系）から、またもやマイダンに反対する発言が出た。今回は聖アガピト教会のアンドレイ・トカチョフ長司祭の口から。引用するだけの価値はあるお言葉だ。「この手のアナクロニズムは私にはまったくもって不愉快だ。我が国は直接民主主義ではなくて、議会制民主主義の国、代議制の国だ。このやりくちは、わが国家の基盤をすべて破壊せよということだ。だがこの国が独立してからの二〇年間、私を代表する人間が権力の中にいたことは一度もなかった。だからといって、私はマイダンに通ってわめくべきだ、とは思わない。私はマイダンには行かないし、子供らが行くことも許さない。行っても意味がないからだ。マイダンに通うことを私は誰にも祝福しない。なぜなら、思考が貧弱な一〇〇万の人間が、数が大きいからというただそれだけの理由で良い解決を生み出す、そんなことを私は信じないからだ。この国の市民に改めて問いたい——あなたがたはヨーロッパの一員になりたいのか、それとも一国共産主義を建設したいのか？　ひとつのマイダンに、ひたすらヨーロッパに行きたい人間、行きたくない人間、別の何かが欲しい人間、つまり有象無象が集まっている。彼らに共通しているのはただひとつ——誰もが当局に反対、ということだけ。反、対という抗議の気分が、次から次にクリエイティブを世に送り出す、ということはありえない」

モスクワ総主教府はこれから先、どんな「クリエイティブ」を世に送り出してくれるのだろうか？

昨日はテレビで、国民和解のためにヤヌコヴィッチがお膳立てした円卓会議が放映された。円卓でウクライナの学生を代表していたのは、バラ色のほっぺのぽっちゃりした男の子。ヨーロッパに反対する意見を述べた彼は、「若い地域」〔地域党の青年組織〕のメンバーであることが判明。ヤヌコヴィッチの「ヒットラーユーゲント」だったのだ。

窓の外は雪ではなく、雨。夕方になって気温があがったわけだ。寒さが緩まないことを願っている。バリケードが溶け出したら、警察の襲撃を早めることになりかねない。ジントニックをコップ一杯。飲み終わったら寝よう。グッドナイト、ウクライナ！

一二月一四日　土曜日

アザーロフは気がふれた。ウクライナがEUへの接近を拒否するのは、同性婚を国内で導入する覚悟ができていないからだ、と発言した。これまでは、ばかげた反ヨーロッパ・プロパガンダは、プーチンとはプライベートでも浅からぬ縁のメドヴェドチュク〔プーチンはメドヴェドチュクの次女の名付け親〕の「専売特許」だったのに、いまやウクライナ政府が一丸となってメドヴェドチュクに加勢している。プーチンはヤヌコヴィッチとの会談のたびに、メドヴェドチュクを首相か副首相に任命するよう求めていて、ヤヌコヴィッチはそれを断っているのだから、面白くも悲しい事態だ。

今日はボルシチャゴフカ〔キエフ西部の地区〕のスーパー「シリポ」に買出しに行った。我が家と私の両親（「ラーヤ・ママ」と「ユーラ・パパ」）のための食品を買って、両親の家に寄った。母は、あなたたちに食べさせるものが何もない、と気にしていた。ケーキと紅茶にした。息子二人は猫のムーロチカと遊んだ。年寄猫らしく、ムーロチカは物憂げで動きがのろい。結局のところ、テオとアントンから逃れるように、パネルヒーターの下に陣取った。歳を取ると寒がりになるというが、猫もそうだとは！

母はいつもどおり、父の愚痴をこぼした。父は、夜間にテレビを見る時につけるヘッドホンを、またもや壊してしまった。これで何度目だろう。夜中の三時に大音量でテレビを見ていたそうだ。母は目を覚まし、テレビが置いてあるリビングに起きてきて、父を相手に喧嘩をした。テレビの音で下の階の住人を起こしてしまうのが心配だったのだ。ヘッドホンは（私の）兄が直しに来てくれるそうだ。相も変らぬ実家の状況。コードが三メートルあるヘッドホンが壊れたのは今回が初めてではない。もっとも、父と今日話した感じでは、父の耳は以前よりもよくなった気がする。父の「難聴」は、えして相当のご都合主義だ、聞きたくないものが聞こえないのだ。かつて私たち兄弟が、父の共産主義信条について質問を浴びせかけた時のことを思い出す。

実家で一時間ほどすごしてから、家に帰った。『リトアニア長編』の執筆に戻ろうと努力した。一時間以上をパソコンの前で過ごしたが、何も書けなかった。頭の中に重りがあって、そのせいで思考は亀のようにのろのろ。

夕方、マイダンに行った。政治家たちの演説が終わって、ステージでは「オケアン・エリズィ*」のライブの最中だった〔https://www.youtube.com/watch?v=MfUvKkz579Q〕。海のような人出で、マイダンそのものにはたどり着けなかった。「クピドン**（キューピッド）」まで歩き、中をのぞいてみたが、知った顔がなかったので、テレシチェンコフスカヤ通りのペーチャ（・ハージン、出版者）のところに行った。自家製のクランベリー酒を飲みながら（数杯空けた）三〇分ほど話をして、解散した。

*オケアン・エリズィ　ユーロマイダンの勝利ののち、ロシアは以前から決まっていた、ロシア国内での「オケアン・エリズィ」のコンサートをキャンセルした。

**クピドン　キエフの中心部、クレシチャチク通りに近い、プーシキン通りとプロレズナヤ通りの角にある文学カフェ。店内には古本屋がある。しばしば本の出版記念会や朗読会が行われる。若い詩人、批評家、ミュージシャンが好んで集まる。

一二月一六日　月曜日

昨日学生たちがユーロマイダンのステージに一メートルはある「ヤヌコヴィッチの耳」を設置した。抗議集会参加者たちの声を聞け、というわけだ。マイダンの声を聞く耳を持たないというのなら、新しい脳みそを進呈しよう、学生たちはそう訴えた。二〇一〇年の大統領選挙の折のヤヌコヴィッチの選挙ポスターは、考え事をするかのような表情のご本人の肖像の下に、大きな文字で広報用の政治スローガン「一人一人の声を聞き取ります！」が記されたものだった。大統領に就任してからの三年間、誰の意見も聞き入れなかったのは明らかだ。

ルスラナ、ムスタファ・ナイエム〔一九八一年生まれのテレビジャーナリスト。一一月二一日にFacebookで「マイダンに集まろう！」と呼びかけた張本人。二〇一四年一〇月～二〇一九年国会議員、二〇二一年からインフラストラクチャー省次官〕をはじめとするマイダンの活動家たちが検察に呼び出されて尋問を受けている。ヤヌコヴィッチは、一一月三〇日のマイダン急襲の責任を負うべき「末端の責任者」三名を見つけた。元KGB将校シフコヴィッチ、（新年の樅ノ木が大好きな）キエフ市行政府長ポポフ、そして大統領府長官のアンドレイ・クリューエフ。この三人が罰を受けるかは大いに疑問だ！　おおかた、一時的に「職務執行を免ずる」で終わるだろう。

マイダン派は明日、アフメトフとクリューエフ、それぞれのオフィスの前に「血塗られた樅ノ木」を設置するつもりだ。樅ノ木は、新年のおもちゃの代わりに、一一月末にベルクトに殴られた抗議行動参加者たちの血まみれの写真で「飾られる」予定。

政府はただでさえ限度を超えて高額な裁判官の給与を、近いうちに引き上げると発表した。実にタイムリーといえよう。野党や抗議行動参加者に対して、事前に準備された厳しい判決を今以上の頻度で言い渡すことになる模様。せいぜい国外不動産の購入資金をためてくれると期待しよう、ヤヌコヴィッチ政権が終焉した時に逃げ場所があるように。

今日は午後二時から「国の誉れ」賞*の選考委員会議があった。私たち選考委員には、「国民的ヒーロー」候補についての資料が配布された。私の一押しは九五歳の現役の村医者。近隣の村々からの呼び出しに、冬でも、それも雪が降る中でも、自転車で往診しているという。あと一回の選考委員会議を経て、三月二七日が授賞式。会場はイワン・フランコ記念ドラマ劇場。もちろん、国内の状況が悪化しなければ、の話だが。

＊「国の誉れ」賞　オリガルヒのヴィクトル・ピンチュクの資金で創設・運営されている。ピンチュクはレオニード・クチマ元大統領の女婿で、「ヴィクトル・ピンチュク基金」の創設者。芸術や医療の分野での数多くのプロジェクトをサポートしている。「国の誉れ」賞は、崇高なあるいは英雄的な行いをした一般人に授与される。

一二月一七日　火曜日

ヤヌコヴィッチは朝からプーチンのもとに飛んでいき、午後には、ウクライナのガス購入価格は三〇パーセント安くなると表明した。これが、ヨーロッパ的未来を拒否したことの値段なのだ。プーチンの「善意」のおかげで今後他に何が安くなるのだろうか？　興味津々。人の命は当地ではただでも安い。これ以上安くなるのは無理だ。ルスラナは検察庁で五時間にわたって取り調べられた。検事と五時間も何を話すことがあるというのか？　検事は五時間にわたって同じ質問をし続けた、ルスラナは答えることを拒否し続け、そうするうちに検事は疲れて、次の尋問までの間、ルスラナを放免にした——こういうことだろう。我々の日々は古いソヴィエト映画にどんどん似てきた、ゲシュタポに尋問されるソ連の偵察兵、だが彼は頑として口を割らない、一つの質問にも答えない！　英雄たちに栄光あれ！　昔の、映画の中のソ連の英雄たちにも、現実の今日のウクライナの英雄たちにも！〔「ウクライナに栄光あれ！」という言葉に「英雄たちに栄光あれ！」と応じるのは、そもそもはウクライナ民族主義者たちの合言葉であったとされる。ユーロマイダンが始まって以降、広く一般の人々の間にも浸透した〕

一二月一八日　水曜日

バーニャ〔ロシアの伝統的な蒸し風呂〕の日。正確には、サウナの夕べ。いい汗をたくさんかいた、一人一リットルのお茶とグラス一杯のチャーチャ〔グルジア産のブドウの蒸留酒、通常アルコール度数は五五度から六〇度〕を飲んだ。サウナには夕方六時に集合した。摂氏一一〇度の中で政治状況を語り合った。だが遅れてやってきたヤネフスキーが、政治全般、特にティモシェンコの話題は一切禁止と宣言した。サウナの効能を損なわないために、と。家にはマイダンを抜けて帰った。マイダンの焚火のまわりでの目下の話題は、モスクワから届いた最新ニュースだった。ロシア産ガスのウクライナへの売却価格についての新しい協定では、クレムリンには三ヶ月ごとにガス価格を見直す権利があるそうだ。つまり、ヤヌコヴィッチの態度次第で価格を見直すということ。この条約の興味深い項目はこれに限られるわけではなさそうだ。

独立記念碑脇の火の焚かれたドラム缶の前で立ち止まっていた、キエフ市民だという男がこんな話をしていた——彼は今朝、国会前で警備していた警官に歩み寄り、こう尋ねた、「警官が抗議行動の参加者を殴ることが禁止されたというのは本当か？」。警官はゴム製の警棒を見せると、愛想よく答えた、「禁止するとは言われたが、警棒は支給された。手にゴム棒があるなら、それをどうすればいい？　使うだけだろうが！」。確かに、これは、全員に機関銃と実弾を支給しておいて撃つのを禁じるようなものだ。

ロシアでは「プッシー・ライオット」〔のメンバー二人、トロコンニコワとアリョーヒナ〕が収容所から釈放された。ナージャ・トロコンニコワはすぐにFacebookに書き込んだ——モスクワは冬季オリンピックを前にして「民主化」を進めている。他にも誰か釈放されたりして？　ホドルコフスキーも?!〔ミハイル・ホドルコフスキー。一九六三年生まれ。ロシアのオリガルヒ。石油会社ユコスの社長を務めていたが、大統領選への出馬意欲を示した二〇〇三年一〇月に脱税などの容疑で逮捕された。二〇一三年一二月二〇日に恩赦で釈放。現在は国外にいる〕

全国でユーロマイダンと反マイダンが繰り広げられている。サーシャ・イルヴァネツ*はハリコフのユーロマイダンに出かけて行った。私は行かなかった、セルゲイ・ジャダン**には頼まれたのだが。私には、ステージで演説をぶって政治家ぶる気持ちも気力もない。反マイダン集会参加者たちは相も変わらず「約束された金がもらえない」と文句を言い続けている。もっともラーザレフカ村のアンドレイの話では、うちの村から反マイダン集会に動員された連中は、約束の金はもちろんのこと、ユーロマイダンに人々が差し入れた衣類もしっかり持ち帰るという。ユーロマイダンにはキエフ市民がジャンパーやセーターをはじめとした何千点もの暖かい服を寄付している。そういう衣類は、希望者が自由に取って着込めるように、数か所に分けて置いてある。私は数日前、グルシェフスキー通りのバリケード脇に控えるマイダン派の男たちに、老婦人が手編みの毛糸の靴下を渡そうとするのを見た。彼女が最初に話しかけた青年は、すでに二足持っていると答えた。

*アレクサンドル（サーシャはアレクサンドルの愛称）・イルヴァネツ　キエフ近郊に住む作家。ユーロマイダンの活動家。

**セルゲイ・ジャダン　ハリコフ出身の詩人、作家。ハリコフのユーロマイダンの活動家・オーガナイザー。

一二月二〇日　金曜日

朝から窓の外では小麦粉のような細かい雪が降っている。息子二人は行きたくない、と学校を休んだ。ガビーは遅刻しながらも登校した。もっとも、あの子が学校にたどり着くかは不明。新年まであと一〇日。ウクライナはロシアの金を待っている。クラソヴィツキーが昨晩やってきて、三〇分ほど話をすると、国庫へのアクセスがある某氏と会うんだ、と駆け出して行った。国はクラソヴィツキーに四五〇〇万フリヴニャの借りがある。

ほぼひと月にわたる沸騰からまだ冷めていない、刷新された、敗北して利を得た状態でウクライナは二〇一四年を迎える。これは結局、すべて良いことだ。〔二〇〇四年のオレンジ革命の時同様〕またもやひと月、ウクライナは世界中のテレビでただで宣伝してもらった。一年で新語が二つ、チトゥーシキとユーロマイダン。「ペレストロイカ」と「グラースノスチ」のゴルバチョフ時代に肩を並べた、というところか。

「36番」（アンドレイ坂にある「ギャラリー36」）に顔を出した。サーシャ・ミロフゾーロフ（ギャラリーの支配人で画家）とフォルシュマークを肴にウォッカを三〇ccずつ飲んだ。サーシャはフォルシュマークをいつもアスファルトで、つまり街頭で、近辺に住んでいるらしい婆さんから買っている。今日のフォルシュマークはめったにないほど美味だった、どうやら婆さん、いいニシンが手に入ったらしい。あとは婆さんの年季の入った腕のなせるわざ。サーシャは、「蒸気機関車のワレーラ」（古今の蒸気機関車の木製模型作りのスペシャリスト）と二人で、毎週月曜日に蒸し風呂を焚くんだ、と言った。バーニャとペチカ完備、つまり、ボイラーを修理して、湯を引いてきた。

今日はヨーロッパ広場が通行止めになった。何台ものバスで封鎖され、何百人もの内務省特務部隊が出動していた。理由は、歴代の四人のウクライナ大統領が勢ぞろいして、ウラジーミルの丘で祈りをささげていたから。誰に祈ったのか？　何を祈ったのか？　マイダンが消えてくれますように、あるいはせめても控えめになりますように、と神に祈ったのか？　そして融資をお願いします、と神に頼んだのか？　プーチンが約束した融資よりも大きな額でお願いします、と？

一二月二三日　月曜日

快晴、プラス三度。昨日はナターシャ・コロモイツェワとギドロパークを散歩した。ドニエプルの岸辺で政治状況をめぐる会話を肴に二人でコニャック「グリンヴィッチ」の小瓶を空け、地下鉄駅前でコーヒーを飲んでから別れた。次にペーチャ・ハージンのところに行った。一〇時半までいて、クレシチャチク通りを歩いて帰ることにした。市役所前でタラス・コンパニチェンコと「ホレヤ・コザチカ」のメンバーに会った。彼らは市役所にいる革命家たちの前でライブをしに行くところだった。一緒に市役所に入って、座って彼らの演奏を聴いた。シェフチェンコの詩を朗読する男と話をした。彼はタラス・シェフチェンコの肖像を棒の先に括り付けたものを持ち歩いていた。肖像画の裏にはシェフチェンコの詩の一節「戦い続ければ勝利する」。そのあとゆっくりとマイダンに向かった。なので、家に帰り着いたのは真夜中だった。

一二月二四日　火曜日

昨日は『リトアニア長編』の、防弾仕様のアームチェアの荷卸しと設置のくだりがある新しい章を書きあげた。我ながら満足。五時にトロリーバスでシェフチェンコ広場のサーシャ・ミロフゾーロフのところへ行った。道中の一時間以上、ラッシュ時の庶民の日常を聞いていた。車掌の絶え間ない叫び声「車内になだれ込まないでください、次のトロリーバスはすぐそこまで来ています！　がら空きです！」も虚しく、車掌の言葉を信じない人々は車内になだれ込み続けた。トロリーバスから降りると、コブザルスキー横丁六番地のバーニャに直行した。サーシャと「機関車ワレーラ」はすでにビールを飲みながら談笑していた。私は三人目だった。一五分の一の縮尺でワレーラが作っている蒸気機関車の模型は、なんと、国際的なコレクター標準仕様に合致しているそうだ。最新作は一万ドルで「ロシア鉄道」社に売れた、「ボスのためのプレゼント」だとさ、とワレーラは自慢気だった。一年かけて作って、ひと月一〇〇〇ドルの収入、という計算。話題は模型を作る道具へ、それから過去へと飛んだ。とここで明らかになったのは、キエフ近郊のソフホーズ〔ソ連時代の国営農場〕を立て直すために、ロシアから「投げ込まれた」というワレーラの前歴だった。畜産主任になったワレーラは、すぐさま二〇〇頭の老いた牝牛を屠畜に回した。一日五リットルの乳しか搾れなかったからだ。代わりに若い牝牛を買い込み、ソフホーズの発展に一役買った。だがソフホーズの支配人と喧嘩をして、嫌がらせをされるようになった。査察委員会が何度もやってくるようになった。ワレーラの部下の飼料係はいつも酔っぱらっていたが、酔いどれじゃない男なんぞソフホーズにはいなかった。結局ワレーラは「人員管理能力なし」という理由で解雇されたのだった。

バーニャからあがって、少々酔いが回ったワレーラをマルシュルートカ（乗り合いタクシー）に乗せると、私は市電乗り場に向かった。一二番市電を出迎えて見送るためだ。一二番市電は私の子供時代の市電で、幼い私は、キエフに越してきたばかりの時に一家で住んでいたプシチャ＝ヴォジッツァ（キエフの北西の町はずれの地区）から一二番市電でキエフ市内に通ったものだった。これから市電に乗って町はずれまで行って、折り返しポドール地区に戻ってこよう、そんな考えさえ頭をよぎった。幸い、往きの一台を迎えて帰りの一台を見送るだけでやめにするだけの頭はあった。往きと帰り、二台の市電の写真を撮ると、空っぽの乗り合いタクシー《マルシュルートカ》で家に向かった。

一二月二六日　木曜日

昨晩、タチヤーナ・チョルノヴォルが襲われた〔一九七九年生まれのジャーナリスト。二〇一四年三月五日から八月まで政府の汚職対策全権。一〇月より「人民戦線」党所属の国会議員。夫のニコライ・ベレゾヴォイは警察特殊部隊に志願し、二〇一四年八月にドネツク州で戦死〕。ボリスポリ〔同名のキエフの国際空港がある、キエフの南東の町〕街道を自家用車で走っていたタチヤーナはポルシェ・カイエンに追跡され、側溝に落とされそうになった。彼女の車は身動きが取れなくなった。ポルシェから複数の男が飛び出して、タチヤーナを車から引きずり出し、殴ったあげく、側溝に突き落として立ち去った。ニュースに映ったタチヤーナは、顔がなくなってしまったような恐ろしい状態だった。目の周りも頬も腫れ上がり、蜂に刺されてショック状態になった人のようだった。

報道では、ヤヌコヴィッチ大統領さえもが、チョルノヴォル殴打事件にはひどく憤慨して、警察に事態を緊急究明せよと命じた。警察はまず刑法二九六条二「秩序紊乱」の廉で刑事訴追した。内務大臣のヴィターリー・ザハルチェンコは襲撃に関与した三名の身元が判明、内二人の身柄を拘束と発表した。続報を待つとしよう。

この襲撃事件に憂慮するヤヌコヴィッチを想像するのは難しい。タチヤーナ・チョルノヴォルは、メジゴーリエのヤヌコヴィッチ邸に一度ならず不法侵入しては、豪華な宮殿の写真を撮って政府反対派のサイトに掲示していた。タチヤーナは心底ヤヌコヴィッチを憎んでいて、「ジャーナリスト」と呼ばれてはいるが、ネットで読める彼女の記事で、ヤヌコヴィッチおよびヤヌコヴィッチ一味に反対する以外のものを、私は読んだ記憶がない。ヤヌコヴィッチ自らがこの襲撃を指示したことだって、充分にありうる。あるいは、ヤヌコヴィッチの側近の誰かが。

警察はもう一件の「大きな反響を呼んだ」「大規模な」犯罪の究明に取り掛かった。市役所で寝泊りしているマイダン派の活動家が、市役所の一室に保管されていた新年のおもちゃを盗んだと糾弾されたのだ。市役所の正面玄関の両脇に生えている「生きた樅ノ木」に飾られたのは、この問題のおもちゃだったらしい。さて、年越しのお祝いをどうするのか、私もそろそろ真剣に考えねば。高齢で健康にも問題ありのラーヤ・ママとユーラ・パパに負担はかけられないので、我が家で祝うことにしよう。兄夫婦と両親を三一日の晩に私が車で我が家に連れてくる。元日の朝にはそれぞれを家まで送り届けてから、我々一家は恒例のクリミアでの冬の休暇に出発する予定だ。セヴァストーポリ行きの列車は元日の昼の一時発。

一二月二七日　金曜日

マイダンでは、ヨーロッパの一員になりたい、明るい未来に行きたいという人全員を対象に、無料の英語講座と自衛術の講座が開設された。毎日、朝の九時と午後四時に労働組合会館で開催される。英語講座の受講者は今のところ三〇人。少ないですね。ヨーロッパに早くたどり着くためには、もっと積極的に外国語を勉強しないと！「自衛術」講座にはどのくらいの人が通って、何を教わっているのだろう？

労働組合会館ではすでに以前から「マイダン公開大学」が機能している。レクチャーのテーマは、国家ガヴァナンス、非暴力抵抗の歴史、ロシアについて、そしてウクライナの教育の現状について。市役所ではウクライナの監督が撮った映画の上映が始まった。マイダンの活動家たちはすでに、ミハイル・イリエンコ監督の『火を潜り抜けた者』を鑑賞した。映画の上映スケジュールが市役所のドアに張り出されていないのはもったいない。それにネットにも「次回上映作品の予告」は出ていない。

タチヤーナ・チョルノヴォル襲撃事件をめぐっては奇妙なことが起きている。自由な報道が脅威にさらされていると騒ぐために政権反対派自らがタチヤーナ襲撃事件を起こした、そう判断するだけの証拠を握っている、と警察は発表。なんとクリチコ兄弟をはじめとした数名が首謀者呼ばわりされている。ところが、逮捕された者の中には「政権反対派」とのコネがある者は一人もいない。むしろその逆なのだ！

「ロード・コントロール」は、アフトマイダンという名称の、マイダンの自動車騎士団になったようだ。ウクライナのほぼすべての都市に、車に乗ることで、そして車で駆けつけることで現政権への抗議行動に参加する用意があるマイカー族たちが、一都市で車列を組めるだけいることが明らかになった！　悪くないぞ！　もっとも、抗議行動参加者やアフトマイダンメンバーの車への、何者かによる放火が全国各地で毎晩起きている。我らがレイタルスカヤ通りでも、隣の建物の脇で、数日前の夜に一台放火された。

一二月三〇日　土曜日

今日ドネックでもようやくヨーロッパ賛成派が集まり、市の中心部を行進した。もっとも、地域党のメンバーと私服の連中が隅々から彼らの様子をうかがっていた。ウクライナのヨーロッパとしての未来を支持する人々の行進が近づいてくるのを撮っていた野次馬の一人が、誰かに携帯で指令を出していた男を偶然にもカメラに収めた。男はこう言った、「さあ、お嬢ちゃんたちで迎え撃ちだ」。すると一分後にユーロマイダン派に向かってお婆さんたちが飛び出してきた。口々に親ロ的な、愚にもつかない言葉を叫びながら。もう一群のお婆さんたちは、行進する人々の側面にまわり、生卵を投げつけはじめた。石つぶてでないだけマシだ！　デモはさほど大規模ではなかった、参加者三〇〇人ほどか。一〇〇万人都市のドネックとしては、シリアスな出来事とはいえない。

二〇一四年一月一日　水曜日

昨日は昼間にスーパー「シリポ」に車で行って、晩のための買い物の最後の買い足しをした。夕方の七時にガチョウ二羽をオーブンに入れて、家を掃除した。九時に両親を迎えに行った。マンション四階の我が家にたどり着くために、息切れが激しい父は、一階のぼるごとに数分間立ち止まった。母も階段をのぼるのは辛そうだったが、意地で父の前を歩き、父より早く四階までのぼりきった。しばらくして我が家の友人のナターシャがお手製のサラダとケーキを持ってやってきた。一〇時半には兄の妻のラリーサが「オリヴィエ」サラダと「ミモザ」サラダをどちらもボウルいっぱい携えて到着した。兄のミーシャはそのあとに着いた。ガチョウをオーブンから取り出したのは一一時半、もっと早くに仕込んでおけばよかった。子供らはテレビをつけた。全員でテーブルに向かった。テレビは隣の部屋でぼそぼそとつぶやいていた。不意に、ウクライナ国民に新年のお祝いを述べるヤヌコヴィッチの声が聞こえてきた。私は跳ねるようにテレビに駆け寄り、チャンネルを変えてからシャンパンを取り出した。皆のグラスに注ぎ終わったのは、真夜中の鐘の音がテレビから流れる直前、かろうじて間に合った。シャンパンで乾杯したのに、嬉しからざる気分だった。樅ノ木を買って飾り付けもちゃんとしたのに。零時半過ぎに、ミーシャ夫婦とナターシャ、そして私の四人でマイダンに繰り出した。マイダンは人であふれていた。音楽が鳴り、何千もの人が、シャンパンを飲み、バリケードやテントを背景に写真を撮りながら、にぎやかに新年を祝っていた。マイダンを充分味わって家に戻った。新年の実感は皆無。例年だと、この時間には二、三〇人の友人知人から電話がかかってくるし、私もみんなに電話をして「新年おめでとう！」を言う。なのに昨夜は電話も携帯へのショートメッセージもほとんどなし。朝が来て、両親をボルシチャゴフカの実家に、ミーシャとラリーサをニフキ地区の彼らの家まで送った。車を駐車場に入れて、旅支度を確認した。目指すのは冬のクリミア。去年のクリミアでの冬のバカンスは上々だった。もっとも去年は天気もよくて暖かだった。今年の天気の予想は気分を高揚させるものではない。曇り、雨がち、気温は零度前後。列車のコンパートメントで一六時間の道中になる。食料は詰め込んだし、ワインのボトルはしっかり包んだ。一家水入らず、車中で新年を祝い続けることになる。テオとアントンはもうけんか、どっちが上段寝台で寝るのかで言い合っている。切符は下段が三席と上段が二席。ガビーも上段で寝たいと言う。

〔訳注〕

マイダンに集まる、あるいは単に訪れた人々に一体感をもたらすものには、政治的な要求のほかに食事と音楽があった。

・マイダンの食料事情

独立広場に集まった抗議行動参加者には、当初から食事や飲み物の差し入れが相次いだ。一二月一日に独立広場に面した労働組合会館が政府反対派の本部となると、数十人のプロの料理人がボランティアで料理を作るキッチンが設けられた。「民会《ヴエーチエ》」が招集される日などは一〇万食以上の温かい食事が調理された。独立広場には屋外キッチンも数か所設けられて、スープや粥、お茶やコーヒーなどの温かい料理と飲み物を随時提供した。飲食物はすべての人にすべて無料で提供された。並行して市民からの差し入れ（「ビスケット一袋から、熱いボルシチでいっぱいの鍋」）も続き、食費のカンパも連日寄せられた。また、独立広場周辺のバーやレストランには、マイダン活動家には無料で飲食物を提供するものもあった。

・マイダンの音と音楽

独立広場に設けられたステージでひんぱんに行われた、ロックグループをはじめとするプロのミュージシャンの演奏についてはクルコフも日記に書いている。独立広場には、抗議集会が始まったばかりの頃から様々な楽器の奏者がウクライナ各地からやってきた。バグパイプ、ラッパ、カルパチア地方の長さ四メートルの角笛、近世のコサックたちが戦意を鼓舞するために叩いたという大太鼓等々。街頭に置かれたアップライトピアノを誰でも弾いていいという欧米の都市で行われているアクションをリヴォフから持ち込んだ青年もいた。大統領府を警備するベルクトの隊列に一人対峙するように、ウクライナ国旗の色である青と黄色に塗られたピアノでショパンを弾く彼の写真は、フリーダム・ハウスの写真コンクールで優勝した。また、氷点下一五度の夜に、目出し帽の活動家が弾く様子を通行人が携帯で録画したものが、YouTube で五〇万以上の視聴を集めたりした。https://www.youtube.com/watch?v=GGaQ5BDNouM

だがマイダン全体を象徴する音と音楽となると、ウクライナ国歌、警鐘と祈禱、そしてドラム缶を叩く音だろう。ユーロマイダン以前は歌詞をうろ覚えの人も少なからずいたといわれるウクライナ国歌だが、マイダンでは毎正時に「主の祈り」と国歌が流れ、マイダンに居合わせた多くの人が声を合わせた。一一月三〇日のベルクトによる抗議行動参加者の強制排除の際に最初に鳴り響いたミハイロフスキー修道院の警鐘は（モンゴル襲来の一二四〇年以来とも言われた)、その後も、何度もキエフの中心部に鳴り響いた。https://www.youtube.com/watch?v=3w9EhnpUWUI(二〇一三年一二月一一日の深夜、警鐘とルスラナが歌うウクライナ国歌)。マイダンで人々が暖を取るために集められてきたドラム缶だが、グルシェフスキー通りでの当局との衝突が激しくなると、抗議行動参加者の「陣地」を守るように置かれた数十のドラム缶がひっきりなしに叩かれた。衝突の現場に何度も居合わせたカテルィナ・ゴルノスタイ(一七五頁参照)は「たくさんのドラム缶が叩かれると、閃光発音筒が投げ込まれても、皆がそれほど目をつぶったり身をすくめたりしなくなる」と手記に書いている。

一二月一九日　最高会議、抗議行動参加者を刑事訴追せず、と決議。

一二月二三日　ヤヌコヴィッチ大統領、キエフにおける抗議行動参加者への恩赦法に署名。一一月二一日以降に身柄を拘束されたすべての者が対象。

一二月三一日　二〇万人ともいわれる人々が独立広場で年越し。カウントダウン直前に全員で国歌斉唱。https://www.youtube.com/watch?v=Q0wLiHA9gmc

一月二日　木曜日

私たち一家が列車でセヴァストーポリに向かっているその時に、キエフでは「祝ステパン・バンデ

ラ生誕一〇五周年　松明《たいまつ》行進」が行われた。先頭を行くのはオレグ・チャグニボクをはじめとするスヴォボダ党の幹部。国会議員のアンドレイ・イリエンコの姿もある。彼は映画監督ユーリー・イリエンコの息子で、ヴィクトル・ユシチェンコの依頼で、反ロシア主張が強いばかりでしらじらしく、作品としてはおそまつな映画『マゼーパ』を撮った。同じく行進の一列目には聖職者二名とステパン・バンデラの肖像画を掲げた若い女性一名。行進はミハイロフスカヤ通り、ウラジーミルスカヤ通りを進み、シェフチェンコ並木道へと左折した。五つ星ホテル「プレミア・パラス」の前を通っていた時、スヴォボダ党の国会議員の一人が拡声器で「右に見えるのが、オリガルヒ、リナート・アフメトフがオーナーのホテルだ！」と叫んだ。議員が他にも何か言ったかどうかは知らないが、その叫び声の後で、行進参加者数名がホテルの玄関に駆け寄ると、燃える松明を当直のフロント係数名が控えるホテルフロントに投げ込んだ。ホテルの職員が松明を消しにかかった。松明行進は立ち止まることなく、ベッサラビア広場へと向かっていった。

クリチコはすぐに、この行進はマイダンとは一切関係ないと声明した。そのとおりなのだ。加えて言いたい、この行進はキエフとも一切関係ない。キエフは落ち着きのある、寛容な街だ。足並みそろえた、拡声器でスローガンを叫ぶ行進で、揺り動かしてはならない。この行進のおかげで気分がズドンと最悪になった。抗議行動の最中に、それぞれの政党がこの手の自己ＰＲをするのなら、マイダンからは人が消えてしまう。

＊ステパン・バンデラ　一九〇九年一月一日、当時のオーストリア・ハンガリー帝国の東方カトリック教会の神

父の家に生まれる（現ウクライナのイワノ＝フランコフスク州）。一八歳でウクライナ軍事組織、二〇歳でウクライナ民族主義組織のメンバーになる。一九三二年、ドイツのダンチヒ（現ポーランドのグダニスク）に赴き、ドイツの諜報学校を卒業。帰国後の一九三三年、ウクライナ民族主義組織の地方支部長およびウクライナ軍事組織の支部長に任命される。ポーランドの役人に対する幾多のテロの首謀者となる。もっとも有名なのは、一九三四年六月一五日のポーランド警察相ブロニスラフ・ペラツキー暗殺事件。この事件以前にもバンデラはポーランド警察に数回逮捕されたが、毎回数日後に釈放されている。ペラツキー暗殺を受けて再び逮捕され、死刑宣告を受ける。後日、死刑判決は終身刑に減刑された。一九三六年から一九三九年の間はポーランドの刑務所に収容される。一九三九年、ドイツのポーランド侵攻により、思いがけず自由の身になる。ソ連に占領された地域で地下潜行したのち、ポーランド側に渡る。

ドイツのソ連侵攻後、独立ウクライナ国家の宣言を試みたが、すぐに複数の民族主義運動家とともにドイツ側に逮捕される。ザクセンハウゼン強制収容所に収容され、釈放されたのは一九四四年九月。戦後、ドイツに残った。当初は最大限の警戒をしながらベルリンに居住、のちミュンヘンに移る。この時期、英国諜報部に積極的に協力しつつ、ウクライナで地下に潜行した民族主義者たちと連絡を取り続ける。ＫＧＢはバンデラ暗殺を何度も試みた。一九五九年、アパート三階の自宅に向から途中で、ＫＧＢのエージェント、ボグダン・スタシンスキーに青酸カリアンプルを内蔵した注射銃で顔を撃たれて死亡。スタシンスキーは後日、ドイツ警察に逮捕され、バンデラおよび複数の亡命ウクライナ民族主義者の殺害を認めた。一九六二年一〇月八日にカールスエで始まった、大きく報道された公判で、スタシンスキーは八年の実刑判決を言い渡された。刑期満了、釈放後の消息は不明。

ソ連のプロパガンダにおいては一貫して、「バンデーロフツィ」（「バンデラ派」「バンデラ信奉者」の意）という言葉は、すべてのウクライナ民族主義者に対して用いられた。最近はロシアのプロパガンダは「バンデラ派」という言葉を、親欧的なすべてのウクライナ市民に対して用いている。

一月三日　金曜日　クリミア

朝から空が家の屋根に降りてきた。山はまったく見えない。ぽつぽつと雨が降っている。ヤルタに行こう、ということになった、あっちは天気が少しはましだろう。乗り合いタクシー《マルシュルートカ》に小一時間揺られてヤルタの中央バス停に着いた。市の中心行きのトロリーバスに乗った。停留所を離れたとたんに渋滞にはまった。空いている席に座るとすぐに、隣に上品な年配女性が立っているのに気付いた。ご婦人に席を譲った。「素晴らしいロシア語をお話しになりますのね！」、目を見開いてご婦人は言った、「ロシアからいらしたのですか？」。「いいえ」と私、「キエフからです」。「本当ですか？」、ご婦人は本当に驚いているようだった、「でもこんなに美しいロシア語をお話しになるなんて」。「レニングラード生まれだからかもしれません」、私はご婦人に納得してもらえる答えを探そうとした。「そうかもしれませんわ」、ご婦人はしきりに首を振り始めた、「ペテルブルグではすばらしいロシア語が話されますものね！」。ご婦人はそれから一〇分ほどこの話題を展開させようと頑張ったが、私は聞き手に回ってうなずくにとどめた。ご婦人自身のロシア語の話し方は、私のロシア語とまったく同じに聞こえた。いや、違う、クリミア式ロシア語は、キエフのロシア語とは少し違う。当地のロシア語はなんだかわざとらしい。中央ロシアの、例えば、タンボフ〔モスクワの南南東四〇〇キロの州都。「ディープなロシア」のイメージのある都市〕のロシア語教師のしゃべり方といったところか。一文字一文字をはっきりと、単語一つ一つを妙に区切って発音するのだ。

とうとう私は、前の扉を開けてくれ、と運転手に頼んだ。わが一家はトロリーバスを降りて、小雨の中を歩くことにした。終わりの見えない渋滞を横目に、あと二台のトロリーバスを追い越して、海岸通りに着いた。息子二人は射的場で銃を撃ちたがった。リボルバーからカラシニコフ自動小銃まで、空気銃の種類はたくさんあった。空気銃に改造された自動小銃は、一発が一〇フリヴニャ相当だったので、息子たちには、もっと安いのにしよう、と持ち掛けた。射的場の奥の木の棚には、的代わりにぐしゃぐしゃになったビール缶が並んでいた。テオはなかなか腕がよかったが、アントンは一〇発中、命中したのは一発。

射的場で遊んで、ホテル「オレアンダ」まで散策してから折り返して、レストラン「バクーの中庭」で昼食にした。テオはサラダ「バクー」を頼むと、食材別に分けて長いこと研究していた。未来のシェフ、テオの姿が日を追うごとに、はっきりと見えるようになった。一年前はヤルタにはチェーホフの博物館（「ベーラヤ・ダーチャ（白い別荘）」）を訪れるために、泊まっていたシメイズからやってきた。今回は天気が悪くて博物館に行く気分にはなれず、夕方六時の終バスでフォロスに戻った。

一月六日　月曜日　クリミア、フォロス

朝のうちにカツィヴェリのナターシャに電話をして、昼頃着くと話しておいた。肌寒く、太陽はほとんど顔を出さない。勘違いして乗り合いタクシーから早めに、ポニゾフカで降りてしまった。ソ連時代に建設が始まったもののいまだに完成していない巨大な複合施設（スイス在住のオリガルヒのコロモイスキーが、かなり前からの所有者）を囲う塀に沿って二キロほど歩いた。ついでなので、「海の嵐のプール」がある海洋物理学研究所を子供らとリーザ（エリザベスの愛称）に見せたかったのだが、今日の予定にはシメイズ散策も入っているので、次の機会に、となった。ナターシャは我々へのもてなしにひどく真剣に取り組んでいた。ボルシチに数種類のサラダ、ハンバーグまで作ってくれていたのだ。私たちは途中で買ったコニャック一本を持参した。和気あいあいとした昼ご飯になった。「魔法の囚われ人」という甘い名前のこのホテルの五人のオーナーの一人で、ユーリヤ・ピリペンコ〔一二月九日の記述を参照〕の父親、アレクサンドル・ニコラエヴィッチが友人たちと一緒に昨日帰ってしまったことをナターシャはしきりに残念がっていた。でも昨日来ていたなら、私たちはここに泊まる羽目になっただろう。新年のお祝い気分のまま、今年の夏の予定を話題にした。昼ご飯を食べていた厨房兼社員食堂には、デコレーションされた樅ノ木が飾られ、てっぺん付近には風船がいくつもぶら下がっていた。

ナターシャの娘と孫娘も一緒だった。ナターシャは春には始まるバカンス・シーズンの準備に本腰

で取り組んでいた。海洋物理学研究所と話しあって宿泊客用の駐車スペースを確保する予定だし、シメイズとここカツィヴェリにいくつも店を出していく予定だ。ホテルのマネージャー兼コック長のナターシャはとてもエネルギッシュだ。彼女があと数軒のホテルのマネージャーを兼ねていることが判明したとしても、驚くには足りない。

テオとアントンに、この近辺のホテルはすべてガレージ協同組合の一部だと説明したが、二人とも信じなかった。そこで隣の五階建てのホテルまで一緒に行った。一階はすべて、本格的なゲートを備えたガレージだ。門にはすべて「ガレージ協同組合」という紙切れが張ってある。息子たちは大笑いだった。それから塀越しに、建設が中断されたままの「ガレージ組合」の小礼拝堂をながめた。礼拝堂の下半分はどうみてもガレージだった。「ガレージ組合」の教会に行くまでもなかった。教会も建設途中だが、小礼拝堂とは違って、ガレージに似たところはなかった。推測するに協同組合の理事長は、万が一のために正教会の支援を得ようとして小礼拝堂と教会の建設に取り掛かったのだろう。なぜなら、どの建物も不法かつ違法建築物なのだから。でも、これも推測するに、地元の当局から不可侵の約束を取り付けたので、教会の手は借りなくてもいい、ということは小礼拝堂も教会も完成させる必要なし、となったのだろう。バカンスに訪れる人たちをあてこんだ五階建ての、公式にはガレージということになっているビルをもう一軒建てた方がよっぽどいい。正規の手続きを経ていないホテルの数は、クリミアでは数千、いや数万軒あるだろう。地元当局が彼らに戦いを挑んでも意味がない。この種のホテルは税金の代わりに、検察、警察、税務査察局をはじめとしたすべての地元機関に贈賄することで支払いを済ませているのだから。加えて、検事や警官はいつでもやってきて無料で泊まったり食事ができるし、友人や親戚を数日泊めてくれと言えば聞き入れられる。もっとも、私も去年の一一月にこのホテルに数日間ただで泊めてもらった。でもそれは、ホテルの共同経営者が、長編小説を書くために滞在してください、と招待してくれたから。春には（四月か五月）もう一度、一週間ほど来させてもらう予定だ。ここでは散策のルートにも事欠かないし、クリミアの静けさの中で仕事をするのは素晴らしい。

ナターシャとお嬢さんに別れを告げて、一家で歩いてシメイズに向かった。海を見下ろすせいぜい二キロの道は永遠に続くかと思えた。というのも我々は五分ごとに立ち止まっては、飽きずに海を眺め、山を眺めたから。今回はコーシカ山の麓にロッククライマーたちの姿はなかった。シメイズに着くと、一九九〇年にはカフェが営業していたヴィラ「クセーニヤ」の前で立ち止まり、寂しさとともにしばしながめた。私とリーザは教会で式を挙げてから一年後の一九九〇年の一〇月にここにやってきた。商店には、一個一五コペイクのカスタードクリーム菓子、ハゼのトマト煮缶、丸粒状にした大麦以外、何もなかった。カフェにはお菓子はなかったが、コーヒーはあった。私たちはカフェの隣の店でカスタードクリーム菓子を買って、ヴィラ「クセーニヤ」に持ち込んでコーヒーを飲んだものだ。そして今、一九一一年築の由緒あるヴィラ「クセーニヤ」は、周囲の同じく由緒あるいくつもの建物同様に、トランプの家のごとく、今にでも崩れ落ちそうな状態にある。「魔法の囚われ人」でナターシャにご馳走になっていなかったなら、海へと降りていく公園の向かいの、クリミア・タタールの食堂で食べたかもしれない。でも我が一家がやってきたのはカフェ「ソヴァ（フクロウ）」、ロシアン・ピラミッドをたったワンセット完結させせようと、丸一時間苦しむためだった。大きなビリヤードテーブルは、我々がゲームで快感を得ることを明らかに望んでいなかった。球はポケットにまるっきり入ろうとしなかった。ゲームから最初に抜けたのはアントンだった。ペプシを注いだコップを持ってテーブルに向かうと、ネットゲームに没頭した。そのあとテオが疲れて抜けて、私とリーザは払った金の元を取るためだけに、制限時間が終わるまでビリヤードを続けた。結局セットを完結させることはできず、ロシアン・ピラミッドは二度とやらない、との結論に至った。「アメリカ女」、つまりアメリカ式の「プール」のほうがはるかにゲームがしやすく、やっていて楽しい。

「ソヴァ」から外に出たころには、シメイズには肌寒く敵愾心《てきがいしん》を抱いたような宵闇が迫っていた。私たちは乗合タクシーでセヴァストーポリ街道の坂を走り、フォロス行きの乗合タクシーが来るのを待った。夕方は皆でテレビを見るべくチャンネルを回したが、面白い番組にはひとつも出くわさなかった。

一月八日　水曜日　クリミア、フォロス

ベッドルームの窓からは黒海がよく見える。キッチンの窓からは村を見下ろすように山の途中の断崖に建つフォロス教会がよく見える。「バイダル門」峠も見える。今日はテオとアントンを連れて三人で山に登った。まずは二時間かけて、難易度の高い、ところどころ急な小道を教会まで上った。ア

ントンは二リットルの水のペットボトルと自分のタブレットを持って行くと言って聞かなかったので、リュックを背負う羽目になった。だからだろうか、私とテオよりも疲れやすく、何度も小休止をした。山の途中の、教会が建つ断崖の頂上まで登りきると、まずは教会脇の小さな広場で立ち止まった。フォロスと海だけではなく、近隣のいくつもの集落を眼下に望めた。リーザと二人で一九九二年にこの地を訪ねた折のことをテオとアントンに改めて語って聞かせた。あの時は教会として再び信徒に門戸を開く準備が進められていた段階だった。正確に言うと、教会としてすでに門戸を開いていたけれども、修復作業はまだ終わっていなかった。私とリーザはピョートル神父に迎え入れてもらった。神父は私に、吊り下げられたばかりの鐘を突かせてくれた。私は綱を何度か引いて鐘を揺らし始めた。最初の鈍い鐘の音が響いた直後に舌がちぎれて、これまた鈍い音を立てて地面に落ちた。「大丈夫ですよ」と神父が言った。「しっかり吊るされていなかったんだ！　家に入ってお茶にしましょう」。私たちは教会の脇に断崖すれすれに建つずんぐりとした小さな家に招かれた。ピョートル神父はテーブルにジャムの入った瓶を置いた。信者のおばあさんたちがひっきりなしにジャムや蜂蜜を差し入れてくれると話してくれた。それから数年経ち、私たちは神父が殺されたことを知った。犯人は、家に匿ってやった脱走兵だった。男は後日逮捕された。若い男だった。強盗目当てで殺した、どこでもいいから、遠くに行くための金が欲しかった、と供述した。しかし男はピョートル神父の家から金を持ち出すことはできなかった。神父の家には金がなかったからだ。神父の家にあったのはいろんな種類のジャムの入った瓶が一〇個ほど。教会にも金目のものはなかった。私は息子たちを連れて教会に入った。教会の中では、六歳くらいの男の子を連れたカップルが私たちの方を振り向いた。私たちは五本のロウソクを「ウクライナの安寧を祈って」灯した。聖障《イコノスタス》の前でしばし立ち止まった。イコノスタスの左右両脇には、新年らしく飾り付けられた樅ノ木。私たちが教会から出ると、先ほどの子連れのカップルはキエフナンバーの車に乗り込むところだった。男性は私に近づくと、一九九〇年代にペトロフカ*で何度かお会いしてますと言った。当時彼はそこで本を積んだコンテナを常駐させて商売をしていた。五分ほど立ち話をして、互いの幸運を祈って別れた。息子たちは峠まで登山を続けようとの私の案に乗ってきた。峠には、大きくて美味しいチェブレキ〔挽肉を薄く延ばした生地で包んで揚げた食べ物〕が食べられるレストランがある。峠までのつづら折りの道を、クリミアの眺望を満喫するために何度も立ち止まりながら、三〇分ほどかけて上った。レストランはがらんとしていた。ネットにアクセスできたので、アントンはすぐさまタブレットをオンにして、ゲームに没頭した。私たちが座ったのは、入ってすぐの部屋の窓側の席だった。チェブレキを三人前とコーラを頼んだ。恒例の冬のクリミアでの休暇の終わりに乾杯した。アントンは、家に帰ったら、ちゃんとしたデスクトップコンピューターを買ってくれるんだよね、と私が前々からしている約束を、またもや口にした。

＊ペトロフカ　地下鉄と電車の駅「ペトロフカ」の隣にある、卸と小売り両方の、大きな書籍マーケット。海賊版のビデオ、DVD、コンピューターゲーム、文房具も売っている。ペトロフカでの本の値段は、以前は書店の半分だった。ペトロフカで販売されている書籍の大半は、税関手続き抜きで、違法にウクライナに持ち込まれている。だから非常に安い値段がついているのだ。最近は出店の多くが撤退して、ペトロフカは衰退著しい。警察は時々海賊版のビデオやDVDを没収している。一一月の抗議行動が始まる時点では、「ペトロフカ」書籍マーケ

ットを取り壊して、代わりに大型商業施設を建設する準備が進められていた。

一月九日　木曜日

セヴァストーポリ。列車はまだ動かない。駅の前には、白青赤三色のロシア国旗を両脇にペイントした、「ロシア統一《ルースコエ・イエジンストヴォ》」党（二〇〇八年に「前衛党」名で設立。二〇一〇年に「ロシア統一党」に改名し、党首はセルゲイ・アクショーノフ（一九七二年生まれ）に交代。アクショーノフは二〇一四年二月二七日にクリミア自治共和国最高会議により、同共和国首相に選出された）のマイクロバスが停まっている。ウクライナの政党でこの名前は私には初耳だが、驚くほどのことではない。ウクライナ法務省には一八四の政党が登録されている。私の記憶では、ウクライナ法務省が政党の登録を却下した唯一の例は「プーチン支持者党」。名称そのものに問題あり、との判断だった。法務省が「ロシア統一」という政党名の登録を許可したのは奇妙だ。「ロシア人の《ルースキー》」と「ロシアという国の《ロシースキー》」という二つの形容詞の間には大きな違いがあるのに、多くのウクライナ人は気に留めないか、違いを認識していない。だから、この政党名で登録が許されたのか？　私だって「ルースキー」、つまり民族的にはロシア人だ。そしてウクライナ国民だ。だが私は「ロシースキー」ではない。なぜならロシアという国には私は何のかかわりもないからだ。ロシアの政治と政策と私の間に接点はない。私はロシアの市民権も持っていないし、持ちたくもない。だから、かの政党は、ウクライナの「ルースキー」たちの政党として登録されたのだろう。だったらなぜ、マイクロバスにはロシア(「ロシースキー」)国旗が描かれているのか? 「ルースキー」、つまり、ロシア人の旗は存在しないからなのか?

駅のキオスクで地元の新聞を何紙か買った。闇のような紙面——載っているのはウクライナの悪いニュースと単に良いニュース。ウクライナのニュースは来《きた》る内戦のことばかり。市民の皆さん、ジャーナリストの皆さん、落ち着いてください! 内戦は起きません! 内戦を予告するのは、己の夢を現実だと言い張る連中です! 内戦とは、一部の積極的な国民と、同じ国民の、別の一部の積極的な者たちとの戦争だ。国民の一部が、手が震えるほど積極的に変化を欲している、別の一部が、同じ程度手が震えるほどに積極的に、その変化を欲さないという状況での戦争だ。では教えてほしい、あなた方の目には見えるという、ウクライナ国民の、同じ程度に積極的な二つの「半分」はどこにいるのか? 私にはそういう状況は見えない。ベルクトは私には見える、チトゥーシキは見える、スポンサー付きの「緑チンキ」は見える、注文に応える「法の正義」は見える、でも同じ国民の、意見が相容れない、二つの「半分」は私には見えない。なぜ一つの「半分」だけが、別の生き方をしたいと、言葉と行動で表明している、つまり積極性を発揮しているのか? なぜ国民のもう一つの「半分」は、黙って、ウクライナのテレビを見ているのか? あるいは、四〇〇フリヴニャ出すからとの口約束に乗って、政権が提供したバスに乗って、政権を擁護する集会に出て、戻ってくると、不満たらたらで、周囲にこう洩らす——終わってみれば、「二〇〇フリヴニャ受け取りました」とサインさせられて、そのうちの一〇〇フリヴニャは交通費だからと天引きされて、手取りはたった一〇〇フリヴニャ。ジトーミル州のビュジェトニキのケースがそうだった。彼らに限った話ではないと思う。テオとアントンはガブリエラと大喧嘩。三人とも寝るのは上段がいいのだという。私は下段で構わない。一番賢く真面目なテオが、「僕も下段でいい」と折れて、争いの火を消した。

なんだかんだいっても、我が国の新年の休みは続いている。ユーロマイダンでも続いている、全国各地で続いている。すべてがウクライナらしく推移するのであれば、政治的な抗議行動が再び活発になるのは一月二〇日のはずだ。主の洗礼祭に皆が氷にあけた穴で水に浸かったあとに。もっとも今年は気温も水も例年よりも暖かい。川に氷は張っていない。なのでドニエプル川の水には岸辺からじかに入ることができる。そして三回、頭のてっぺんまで浸かるのだ。神は三位一体を愛でられる。昨年の私はカプラーノフ兄弟〔一九六七年生まれの双子の出版者、作家、社会活動家〕、レーシャ・ガンジャをはじめとする作家、出版者、批評家たちと一緒に、ギドロパークの岸辺の、ちょうどペチェールスカヤ大修道院の向かいになるところで水に浸かった。

一月一〇日　金曜日

一日の始まりは穏やかだった。列車でキエフに着き、家に戻って皆でお茶を飲み、一息入れた。ウクライナは一月一九日の主の洗礼祭まではお祭り気分で寝て暮らし、主の洗礼祭の当日は川や湖の氷にあけた穴でみんな仲良く水に浸かり祈る。これで、伝統的に際限なく長い新年とクリスマスの休み〔一二月二五日の新暦のクリスマス、大晦日と元日、一月六日の正教会のクリスマス、一月一三日の旧暦の正月〕に別れを告げる。だから革命家、反革命家、ヤヌコヴィッチ体制に仕える者と警護する者が再び戦闘に突入し、受け身の傍観者たちが先の読めない未来に再び怯えるのは、主の洗礼祭の後——これが私の予想だった。圧倒的多数が傍観者だった。キエフでの私の出版者ペーチャ・ハージン夫妻、長年の友人である、画家でギャラリーオーナーのサーシャ・ミロフゾーロフも。サーシャはマイダンの話になると必ず、「連中はキエフを糞だらけにしやがった！」と言う。さて、今日の始まりは穏やかだったが、終わりはいつもどおりだった。今日はキエフ市スヴャトシ地区裁判所で、典型的なウクライナのテロリストに判決が下り、裁判所前でベルクトとの乱闘が起きた。キエフから四〇キロの小さな町ワシリコフ出身のため、いまや「ワシリコフのテロリスト」と呼ばれる被告たちに、テロ行為準備罪——これまたキエフから数十キロのところにある小都市ボリスポリのレーニン像を爆破しようとした——で六年の実刑判決が下された。判決が読み上げられている時点で、裁判所はスヴォボダ党員たちに包囲されていた。被告たちはスヴォボダ党員だった。裁判所の脇には、「大人数による混乱」が起きた場合に備えて、ベルクトが乗ったバスが停まっていた。そしてそういう事態になった、当然じゃないか！スヴォボダ党員たちは、手始めに、裁判所の出入り口をブロックして、テロリストたちに刑務所での実刑判決を宣告した裁判官を裁判所内に閉じ込めた。それからベルクトが乗ったバスを揺らし始めた。ついには、ベルクトがバスを降りることに応じ、「恥辱の回廊」を歩かされた。この間スヴォボダ党員たちはベルクトの顔を撮影した。ネットにアップして、知人や隣人は、こいつらの住所氏名をネットに公表してくださいと呼びかけるためだ。なぜあの場にユーリー・ルツェンコが居合わせたのか、私には分からずじまいだが、とにかく、ベルクトにひどく殴られたのはルツェンコだった。彼はスヴォボダ党にはまるで関係はないが、マイダンには関与している、なぜなら、なんといわれようが、オレンジ革命の野戦司令官の一人だったし、ユシチェンコ大統領のもとでの内務大臣なのだから。彼があの場に居合わせたのは、スヴォボダ党員と警察特殊部隊の衝突を止めようとしたからとの説があるが、内務省が発表したのは、酒に酔っていたのでけがをした、だった。

夕方、TVIの生放送番組で、アルセン・アヴァコフ〔当時はバチキフシチナ党所属の国会議員、二〇一四年二月二七日～二〇二一年七月内務大臣〕が地域党国会議員のオレグ・カラシニコフにつかみかかろうとした。カラシニコフ議員は数年前に国会で、気に食わない質問をした女性ジャーナリストを拳固で殴ったことで勇名を馳せた。カラシニコフに飛びかかろうとしたアヴァコフを司会者が押さえていなければ、またもや生中継の最中の取っ組み合いの喧嘩となっていただろう。

一月一一日　土曜日

寒い。我が家の天井裏の子供たち専用のフロアは摂氏一三度。なので息子二人は下の階のソファで寝た。ガブリエラだけが上の階の自分の部屋に残った。でもガブリエラの部屋には電気ストーブがある〔キエフを含め、旧ソ連の都市の集合住宅では、温水パネルによるセントラルヒーティングがある。通常は冬場でも二〇度近い室温が保たれるため、補助暖房の電気ストーブなどは各部屋用に備えていない場合が多い〕。

ハリコフでは、各地のユーロマイダンの代表者が集まって、ユーロマイダン・フォーラムが開催された。フォーラムのコーディネーターは作家のセルゲイ・ジャダン。ユーロマイダン派が今後の戦略を協議するために書店「E」に集まったとき、数十人のチトゥーシキが書店を襲った。書店の中に突入すると、棍棒で本が並んだウィンドウを壊し、店内に催涙ガスを流し込み、連中を阻止しようとした店の警備員をひどく殴った。警備員は病院に収容された。視力を失うかもしれない。

一月一二日　日曜日

独立広場で、二〇一四年初めての民会《ヴエーチエ》が開催された。一五万人が集まった。朝からヨーロッパ広場の方からアフトマイダンのメンバーの車が並んだ。今日もまた、ヤヌコヴィッチの私邸に向けてラリーを行うためだ。

民会は、祈りといくつもの宗派の聖職者のスピーチで始まった。それからアフトマイダンの活動家たちがマイクを持ち、今日の計画を報告した。政治家と活動家たちの演説が終わると、ごく普通のロックコンサートに移行した。マッド・ヘッズ、マンドゥルイ、アトモスフェーラをはじめとするグループが演奏した。

一月一三日　月曜日

朝方は驚くほど、あやしいまでに静かだった。そしてやはり、ただではすまなかった！　一〇時頃に青と黄色の真ん中に赤い線が入った腕章をした数十人が（青と黄色、二色だけの腕章をしたマイダンの活動家たちと区別するためだろう）、ベッサラビア広場と中央デパートの側からバリケードを解体しようとした。連中の一人が拡声器で「マイダンに集まったのはホームレスと失業者。キエフ市民はこのごたごたにまったくもってうんざりしています」と言った。この活動家連中は体育会系の中隊に護衛されていた。だが連中はバリケードの解体にとりかかることさえできなかった。独立広場から数百人のマイダン派が、バリケードを守っている人びとの加勢に参じたからだ。彼らは「キエフ市民の代表者たち」の排除にかかった。体育会系は争いに関わろうとしなかった。相手を侮辱する言葉の投げ合いやその他の口論が二〇分ほど続いた後、「キエフ市民の代表者たち」は警護の男たちとともその場を立ち去った。

一月一四日　火曜日

昨日は仕事場から、バリケード封鎖されたマイダンを抜けてシェルコヴィチナヤ通りのガーリャ・リストパドのところに行った。彼女の家にあるベッドは村には持って行かない、と伝えるためだった。マイダンのステージではヴィリニュス事件〔一九九〇年三月にソ連からの独立を宣言したリトアニアの首都ヴィリニュスで、一九九一年一月一二日夜から一三日の早朝にかけてソ連軍が民間人に発砲し、一四名の死者を出した〕の記念日である旨を誰かがしゃべっていた。聞いていたのは三〇〇人から四〇〇人だった。広場のウクライナ・ホテル側の端で、テントから出てきたマイダン派の男性が、私が立ち止まって演説を聞くように仕向けようとしたが、私はどうもその気になれず、道を急いだ。サドーヴァヤ通りはいまでも何台ものバスとトラックで塞がれている。シェルコヴィチナヤ通りも、グルシェフスキー通りとの交差点に近い部分は、数台のトラックで塞がれている。ベルクトが控えている。それにインスチトゥーツカヤ通り自体が車の通行のための細い車線を残して半ば封鎖された状態で、ベルクトに警護されるかたちで交通警察官が交通整理にあたっていた。

きれいな、ふわふわの雪が降っていた。ガーリャの電話は応答がなかった。私はマンションの正面玄関に立っていた。じきにガーリャが現れた。携帯は持ち歩かない主義なので、携帯には朝早くか夜遅くにかけてね、と言った。彼女のマンションの改修はほとんど完成していて、新しい家具はローラ・アシュレイで揃えている。明日は食器棚とベッドが届く予定だ。今の彼女は「ローラ・アシュレイ」を買うためだけに貯金をしていて、家具はカタログで購入している。家で私を迎えてくれたのは相も変わらぬ二羽のオカメインコ、ただそのうち一羽は死んだクージャの後釜。歴代のオスの「クージャ」はメスの「マーシャ」に比べて短命だ。

引き取ると約束していたベッドをしばしながめたあと私は、やめた、と断った。写真を撮った。ガーリャは私が彼女からの贈り物としてベッドを別荘《ダーチャ》に引き取るのを断ったので、がっかりした様子だった。もう一度考えてみる、リーザとも相談しないとね、と私。ガーリャは出し抜けに、掃除機をあげる、と言った。うちでは掃除機はもう使わないから、濡れ拭きしかしないことにしたの、とガーリャ。もう一度がっかりさせるのは悪いので、もらい受けることにした。どうみても彼女は、ただでさえ家具の少ないアパートをますますがらんとさせたかったようだ。掃除機の箱は大きすぎるので、引き取るのはやめた。ガーリャが見つけてきた袋に、掃除機本体とホースと伸縮する「首」を全部押し込んだ。帰り道、ベルクトと警察学校の生徒の脇を通った。掃除機を入れた袋はピンクで、ホースは袋を押し広げるようにして顔を出していたし、おまけに私はマイダンの方角に向かっていたので、警官が不審に思うはずだった。だが私を呼び止めて袋の中身は何かと問う者はいなかった。雪は降りやまなかった。雪は私に降り、マイダンに降り、アスファルトに降った。マイダンではいくつものドラム缶に火が焚かれていた。ドラム缶の周りには人々が集まって暖を取っていた。すべてはいつもどおりだった。

一月一五日　水曜日

言葉が足りなくなると、私の手は自然に本に伸びる。最近は「言葉が足りない」という感覚がますます頻繁に私を襲う。日々がより豊かになっているのか、それとも日々を描写する力のある言葉が日々から洗い流されてしまうのか。おそらく後者だろう。人が使う言葉の数はどんどん減っていて、感嘆詞と身振りばかりが多用される。

昨日の夕方、アントンに新年に約束したコンピューターをようやく買ってやった。店員は私にライセンス期間が三六五日のマイクロソフト・オフィスを押し付けようとした。ビル・ゲイツは盗賊なのか？　ほんのひと月前だったら、永久利用という形で買えたのに。他のやりかたを探すとしよう。寒さはまだ続いている。

マイダンは不穏な空気に包まれている。ネットには、政権がキエフに集結させている内務省軍の兵士とベルクトの数がさらに増えているとの情報があふれている。交通警察はアフトマイダン参加者たちに弾圧に等しい形で圧力をかけている。交通警察は、アフトマイダン参加者に対して、「交通警察職員の停車指示に従わなかった」廉で、九〇〇件の運転免許証押収調書を作成した。調書はどれもコピペ状の同一文面で、担当者のサインは判読しづらく、誰が作成したのか判別できないありさま。

ヤヌコヴィッチの私邸メジゴーリエはベルクトに四方から守られている。メジゴーリエに通じる道路はすべてバスやトラックで封鎖されていて、車は通れない。いまではこの道路は徒歩でも通れない。地元の農民たちは、家に帰るのにベルクトの隊列を、小競り合い覚悟で抜けていく。農民たちは、メジゴリエ村に住民登録しているとの記述がある、国内旅券の提示を求められる。そんなものは持ち歩かないという老人は、書類なしで自分の村に行こうとしただけなのに、警棒でひどく殴られた。ウクライナの二一世紀は、農民の奴隷制度であった農奴制がまだ廃止されていなかった一九世紀の半ばを想起させる。

夕方。いくつものテレビチャンネルで、ウクライナ東方カトリック教会*の枢機卿リュボミル・グーザルのインタビューが話題になっている。枢機卿は政権側が過剰な力を行使した場合、国民は武装した抵抗を行う権利を持つ、と発言した。地域党とヤヌコヴィッチに仕える政治学者たちは、これは挑発行為だ！ とわめいている。ローマ法王に訴えて、ウクライナ東方カトリック教会が政治行動に参加するのをやめるよう求めるべきだ、と。モスクワ総主教庁系ウクライナ正教会は絶えず政治そのものを行っていて、議会選や大統領選の前には礼拝で地域党やヤヌコヴィッチへの投票を呼び掛けてもかまわないのに、東方カトリック教会の聖職者がマイダンでミサを行ってはいけない、という根拠は何なのか？ 教えてほしいものだ。モスクワ総主教庁系正教会の教区信徒は数百万人単位、東方カトリック教会の教区信徒は数十万人単位。この状況で誰が誰を恐れねばならないのだ?! 問題視されているインタビューを見つけた、正確に引用してみよう、「武装抵抗が許される状況というものが存在する。権力側が過剰な力を行使する場合は、国民は武器を手に自己防衛する権利を有する。私たちの誰もが自己防衛する権利を持っている。これを憲法に記載する必要はない、自然の掟なのだから。私も一人の人間として、自分と自分の隣人を守る権利を持っている」

＊ウクライナ東方カトリック教会　「自分の法」を持ち、かつ、ローマ司教団との関係を維持している、二二ある東方典礼カトリック教会のひとつ。一〇世紀に設立された。一九世紀と二〇世紀には、ウクライナ東方カトリック教会の司教および神父たちは、ウクライナ民族の文化的、政治的、経済的復興に積極的に関与した。ウクライナ国歌の作詞者は同教会神父のミハイロ・ヴェルビツキー。ウクライナ以外にもモルドバ、イスラエル、ギリシャ、アルゼンチン、ベネズエラなどに信徒多数。第二次世界大戦前にはウクライナ東方カトリック教会は西ウクライナの主たる宗派だった。当時は約二八〇〇の教区、一五〇以上の修道院、神学アカデミーを擁した。戦後、ソヴィエト政権はウクライナおよび社会主義圏のポーランド、チェコスロバキアのウクライナ東方カトリック教会を弾圧した。一九四五年四月一一日、KGBはウクライナ東方カトリック教会の大司教ヨシフ・スリプイを逮捕した。じきに教会の幹部全員が逮捕された。同年五月、ウクライナ共産党中央委員会およびニキータ・フルシチョフ〔一九四四～四七年、ウクライナ共和国閣僚会議議長〕自らの監督のもと、「東方カトリック教会と正教会の統合をめざすイニシアチブグループ」が設立された。統合の進展をフルシチョフはスターリンに逐次報告した。一九四六年三月、ソ連当局はリヴォフで教会会議を開き、東方カトリック教会の廃止を宣言した。ウクライナ東方カトリック教会の資産はすべて没収され、モスクワ総主教庁系のロシア正教会に引き渡された。信徒および聖職者は、ウクライナ東方カトリック教会を離れること（棄教）を公の場で認めるよう強いられた。ロシア正教会のアレクシー総主教は、ソヴィエト当局のこの行動を祝福した。正教会に移ることを拒否した約五〇〇〇人の聖

職者は弾圧された。

一九四六年から一九八九年の間、ウクライナ東方カトリック教会は非合法で活動を続けた。大司教ヨシフ・スリプイは獄中から一八年間教会を指導した。一九六三年、バチカンおよびローマ法王ヨハネ二三世の度重なる請願を受けて、ヨシフ・スリプイは釈放され、ソ連から国外追放された。以降、非合法の東方カトリック教会のトップは、ワシリ・ヴェリチコフスキー大司教、ウラジーミル・ステルニュク大司教と続いた。この間、KGBの努力にもかかわらず、ウクライナ東方カトリック教会はウクライナにおいて、そして、何十万人もの信徒および何千人もの聖職者が収監されていた収容所でも活動を続けた。西ウクライナでは、聖職者を養成した地下の神学校、そして複数の地下の修道院さえも機能していた。

一九八九年、ウクライナ東方カトリック教会の信徒たちは、合法化を求める大規模な示威行動を行った。同年九月、ローマ法王ヨハネ・パウロ二世とミハイル・ゴルバチョフの会談が行われ、ウクライナ東方カトリック教会の合法化も話し合われた。ウクライナ東方カトリック教会は合法化されたが、かつて没収された資産の返還をめぐって、正教会と幾多の紛争が発生した。正教会は当時、分裂の危機に瀕していた。

二〇〇一年、ローマ法王ヨハネ・パウロ二世は、ウクライナ訪問時に、二八名のウクライナ東方カトリック教会殉教者を聖列に加えると発表した。

今日、ウクライナ東方カトリック教会は、クリミアを含めたウクライナ全土に教区を擁する。だが主要な役割を果たしているのは、現在も西ウクライナにおいてである。

一月一六日　木曜日　小雨

リーザにこう提案した、学校から実家の母のところに直行して、それからオクルジナヤ通り四番地の家具センターに行き、先週見に行って気に入ったふたつのマガジンラックのうちのひとつを買おう。リーザは最初は賛成したものの、考え直して、急ぐのはやめましょう、と言った。私たち夫婦の長年の友人で、金融の仕事をしているユーラ・ブラシチュクが電話をよこした。奥さんのアリーサと一緒にリヴォフから飛行機で着いたところだという。私への土産の山羊のチーズを一一時ぐらいに我が家に持ってきてくれるという。その時間、私は留守にしているのが残念だ。両親を二ヶ所の銀行に連れて行く約束をしていたのだ。利息を受け取り、預金期間を延長するためだ。まずはレグバンクに行った。手続きはかなり早く済んだ。だが次に行った銀行では（ちなみに父のその銀行での預金額は一〇万フリヴニャ以上、つまり一万ユーロ以上であることが判明した）非常に嫌な事態に直面した。銀行は一時的に現金の払い出しをしていない、というのだ。銀行のオフィスの前には三〇人ほどの預金者がいて、どこに訴えればいいのかと話し合っていた。八七歳の父は、高い利息を約束する怪しげな零細銀行に金を預けては失う、ということを繰り返してきた。もう五回はひっかかっている。なのに性懲りもなく、無料で配布される情報紙に広告を載せた銀行に、年金をまとめて預けてしまうのだ。

一月一七日　金曜日

ヤヌコヴィッチは、地域党の議員たちの賛成で議会を通過した法律に署名した〔前日の一月一六日に最高会議が可決〕。「誰も数えない挙手による採決」という猿芝居はこれで合法化されたわけだ。これからは、モスクワと同じ愉快な事態になること請け合い――屋外で三人以上で集まってはいけない、携帯電話のSIMカードは居住登録の記載がある身分証明書を提示した場合のみ購入できる等々。このばかげた法律に加えて、ヤヌコヴィッチは今年の予算にも署名した。軍の予算は通常の四〇パーセントに削減、その反対に、警察、検察、裁判所は八〇パーセント増額！

クリミアではロシア国家の愛国者たちが、クリミア・タタールがスターリンによる強制移住の犠牲になったことを記した記念碑を破壊した。ハリコフは大雪、ウクライナ国旗を掲げた自転車愛好家たちが雪の上を走っている、これを「ヴェロマイダン」という。

『リトアニア長編』の執筆に戻りたい。長編のアイデアはそれなりに浮かぶのだが、仕事に集中できない。絶えずどこかに出かけたくなる。そして、家にとどまるために、立ち上がってコンピューターをオンにして、ネットで最新ニュースをチェックする、あるいはマイダンやグルシェフスキー通りからのライブ映像を見る。

一月一九日　日曜日　主の洗礼の日

今日は午前一一時に作家や出版人が、ペチェールスカヤ大修道院の向かいのいつもの場所でドニエプルの冷たい水に浸かった。私は今年は残念ながらパスした。グルシェフスキー通りでは、グルシェフスキー通りならではの洗礼があった。一万人以上の抗議行動参加者が集まっていたが、ベルクトと兵士の数も昨日よりははるかに多かった。警察が大型の放水車を送り込み、抗議行動参加者をバリケードから引き離すために放水を始めた。外気温は氷点下七度。抗議行動参加者たちはずぶぬれになりながら「洗礼だ！　洗礼だ！」と叫んだ。これが二〇一四年版主の洗礼の日。聖水はバリケードに直に届けられたというわけだ。

一月二一日　火曜日

戦争は続いているが、あとそう長くはないと思う。抗議行動の統一された政治指導部がなく、統一された政治的要求がない状態での警察との戦争の意味は何なのか？　ヤヌコヴィッチと地域党、汚職にまみれた屑どもすべてへの憎悪を吐き出す、単にそれだけ。でも後日、国家の復讐が始まる。投獄される者が現れ、彼らは政治犯を自任し、実際に体制の犠牲者になるだろう。彼らの親族と子供たちは、体制の犠牲者共同体を形成するだろう。憎悪は続き、偶然の逮捕と長期の実刑判決が出され続けるだろう。野党政治家たちは、国民が共有できる意義を見つけられなかった。国民の中の、野党政治家たちを支持し支援する用意があった人々が共有できる意義さえも探し出せなかった。あるいは、逆なのかもしれない、政治家たちは国民のある部分を支持し支援するべきだったのか？　それができなかったのは、政治家同士が同じ道を、国民と同じ道を歩むつもりなのかどうかを見極めることができなかったからなのか？　各自が各自の目的を持つ。自分なりの国家的な目的ではなくて、自分の個人的な目的であることのほうが多い。

一月二二日　水曜日

グルシェフスキー通りで最初の数名の死者が出た。なぜ私は驚いていないのか？　以前なら、ありえない、あるいは狂気の沙汰だと思ったことを、なぜ今は当然の帰結、そして「こんなものだ《ノルマ》」「あたりまえだ《ノルマ》」と受け止めているのか?!　私たち誰もが気が狂ってしまった。「こんなもの／あたりまえ」とは何なのか、私には分からない。「あたりまえ《ノルマ》」であるはずなのは、何を書いても必ず書き間違えをする、まったくものを知らない、そしてどうやら、青年時代に二度実刑判決をくらっていた期間以外は、何も勉強したことがないらしい、自国の大統領を憎悪すること。つまり、ヤヌコヴィッチのごとき大統領はあたりまえではありえない。ということは、ヤヌコヴィッチを憎悪し、受け入れないことこそがあたりまえなのだ。抗議行動は、非受け入れ、非愛情のもっとも直截的な形だ。これもまた当然の帰結なのだ。権力が政治的に襲撃されるとき、権力は反応するか無視する。権力に、つまり警察に石や火炎瓶が投げ込まれるとき、警察は棍棒で応える。これもあたりまえなのか？ギリシャではあたりまえだ。ドイツでもあたりまえだ。でもギリシャでもドイツでも刑事犯であった過去を持つ人間はなぜか大統領になれないのだ！我が国の国内「インティファーダ」の最初の犠牲者はセルゲイ・ニゴヤン、二〇歳のアルメニア人、ウクライナ国民、ドニエプロペトロフスク州出身、バリケードでシェフチェンコの詩を朗読した〔ニゴヤンの映像は多数残っている。ここで言及されている映像はhttps://www.youtube.com/watch?v=CyFqqstK7e0。シェフチェンコ生誕二〇〇周年に寄せた、様々な人がシェフチェンコの作品の一節を朗読する「我らがシェフチェンコ」シリーズ〕。リトアニアとリトアニア人をめぐる長編小説の執筆をどうやって続ければいいのだろうか？私が今コンピューターに向かっている仕事部屋から歩いて五分のところで、警察と国民の、ラジカルなロマンチストたちの戦いが繰り広げられているのだ。このロマンチストたちは、どうやってもベルクトには勝てない。もしも勝ったとしても、その先、何をすればいいのか？

神に忘れられた国。煙が国を覆う。煙の中で悪党どもと革命家たちが権力を取り合う。革命家たちは将来、悪党になる可能性はある。しかし悪党が革命家になることはまずない。

今日殺された二人目はベラルーシ国民だった。それに加えて、活動家のイーゴリ・ルツェンコが連れ去られてひどく殴られた、ボリスポリ近郊の森では、拷問の跡がある死体が発見された。イーゴリとともに私服の男たちに病院から連れ去られた男性ではないか、とみられている。病院には防犯カメラはあるのだろうか？　この犯罪を記録した映像は残っているのだろうか？

たった今、ペーチャ・ハージンから電話があった。チェレシチェンコフスカヤ通りの彼のアパートの中庭には警官が山といて、アパートに隣接する西洋東洋美術館とロシア美術館は職員と来館者を避難させているそうだ。どうやらマイダンの解散が、それも今度こそは徹底解体の準備が進められているようだ。リーザから電話があった、授業を打ち切って、生徒をすぐに帰宅させよと警察が命じたそうだ。教員たちも帰宅するよう言われた。リーザは地下鉄の駅に向かったが、地下鉄は止まっていた。そのためアンドレイ坂を歩いて帰ってきた。

一月二三日　木曜日

マイダンはそのままだ。おそらく最後の瞬間にヤヌコヴィッチは流血が怖くなったのだろう。いまやウクライナ中がYouTubeで、キエフはグルシェフスキー通りで警官たちが抗議行動参加者のコサックに、服を全部脱がせたさまを見ている。素っ裸にされた男性は、髪形および風貌全体から、歴史愛好家クラブのメンバーのように見える〔ミハイロ・ハヴリリュク（ロシア語ではミハイル・ガヴリリュク）、一九七九年生まれ。二〇一四年一〇月二六日の総選挙で「人民戦線」党から立候補して当選)。内務大臣ザハルチェンコは警察の行動を謝罪し、このような行動は「文明国家においては許されないこと」だと認めて、責任者の処罰を約束した。処罰はおそらく、一一月二九日の学生たちの集会を蹴散らした責任者だとヤヌコヴィッチが認めた者の処罰と同じ内容だろう。つまり、処罰はない、ということだ。

一月二四日　金曜日

晴れた寒い日。こんな天気の日は、過ぎた幸せな日々の思い出と、不安に満ちた現在の想いが容易に混ざり合う。安定している国では、一〇年前あるいは二〇年前に自分と国に何が起きていたのかを思い出すのは難しい。いまだに払い続けている住宅ローンをいつ借りたのかは思い出せる。とっくに買い替え時になっている現在のマイカーをいつ買ったのかは思い出せる。去年のイビサでの夏休みを思い出すことはできる、三年前のイビサでの夏休みだって思い出せるだろう。そして、イビサのバーのモヒートの去年と三年前の値段を比べてみようとする。ほとんど意味のないことだけれども。どうせモヒートの値段は毎年上がるのだから、他の物価同様に。しかしウクライナでは、個人の思い出も国家をめぐる思い出も、より容易だ。私の実感では、時はより速く、はるかにドラマチックに過ぎていく。私たちが巻き込まれるストーリーは、時にはアメリカ製の大ヒット映画よりもはるかに波瀾万丈の展開になる。私は友だちづきあいをしている出版人たちから、自伝を書いてくれともう何年も頼まれている。というのは運命のいたずらで、私は頻繁に出来事の渦中《ツエントル》あるいは「渦《ツエントル》」の周辺に身を置くこととしきりだから。自伝にはまだ取り組んでいない。でもこの本はとても私的なものだ。ということは主観的な本なのだ。

「中心《ツエントル》」という言葉はかつて私にとっては魔法の言葉だった。ローティーンだった私は思った、「センター」の中心には丸テーブルがあって、人類の最良の人たちだけがそのテーブルにつくことができる。そしてその人たちは全員が私の友人と客人でなければならない。私は今この文章をキエフのまん真ん中《ツエントル》で丸テーブルに向かって書いている。隣には普通のライティングデスクがある。充分に使いやすい、様々な小説の幾多の章、数多くのエッセーや記事を書きあげたデスクだ。でも、時が来ると、私はまたもや丸テーブルに向かって書き物をするようになる。今はじめて気づいたのだが、私が丸テーブルで仕事をするようになったのは三ヶ月ほど前だった。もしかするとライティングデスクに原稿、メモ、資料や契約書などなどが山積みになっているからか？　でももしかすると、あの時すでに、これで何度目かの大きな変化が起きることを待つ不安な時が訪れていたのかもしれない。おそらく後者だろう。丸テーブルはそれ自体が私を落ち着かせてくれる。丸テーブルには人類の最良の人々が座るはずだという、四〇年前の私の空想を記憶によみがえらせてくれる。ライティングデスクに向かうのは、ソ連映画ではいつも、共産党員、ＫＧＢ職員その他の、残酷なソ連の過去を代表する連中だった。

私はこの本をウクライナのために書いている。この本にはユーロマイダンの期間中の私の日記を載せる。分かりやすい言葉で、もしかすると少々単純化した形で、現在ウクライナで起きていることの原因の解説を試みたい。今日の状況がウクライナの遠い過去と近い過去とどう結びついているのかを主観的に説明してみせるための、国民の群像、国の肖像を描いていきたい。この本は、読者の皆さんにとってウクライナがより分かりやすい国になるように書かれているのです。

キエフの町はずれに住んでいた一〇代の私は、市の中心部《ツェントル》に住むことを夢見ていた。キエフの中心部には、聖ソフィア大聖堂、黄金門、アンドレイ坂通りがある。アンドレイ坂一三番地には一九一九年まで、私の大好きな作家のひとりミハイル・ブルガコフが住み、仕事をしていた。私の夢は少しずつ実現していった。まずはソ連崩壊から二年後に、私と妻はソフィア広場のワンルームのアパートを買った。それから相当経ってから、そこを仕事部屋としてキープしたまま、聖ソフィア大聖堂裏の、その昔にミハイル・ブルガコフの両親が暮らし、ブルガコフが生まれた家がある通りのマンションの一室を買った。二〇〇四年にオレンジ革命のメインステージに、そして二ヶ月前には新しい抗議行動の中心になった独立広場は、私の仕事用のアパートからは歩いて三分、家族で住むマンションからは歩いて五分。私は、キエフの中心に住む、ユーロマイダンの周りに住む何千何万人のうちの一人なのだ。テレビのニュースを見たあとでは、キエフでは戦争が起きているとの印象を受ける人がいると私は確信している。英国やカナダに住む友人たちは、ナーバスになったメールをくれて、この戦争の間は僕らのところに引っ越してこないか、と申し出てくれる。ましてや私たち夫婦には子供が三人いるのだから。妻はそういうメールのひとつにこう答えた、「ありがとう！　でもここにいるほうがおもしろいの」。ウクライナはおもしろすぎる国だ。夜のキエフを歩くのは、通常は、夜のロンドンやパリを歩くよりも安全だ。と同時に、明日何が起きるのか、皆目見当がつかない。ただいま現在にしても、明日何が起きるのかはおろか、今日という日がどういう終わり方をするのかさえ、私には分からない。

我が家のお隣さんは、坂の上にある平和なバリケードから三〇メートルと離れていないところにある学校に子供を通わせている。クレシチャチクへと下り坂になっているプロレズナヤ通りを、毎朝何百人という親たちが幼いわが子の手を引いて歩いていく。

独立広場では、すでに二ヶ月にわたって昼夜を通しての抗議集会が開かれているわけだが、広場の真下は地下二階のショッピングセンターになっている。飲食店が数軒に、スーパー、宝石店、銀行の支店まである。そしてこれらの店舗、飲食店、銀行は、広場に面した一〇軒ほどのカフェやレストラン同様、平常通り営業している。独立広場の隣には中央郵便局があり、自由に中に入って温まることができる。Life goes on. ただこの頃は、ユーロマイダンのステージでロックミュージシャンのライブが行われることはない。私の友人の中で、ユーロマイダンで多くの時間を過ごす人たちは、ウクライナのすべてのロックグループがここのステージで三回ずつ演奏していると愚痴る。マイダンのステージでは詩人たち、医師たち、政治家たちが発言してきた。ステージから発言したがる人の数は、いまはもう、さほど多くない。今でもステージから発言し続けるのは、おおかたが「プロの革命家」と呼んでいい人たちだ。「ユーロマイダン学校」の卒業生、というべきか。ステージ奥のスクリーンには客観的な報道をする複数のテレビ局のニュースが投映されている。時には外国からのゲストがスピーチすることもある。昨日、私がステージの前に立っていると、ウクライナ民主化運動の最初のリーダーの一人で、大統領選挙を控えた一九九九年に奇妙な自動車事故で亡くなったヴャチェスラフ・チェルノヴォルをめぐるドキュメンタリー映画が放映されたあとに、「連帯」で長年活動をしたポーランド人がスピーチをした。彼はポーランド語で話した〔ウクライナ語話者であれば、ポーランド語の発言は、内容がほぼ理解できる〕。一〇〇〇人以上が熱心にスピーチに聞き入った。氷点下一〇度の寒さの中でずっと立ったまま聞いていた。私はヴォルイニ地方の小さな町の「名札」が貼り付けてあるテントの脇に立っていた。防水布にわざわざ開けた穴から突き出ていた鉄の煙突からは、もくもくと煙が出ていた。軍用の大きなテントの中では、鉄製のダルマストーブで薪が燃えていた。テントから六〇がらみの男が出てきた。白髪頭、無精ひげ、緑色の厚ぼったい綿入れの上着に綿入れのズボン。ポーランドからの客人の演説を立ったまましばらく聞くと、ため息をついて、テントに戻っていった。この男がこれまでに聞いてきた、ユーロマイダンの演説の数は、想像もつかない。マイダンに定住者が出現してはや二ヶ月。ガリチナとヴォルイニ地方から二ヶ月前に来た人たちがいる。ヤヌコヴィッチがEUとの連合協定の調印を拒否したことへの学生たちの抗議が、警察特殊部隊のひどい弾圧にあったのを受けて、彼らはやってきたのだ。あの頃は「ひどい」という言葉の意味は今よりもはるかにソフトだった。ロマンに浸った学生たちを一一月二九日から三〇日にかけての夜に襲撃したことは、今日の視点からは、ウクライナ政権の愚かさの表れと映る。二〇一四年一月二二日に起きたことは、愚かさというよりはむしろ犯罪だ。

昨晩私は、何百人という人たちと一緒に、独立広場からヨーロッパ広場までなんの不安も覚えずに歩いた。ヨーロッパ広場からは内閣ビルと国会に向かう上り坂のグルシェフスキー通りが始まる。グルシェフスキー通りは抗議行動参加者たちが作ったバリケードと、警察特殊部隊および内務省軍の防衛線で塞がれている。数日前までは政府の「防衛線」は道路に横付けされたバスやトラックで補強されていた。これらの車両は抗議行動参加者たちに燃やされたあと撤去され、昨日の晩には何もなかった。だが一帯の建物の、玄関口がある中庭への通路は、ことごとく軍用車で塞がれている。どの建物にも依然としてキエフ市民が住んでいる。その人たちの誰一人として、帰宅途中でデモ参加者や特殊部隊の戦闘員の脇を通る際に被害を受けていないと信じたい。だが実際はどうなっているのかを私は知らない。デモ参加者の死者と負傷者の正確な数を知らないのと同じく。これはいまのところ誰も知らないのだろう。なぜなら、今起きていることは、分析すること自体に無理があるからだ。政府側では正体不明の私服の男たちが戦闘員として、デモ参加者にゴム弾ではなく実弾を発射している。グルシェフスキー通りの、警察に守られている建物の屋根からは、スナイパーが発砲している。それも抗議行動参加者だけではなく、ジャーナリストや報道カメラマンも狙撃されている。おまけにスナイパーは目を撃ってくる。抗議行動参加者が二〇名以上、ジャーナリスト五名がすでに視力を失っている。

昨晩私が一帯を通った際は、落ち着いた雰囲気だった。熟年の男女、若い男女がスコップで道路の雪をかき集めては袋に詰め、袋をバリケードに運んでいた。バリケードをもっと高く、もっとしっかりしたものにするために。抗議行動の参加者、そして抗議行動参加者とはいえないものの、彼らに共感する人たちが夜間に焚火として燃やすための古いタイヤをバリケードに持ち寄ってくる。坂の上の、兵士や特殊部隊の方からは水が流れてくる。放水車が消防栓につながれてからというもの、水はすでに数日間流れるままになっている。この水は対立する両陣営の間の敷石をスケートリンクに変えてしまった。でも今、水は、幅は細いながらも激しい流れの川となっている。抗議行動参加者たちは雪を詰めた袋で自分たちの領域の手前で川の流れを堰き止めて、ヨーロッパ広場の中心部に向かうように流れを変えた。ヨーロッパ広場の真ん中で川は氾濫して、すぐに凍り付く。抗議行動参加者たちは氷を袋に詰めてはバリケードに運んでいく。氷と、氷に凍り付いた雪が詰め込まれた袋の層が増えるたびに、バリケードはますます頼もしいものになっていく。あたりには昨晩燃やされたタイヤの焦げた臭いが漂っているが、一昨日の晩に警察が使ったガスの臭いはもうしない。これが普通になったキエフの宵は続く……

そして次の日になった。ヤヌコヴィッチと野党指導者たちの新たな会合のニュースが入った。ヤヌコヴィッチはアルセーニー・ヤツェニュクには首相の、ヴィターリー・クリチコには人文分野担当の副首相のポストを提示した。三人目の会合出席者、急進的な民族主義政党スヴォボダの党首オレグ・チャグニボクには何のポストも提示しなかった。抗議行動が始まってから六十八日経った今も、政権は野党指導者たちを仲違いさせる試みをやめない。ヤツェニュクとクリチコは大統領の提示を受け入れなかったが、断りもしなかった。もっとも、二人が受け入れないことは明らかだ。この提案を受け入れたとしたら、それは彼らが闘っている相手であるヤヌコヴィッチ大統領に仕えることを意味するのだから。しかし私にいわせると、もっかの一番の問題は別のところにある。ヤヌコヴィッチと野党指導者たちが妥協を見いだせるか否かは、部分的な重要性しか持たない。異議を唱えているウクライナ人の九〇パーセントは、野党指導者たちが彼らの利益を代表しているとは考えていない。ということは、野党リーダーたちは抗議行動の終結・停止に影響を与えることができないのだ。国を落ち着かせることができるのは、繰り上げ大統領選挙を実施すると宣言した場合に限られるが、ヤヌコヴィッチ大統領だけなのだ。だがヤヌコヴィッチはその発言を急ごうとしない。なぜなら、警察、裁判所そして軍は彼の側についているのだから。ヤヌコヴィッチは非常事態宣言の導入も急ごうとはしない。非常事態を導入するとの脅しはこれまで何度もなされていて、最新のその種の発言は、異議申し立て者たちが法務省の建物を占拠したことを受けてなされた。示威行動参加者たちは自主的に法務省ビルから立ち退いた。キエフ市内は緊迫した静けさに包まれている。一月二八日（火曜日）に臨時の国会審議が予定されている。審議の行方はウクライナの近未来の運命を決める。それともこれは私の思い込みにすぎないのだろうか？　ウクライナ国会における審議は、ウクライナ国会の次回の審議日程を決める――現実はおおよそこんなところだろう。

現政権に異論がないウクライナも存在するということも忘れてはいけない。どの程度の異論のなさなのかを理解するのは難しい。ドンバスはウクライナの他の地域とはかなり異なっている。ドンバスの人間関係には昔からきっちりとしたヒエラルキーがあったし、政権に抗議する者はいなかった。ドンバスには、工場や鉱山で働き、我々こそがウクライナ全土を養っているのだと自負する人が何百万と住んでいる。彼らは、君たちこそが一番正しいタイプのウクライナ人だ、と叩き込まれてきた。彼らはそうだと信じ込んでいる。彼らは権力を「偉いもの」とみなし、自分の仕事に励み、政治には首を突っ込まない。だからだろう、ドンバスでは自発的な政治的意思表示、示威行動はほとんど起きたことがない。ドンバスに住む人々はロシアのテレビ局の、ロシア発のニュースを見ている。彼らはロシア語を話し、西ウクライナに住んでいる人びと全員を民族主義者、ファシストとみなしている。二〇一〇年までは、彼らの多くがロシアとプーチンが大好きだった。ヴィクトル・ヤヌコヴィッチを大統領に選んだのは彼らだ。なぜなら、ヤヌコヴィッチは彼らのうちの一人だから。なぜなら、ドンバスの多くの人たち同様、ヤヌコヴィッチの少年時代は辛いことが多かったから。なぜなら、ヤヌコヴィッチはドネツク州の知事になり、州をがっちり押さえていたから。ドンバスの人々にとって、ヤヌコヴィッチにはスターリンを連想させる何かがあった。いや、正確には、スターリンの神話的な性格、「厳しいが公平だ」を想起させるなにかが。

〈地元の記者がある日、ヤヌコヴィッチ知事にインタビューをした。職務について、日々の生活について、いくつも質問をした。そのうちに、ヤヌコヴィッチ知事の方で記者に質問をした、「顔色が悪いですね、どうしたんです？」。記者は質問されたことに驚きながらも、すぐに説明した。慢性的な睡眠不足なんです、母が重い病気にかかっているので、薬代を稼ぐために、仕事を求めて飛び回っているのです、と。インタビューを終えた記者は知事室を出て、控室でハンガーにかけておいたコートを着た。コートのポケットに手を入れると、封筒があるのに気付いた。外に出てから封筒を取り出し、中を見ると、一〇〇ドル札で一〇〇〇ドルが入っていた。「母さんの薬代に、ということなんだ」記者は納得した。そしてヤヌコヴィッチへの感謝と温かい気持ちが湧きあがった。〉私がこのストーリーを括弧つきにしたのは、真実か否かを知らないからだ。このストーリーは逸話として二〇〇四年の大統領選挙前に浮上した。あの大統領選挙はオレンジ革命へと横滑りしていったのだった。

私は外国のジャーナリストに、異なった二つのウクライナ——東ウクライナと西ウクライナが存在することについて、よく尋ねられる。たしかに西ウクライナはいつの時代も、中央ウクライナ、東ウクライナとは違っていた。西ウクライナがソ連に編入されたのは一九三九年、モロトフ＝リベントロップ条約の結果だった。しかしソヴィエト・ウクライナの一部に実質的になったのは、第二次世界大戦が終結してからだった。そして、一九六〇年代の初めに至るまで、西ウクライナでは、共産党員、内務人民委員部〔NKVD、内務省の前身〕の軍隊およびソヴィエト政権を代表する者たちを相手にパルチザン戦争が繰り広げられた。この戦争では双方で何万人もの人々が死んだ。数万人が逮捕された。西ウクライナでは、この闘いの記憶がいまだに生き続けているのはもちろん、完全に合法なものとされている。ソヴィエト政権を相手に戦った人々の名前が通りや広場につけられている。リヴォフ州のトゥルイ市にはステパン・バンデラ一家の博物館がオープンした。ステパン・バンデラは反ソ抵抗運動のリーダーの一人である。リヴォフには「ロンツコイ通り刑務所」博物館ができた。来館者は、共産主義に対する闘士たち延べ数千人が収監されたNKVDとKGBの刑務所を実際に見ることができる。共産主義独裁への抵抗の精神は西ウクライナでは今でも強い。今、それはあらゆる独裁体制への抵抗の精神となっている。興味深いのは、この二〇年間で西ウクライナの精神が首都キエフを含めたウクライナ中央部に広まっていったことだ。東ウクライナの境界線は、この二〇年間でも変わらなかった。東部地域の根幹となっているのは、人口密度がもっとも高い炭鉱の州、ドネツク州とルガンスク州だ。

ドニエプロペトロフスク州、ハリコフ州、ザポロージェ州は東部地域の延長と呼ぶこともできるが、この三州では地域党はドネツク州とルガンスク州においてほどの絶大な力を持たないし、人々の気質も、より自由を愛するものだ。

一月二六日　日曜日　ラーザレフカにて

雪景色に輝く太陽。なのに頭に浮かぶのは――死は孤独が嫌いだ。孤独に慣れているのは大統領だけだ。遺伝子レベルで奴隷の記憶を持つ人間は奴隷所有者になることを夢見る。遺伝子レベルで自由人の記憶を持つ人間は、万人の自由を夢見る。

我が家の友人で、元は村の電話交換手だったヴィーチャが、元はブルシーロフ（ジトーミル州ブルシーロフ地区の中心の町、人口五〇〇〇人強）の警察付属地区刑務所所長だったサーシャと、ジャガイモ五〇キロ（一キロあたり五・七〇フリヴニャ）を運んできてくれた。加えてバケツ三杯分をお隣のワーリャから買った。こちらはペーチャ・ハージン用。村からキエフに戻る途中で、まずは母のところにジャガイモを届けてから、ペーチャ・ハージン宅に寄った。ペーチャの家ではいつもあっという間にジャガイモのストックがなくなってしまう。

一月二七日　月曜日

マイナス一六度、太陽は輝き、あたりは静寂。車で子供たちを学校に送り、革命に立ち寄った。数あるテントの前を通った。革命家たちと話をした。今日の彼らは気持ちが疲弊している。あたりには木材を燃やした煙の染みついたようなにおい。一番端の、炎と煙が吐き出されるドラム缶の周りには、五人ほどの男たちが不思議なことに黙りこくって立っていた。どうやらよそ者はいないらしい。お互い同士は話し尽くした。会話が始まるのは、共感者が近寄ってきて質問をしだすとき、あるいはマイダン仲間が立ち寄ったときだ。ベッサラビア広場の方角でバリケードの外側にはコーヒーマシーンを搭載した五、六台のヴァンが停まっている。一台一台が発電機を備えている。商売していたのは一台だけだった。コーヒーを一杯買って飲んだ。坂を上ってウクライナ・ホテルに行き、ドイツのテレビ局ARDの番組に出演した。マイダンを背景に、氷点下のバルコニーに立ってしゃべるという構図だった。午前一〇時にスウェーデンのジャーナリストたちに会って、彼らと一緒にバリケードに戻った。三〇分後に彼らと別れると、革命的なアーチストおよび文化伝承者（kulturtrager）たちに会いに行った。

バリケードの内側に張られた一〇〇張近くのテントの中に、「アート・バービカン」と呼ばれるテントがある。マイダンの生きた一部でありながら、そこには独自の空気がある〔http://artvertep.com/print?cont=24181〕。ここには革命的絵画の常設展がある。一九一八年の内戦時代のポスター美術にも似た、アナーキーで政治色の濃い作品が主だ。ここは詩人や作家の朗読や講話の会場でもあり、本のプレゼンテーションや現代の吟遊詩人ことシンガーソングライターのライブ会場でもある。革命はいつでも芸術に大きな刺激を与える。一九一七年の大一〇月革命の最中も後もそうだった。同じことが今起きている。バリケードの内側、そして外側の塀やテントには手書きの、そしてプリンターで印刷されたロシア語の詩、ウクライナ語の詩が貼り出されている。ユーロマイダンの活動家には作家もロック歌手もいるし、出版人だっている。彼らはバリケードの補強に加勢し、ウェブサイトに記事を書き、インタビューに応じる。彼らは革命を生きている。革命が敗北すれば全員が裁判にかけられ、おそらくは刑務所に拘禁されるであろうことを理解している。

抗議行動に五週間気付かず反応しなかったヤヌコヴィッチ大統領は、唐突にも、文化人を対象とした、シェフチェンコ記念国家賞の額を五倍に増やすとの大統領令を出した。加えて、ほぼ一〇〇〇人の枠の、作家、詩人、作曲家をはじめとする芸術家を対象とした大統領奨学金を交付すると発表した。芸術活動に従事する人々に対する、ヤヌコヴィッチの突然の愛情の理由はただひとつ。著名なアーチストおよび作家の誰一人として、ヤヌコヴィッチ支持を公言したがらない。著名な歌手、ロックアーチストの誰一人として、相当の大金を提示されたにもかかわらず、現政権支持の集会参加者のためのライブ演奏を引き受けない。この事実を突きつけられたからに違いない。芸術はウクライナではとうに国家権力から切り離されている。独立を達成した直後、一九九一年から。文化省はこの間ずっと業務を行ってきたのだが。

二〇〇四年の、本当に、そして実際に平和裡に進んだ「オレンジ革命」の最中には、私は作家仲間たちと一緒に、ヨーロッパ広場に面する大きな書店「科学的思想」で、三週間にわたって、対立する二つの勢力の代表者を招いての政治的なディスカッションを運営した。人々は暖を取るために書店に入ってきた。あの時も、今と同じように、外気温は氷点下一五度から二〇度だった。その書店は今は閉まっている。革命の間は。というのも、書店の脇が最前線のバリケードで、向こう側は警察車両と、デモ参加者を蹴散らすための武器と盾を持った警察特殊部隊員たちだから。いろいろな言語に共通して存在する諺「大砲がしゃべるときミューズたちは黙る」はキエフでは部分的にしか成立しない。大砲がしゃべるのは夜間の、それもキエフ中心部の一ヶ所——政府の建物と国会へとつながるグルシェフスキー通り——でだけ。あの場所では、毎夜、急進派と特殊部隊の小競り合いが起きている。双方が相手に火炎瓶を投げる。特殊部隊の側は加えて、ゴム弾を発射するためのカービン銃、相手にケガを負わすことができる手榴弾、その他にもたくさんのものを持っている。

示威行動を行う人々に対しては、特殊部隊に加えて、秘密の勢力も行動している。なぜなら金属球で負傷した者が多数いるし、公式発表では特殊部隊員は携行していないことになっている戦闘用の銃ですでに数名が殺されているからだ。何十人もの活動家、抗議行動参加者が、夜間、私服の男たちに、偽装ナンバープレートをつけた車で拉致されている。連れ去られた人の多くは、警察署で発見されるのだが、行方不明のままの人たちもいる。キエフ郊外の森で、拷問の跡がある死体となって発見されたのも、拉致された人だった。

〔訳注〕

年が明けて一月の半ば、当局とマイダン派の対立が再び先鋭化した。

一月一五日　キエフ地区行政裁判所、三月八日までの期間、抗議行動参加者によるイベントの実行、拡声器の使用、キエフ市中心部へのステージ設置の禁止を通達。

一月一六日　最高会議、審議抜きで、通常の電子投票ではなく挙手により、一一の法律と一件の決議を採決。「過激主義」「外国のエージェント」といった概念を導入して、市民的自由を規制する内容。賛成したのは地域党と共産党の議員。後日、最高会議の会計委員長が票（挙手）数は数えていないと証言した。翌一七日にヤヌコヴィッチ大統領が署名して発効。バチキフシチナ党は「独裁者の法律」と形容して弾劾する声明を発表。集会や示威行動などに対する法的規制が概して緩やかだったウクライナの人々にとっては驚きと怒りの種となり、抗議行動の先鋭化、全国への広がり（衝突、けが人、逮捕者続出）を生んだ。

主な新規定は……

・無許可の集会、街頭行進――最高一〇日の逮捕、拘留。

・無許可の抗議行動に場所や交通手段などを提供――最高一〇日の逮捕、拘留。

・ヘルメット、マスクを着装しての集会参加――最高一五日の逮捕、拘留。

・警察の承認を得ない五台以上の車列での移動――最高二年の免許停止、自動車の没収。これはアフトマイダン対策。

・マスコミで「中傷」を流布――最高禁固二年。

・集団（三名以上）による公共の秩序違反（抗議行動）――最高禁固二年。

・マスコミあるいはネット用の「過激主義」素材の制作、流布――最高禁固三年。

一月一九日（日曜日）　この日のキエフ中心部での抗議行動参加者は一〇万人を超えたとの観測あり。

一月二〇日　グルシェフスキー通りでの対決が夜通し続く。抗議行動参加者は警察車両四台とトラック二台に放火。また、ディナモ・スタジアムに続く半円形のゲートによじのぼり、政府機関が集中する地区への通行を遮断している警察特殊部隊員に火炎瓶を投げつける者多数。警察特殊部隊の守備ライン後退。

一月二二日　グルシェフスキー通りでの衝突で抗議行動参加者二名が銃撃を受けて死亡。後日死亡した人々も含めてけが人多数。

一月二八日　アザーロフ首相辞任。以降、二月二七日まで首相職はアルブーゾフ第一副首相が代行（二〇一四年三月に国外逃亡）。最高会議、出席した四一二名の議員の内三六一名の賛成をもって、一月一六日に採択した一二の法律・決議の内、九つの廃止を決議。

一月二九日　最高会議、占拠された行政機関の建物の明け渡しと引き換えに、抗議行動参加者に恩赦を適用する法律を採択。

一月三〇日　欧州評議会、ウクライナにおける政府、抗議行動参加者双方の暴力を非難し、欧州評議会におけるウクライナの議決権を取り上げる可能性を示唆。検事総局広報部、抗議行動参加者二三四名の身柄を拘束し、内一四〇名を逮捕、と発表。

一月三一日　金曜日

朝からマイナス二三度。休校になったが、国営テレビ局「1＋1」の朝の番組には行く羽目になった。袋のような眼の下の隈、中綿がはみ出るまで叩かれた枕の気分。睡眠不足の頭で時間までしゃべり、そのあと、リーザが電話で応対している税務査察官が何を言わんとしているのかをリーザに説明してやり、ペーチャのところに寄ってコーヒーを飲み、ジーマ・グナチェンコと「ハルビン」で昼飯を食べ、一五時にウラジーミルスカヤ通りにようやくたどり着いた。

昨夜のニュースは――ドミトリー・ブラートフ〔一九七八年生まれの実業家。アフトマイダンのリーダー。二〇一四年二月二七日から同年一二月二日までスポーツ・青年相〕が見つかった、ひどく痛めつけられてはいるが、生きて見つかった。ブラートフは今月の二二日から、正体不明の男たちに、誰がアフトマイダンに資金を出しているのか吐け、と拷問され続けたのだ。磔《はりつけ》にされそうになった。左右の掌に錐だか釘だかで穴をあけられた。拷問した者どもの顔をブラートフは見ていない、声を聞いただけ。二二日の夕方に何者かに頭を殴られ、連れ去られた。ボリスポリ地区の村の近くで車から放り出された。ユーリー・ヴェルビツキーもそうやって車から放り出された。ただ、村の近くではなく、森の中に放り出されて死んでしまった。犯人は同じ男たちだ……

ヤヌコヴィッチは病気を理由に公務を欠席。他の連中は単なる病人だ。

誕生日のプレゼントに三〇〇〇フリヴニャ（三〇〇ユーロに相当）を受け取ったテオは、一〇〇〇フリヴニャを返してきた。二〇〇〇フリヴニャで充分だそうな。ありがたいことだ。明日はペイントボールとピザに二〇〇〇フリヴニャは消える。テオとアントンは今日の外食も倹約していいと言った。レストランに行く代わりに、夕飯は私がタイ風チキンヌードルを作ろう。

二月三日　月曜日

燦々と太陽が輝く月曜日。土曜日はテオ、アントン、そしてあと八人の誕生会参加者を連れてギドロパークのペイントボールクラブ『プラネット』に行った。ペイントの入ったプラスチックのボールは凍り、銃身の中で爆発したが、少年たちは、ほぼ二時間、マーカー銃を掃除する小休止を数回はさんだだけで戦い続けた。日曜日はリーザと二人でマイダンに行き、蕎麦の実五キロを差し入れてきた。それから大人だけが参加するテオの誕生祝の準備をした。ふいにナターシャの心臓の具合が悪くなり、彼女は自分で救急車を呼んで病院に行った。イーラ・ハージナが電話をよこして、「私の気管支炎がひどいので、私たち、たぶん行かれない」と言った。というわけで、六人の代わりに三人で祝った。ビーフのローズマリー添えは素晴らしい出来栄えだった。紅茶とケーキは燃える暖炉の前で。夕方八時半には終わった。でも、とてもいい誕生祝の夕べになった。

今日は午前一一時に「復活《ルネサンス》」基金〔ジョージ・ソロスの資金で運営されている　http://www.irf.ua/〕に行った。

負傷者への医療支援のための人道イニシアチブの設立会議があった。スーパーバイザーには三人の作家が加わった。私、セルゲイ・ジャダン、そしてオクサナ・ザブジコ（一九六〇年生まれ。一九九六年作の長編小説『ウクライナのセックスに関するフィールドワーク』は大きな反響を呼んだ）という顔ぶれ。四人目は元保健大臣のワシリ・クニャゼヴィチ。ザブジコは電話での会議参加だった。スピーカーフォンから彼女の声が流れた――今起きていることは第三次世界大戦の始まりだ、ポストモダンの時代は終わった等々。「復活」基金総裁のエフゲーニー・ブイストリツキーから、イーゴリ・ルツェンコの筆になる、奇妙な、非常にアグレッシブなアピール文を渡された。「血を流した者たち（右派セクターを意味していたのだろう）は、国を運営する権利を有する」、「皆よ、いざ戦わん！　完全なる勝利のその日まで!!!!」以下、闘志満々の言葉が続く。要するに、戦争は続いているのだ。ユーロマイダン・フォーラムの決議をマイダンのステージから読み上げようとしたカプラーノフ兄弟は、ようやくの思いで壇上のマイクにたどり着いた。兄弟は困惑し、かなり傷ついた様子だった。革命家たちは革命に不用品扱いされるようになってきた。素性の分からない面々が、こいつは壇上からしゃべっていい、こいつはだめだ、と決めるのだ。

数日前に行方が分からなくなっていた社会運動体「我らが事業」のリーダーであるダニリュクは、なんと、ロンドンにいることが分かった。逃亡したのだ。いっぽうヤヌコヴィッチはソチ・オリンピックに、プーチンのところに行く、と声明した。一人になりたいのだろう、きっと。

二月四日　火曜日

外はめだって暖かくなった、気温は零下一〇度。まずは、サインした契約書をドイツへ送るために中央郵便局に行った。小包取扱いセクションへの入り口の真ん前に、一五人ほどの暖かく着込んだマイダン派が新しいテントを設置していた。スリランカのジャングルの朝のように、マイダンの上には靄が立ち込めている。昇りはじめたばかりの太陽がまぶしい。マイダンの人出は少ない。

昨晩は、階下の住人たちのおかげでひと慌てさせられた。私に三度電話をかけてきて、一階玄関の内側に、三日続けて身長が一九〇センチはある大男が立っている、誰かを待ち受けしている、様子をうかがっている、あれはよそ者だ、と言う。私も帰宅際にその男を見ている。夕方の六時過ぎのことで、男は玄関の前に、つまり外に立っていた。きっと寒くなって、アパートの中に戻ったのだろう。夕方私がマカーロフに会いに、「E」書店に向かった際は、玄関の内側には誰もいなかった。そして今朝、中庭で、一階に住んでいる公証人と立ち話をした。彼が言うには、以前は、別の、背の低い男がいつも立っていた。明らかに「公務執行中」だ。二階にはマイダンのリーダーの一人、エゴール・ソーボレフが通ってくるオフィスがあるので、その監視だろう。公証人氏とは慌てず騒がず、状況を話し合った。状況からの「出口」は見つからなかった。互いに「では、よい一日を」とねぎらって別れた。

「バッカス」でサーシャ・サフチェンコに会った。月に一回、クリエイティブな知識人を集めて、美味しいワインと軽いアペリティフを肴に状況について懇談するのはどう？　と彼は提案した。

帰る途中、フランク通りの階段でアントンとターニャ〔クルコフ家の古くからの友人で、子供たちの世話を手伝ってくれる女性〕に追いついた。今日は音楽学校を休んでいいよね？　とアントンにせがまれた。二言三言交わしてから、休んでいいと言ってやった。

そうこうしているうちにクリミアの議会は、クリミアのウクライナからの分離、クリミアがロシアの自治体になることを発信し始めた。ワジム・チトゥーシコは唐突にも、自分はマイダンを支持する、自宅軟禁さえされていなければ、キエフに行って、マイダンのダルマストーブの薪割りをするのに、と言い出した。ティモシェンコは、二〇〇四年版の憲法〔大統領の権限はかなり制限されている〕に戻ることには反対だ、と病院から声明を出した。当然だろう、彼女はすべての権限を持った大統領になりたいのだから。

二月五日　水曜日

気温は零下二度まであがった。出版社フォリオのマネージャーが眠りから覚めて、二月一二日と一三日の西ウクライナの「大学めぐり」を念押ししてきた。ロヴノ（リヴネ）、オストログ、フメリニツキーの三市だ。

朝、車のエンジンをふかしながらラジオ局「エーラ（時代）」のニュースを聞いた。ニュースの一部は毎日繰り返されている気がした。たぶん、ファイルに入っていて、毎日スイッチを押すだけなのだろう。「アーニャ、マイダンの様子はどうだい？」「マイダンは人も少なく、落ち着いた様子です。人々は起きるとウクライナ国歌を斉唱しました。神父たちはウクライナのための朝の祈りを勤め上げました。一日の始まりです。抗議行動参加者たちは広場の掃除を始めました」。オレンジ革命以来繰り返されているテーマがいくつかあり、その結果、状況は伝統的なチェスの対局の始まりに似てきたようだ、ポーンの初手のE2－E4の代わりに、キエフは沸き立ち、ウクライナ東部は武装抵抗を組織した、ないしは、単独の共和国が成立した、と宣言する。クリミアはロシアに軍の導入と、半島を丸ごと引き取ってくれ、と要請する。それから、政府寄りの役人たちと政治家たちが、地元民のやる気満々の愚かさの火消しに躍起になる。

昨日国会は「登壇自由の日」を宣言した。誰でも発言できた、つまり、誰も人の言うことを聞いていなかった。ヤヌコヴィッチはまたもや姿を隠してだんまりを決め込んだ。政府専用機に乗って、プーチンに会いにソチ・オリンピックに行くのを待っているのだ。大統領顧問のアンナ・ゲルマン〔一九五九年リヴォフ州生まれ、この当時、ヤヌコヴィッチの顧問〕は、プーチンとの会談が行われるまでは、ヤヌコヴィッチは危機解決に関する決定は一切行わないと声明した。あたりまえじゃないか、プーチン抜きで、ヤヌコヴィッチが自分で何を決定できるというんだ？　当地では相談相手もいない。戦略的思考においてヤヌコヴィッチと同格の相手がウクライナにはいないのだ。

だが、抗議行動のリーダーたちの後味もさほどよくない。たとえばダニリュクだが、不法越境をしてロンドンに姿を現した。ウクライナとイギリスが国境を挟んだ隣国だとは知らなかった。おまけにダニリュクは、極寒の吹雪の野を歩いて国境を越えたと発言した。雪原が広がるのはロシアとの国境地帯だ。ダニリュクが彼の地に向かったとはどうしても思えない。ドミトリー・ブラートフは公式にリトアニアに連れ出されたた。「ロシアの特殊部隊」あるいは他の容赦をしない部隊に拉致されたという説を信じている者は少数。似たような拉致のされ方をしたイーゴリ・ルツェンコは、殴られたのは一日だったにもかかわらず、心身ともにひどい状態に見えた。ルツェンコと一緒に拉致されたユーリー・ヴェルビツキーは夜中に森のはずれに投げ出されて死体となって発見された。ボリスポリ地区で襲撃されたタチヤーナ・チョルノヴォルは、二週間というもの別人のように腫れ上がった顔をしていた。ブラートフは八日間拘束されていた。毎日殴られていたら、生還できなかっただろう。一日おきに殴られていたのだとしたら、拉致の目的は、拉致という事実そのもので緊張を生み出すことだ。

二月六日　木曜日

昨日はドニプロ〔ドニエプルのウクライナ語読み〕ホテルでノルウェーの写真家トム・クリステンセンと短い時間会った。ホテルの中央玄関は、まるで営業していないかのように閉まっていたし、暗かった。だがホテルは営業している。ホテルに入るには、パブ「ロンドン」に入って左に行く、すると黒人の当直者が中に座っているガラス張りのボックスがある。隣の小さな椅子には警備員。ホテルのロビーは分断されていて、左半分には立ち入れないようになっている。バーは営業している。トム・クリステンセンはジトーミル州のベルディチェフをはじめとするいくつもの都市を訪れていた。彼はノルウェーの新聞に掲載された私のインタビュー記事について話をしたい、と言った。そのインタビューで私はこう語った――ウクライナには心理学者が緊急に必要になるだろう。今のウクライナには、心理的なトラウマを抱えた大人数のグループが二つある。子供時代にトラウマを受け、その後、もっと深いトラウマを国の東部で受けたグループと、国の中央部と西部のトラウマを抱えた人たち。後者は抗議行動が始まった当初はまったく健康だったのだが、あげた叫びに耳を傾けてもらえず、おまけに彼らなど存在しないふりをされている内にトラウマを受けて、ロマンチストから急進派に変わってしまった、と。

夕方の、ウクライナ・ホテルのサウナでの四時間は、瞬く間の、だが喜びに満ちた祭りとなって過ぎた。デン・ヤネフスキーはダンディよろしく、帽子にコート、そして黄色い金属の握りが付いたステッキを携えて現れた。一番遅かったのはスポーツ・ジャーナリストのジーマ・ハリトーノフだった。出版人サーシャ・クラソヴィツキーは、金曜日にかけて家族を連れてキエフを離れるべきだ、と私を説得にかかった。彼は流血の騒ぎになるだろうと読んでいる。

サウナの後、夕べの街を、マイダンを抜けて、ジーマ・ハリトーノフの車が停めてある「コザツカヤ」ホテルのほうに向かった。インスチトゥーツカヤ通りでは、上のバリケードよりも下のところに、ヘルメットをかぶり、UDARの党旗やその他の旗を手にした若者たちが隊列を組み始めていた。

「棒の上の少女」のあだ名がついた独立記念碑の左脇で、八人ほどが路上に描いたチェスボードでチェスに興じていた。クレシチャチク通りを渡った、クレシチャチクの西側のマイダンで、興奮状態の一六歳くらいの短髪のティーンエージャーの小集団に出くわした。彼らの会話はロシア語で、SS（ヒトラー親衛隊）を話題にしていた。あるテントのそばの、火が焚かれていない冷えたドラム缶の脇に、こぎれいな身なりの老婦人が茫然自失の体で身じろぎもせずに立っていた。あたかも自分がどこにいるのか分からないのかのように、記憶を喪失したかのように、目の前の何もない空間をみつめていた。

今朝ラジオが伝えたところでは、ヤヌコヴィッチはポロシェンコにウクライナ国立銀行〔ウクライナの中央銀行〕の総裁の座を提示した。ポロシェンコがこれを受ければ、連立政権が成立するチャンスが生まれる由。

「ヤヌコヴィッチは終わったよ」デンはサウナで何度も口にした。

夜、ショックを味わった。Facebookでリトアニア名の女性が私がアップしている古い写真を閲覧しているのに気付いた。彼女がどんな写真に「いいね！」をつけたのかを見ようとクリックすると、セルゲイ・ニゴヤンの写真が目に飛び込んできた。生きていた時のセルゲイ・ニゴヤン。髭面に笑みを浮かべて「民の口で神は語る」というプラカードを持った彼の写真を、私は一二月にマイダンで撮っていたのだ。

昨日公表されたティモシェンコの手紙は、噂では、野党勢力内にいがみ合いを引き起こし、真っ二つに分裂させ、結果としてヤツェニュクをバチキフシチナ党のリーダーから滑り落とさせた。おそらくティモシェンコは、野党勢力がヤヌコヴィッチと話をつけて連立政権が誕生するのを恐れているのだろう。そうなったら、野党陣営が、彼女が刑務所病院に閉じ込められているのを忘れたということなのだから。

今日の昼間、労働組合会館で、一般市民が差し入れた医薬品の入った段ボール箱が爆発した。ボランティアの男性の手首が吹き飛んだ。警察の労働組合会館への立ち入りは拒否された。警察の見解は「労働組合会館では爆発物が製造されていた。その一つが爆発した」だった。

カフェ「フランスのパン屋さん」でガビーのクラス担任と会った。学校で開催される「タラス・シェフチェンコ生誕二〇〇年の夕べ」の打ち合わせのためだったのだが、話題はもっぱら政治状況に。

昨日、マイダンでの最初の結婚式があった！　ロマンチックな長編小説に仕立てられるにふさわしい物語。マイダンでケガをした、ロヴノ市出身のユーリャは医療救護所に駆け込んだ。負傷した腕に包帯を巻いてくれたのは、ジトーミル州出身のボランティア、ボグダン。ユーリャもマイダン医療救護所のボランティアになった。そして昨日、革命家たちに占拠されて以来、二人も泊まり込んでいたキエフ市役所では、若い二人のために大掃除が行われて、レッドカーペットが敷かれた。婚姻の儀を執り行ったのは二人の神父、夫婦となった二人を祝福し、幸せと、ウクライナのために闘う力があらんことを、と祈った。国会議員数名も出席したが、いずれもスヴォボダ党員だった。党首のオレグ・チャグニボクは新婚の二人に白いバラの花束と、ベッドリネンのセットを贈呈した。婚姻の儀がおわると、ユーリャとボグダンはバリケードの当直に向かった。

昨晩は、覆面の男たち数十名が二軒のレストランの窓ガラスを割った。そのうちの一軒、「オパナス」はシェフチェンコ公園の中にある。チトゥーシキの仕業と目されている。奇妙なことに「セゴードニャ」紙のカメラマンが夜中の三時に現場に居合わせて、写真を撮っていた。破壊行為を実行する連中は、ジャーナリストを連れて行くようになったのか?!

二月七日　金曜日　雨

時は飛ぶように過ぎていくが、問題を消し去ることも、解決もしてくれない。朝は仕事場に行った。ウラジーミルスカヤ通りのわがマンションの玄関に着いた時、「バチキフシチナ（祖国）」の党旗を掲げて黄金門の方へと向かう、隊列の背中が見えた。ソフィア広場から坂を上がってきたのだろう。どうりで市の中心部が交通警官であふれているわけだ。

一昨日（二月五日）、地域党の代議士ツァリョフが、西ウクライナにアメリカの空挺部隊が進出した、ロシアの戦車導入を求める、と発言した。さて、ロシアの戦車がウクライナを横断して西部国境にたどり着き、アメリカ兵などいないと確認したら、戦車は出発地点に戻り、「お邪魔しました」と詫びるのだろうか??

気を静めてくれるようなニュースはない。ヤヌコヴィッチはソチ・オリンピックに飛んでいった。ビクトリア・ヌーランド〔米国務省国務次官補（欧州・ユーラシア担当）〕と駐ウクライナ・アメリカ大使パイエットの私的な電話の内容がネットに流出した。ヌーランドはEUのウクライナ情勢をめぐる姿勢を弱腰だと、汚い言葉でけなしていた〔So that would be great, I think, to help glue this thing and have the U.N. help glue it and you know …fuck the EU〕。昨日はリトアニア大使館の前にチトゥーシキの一団が立っていた。ニュースで取り上げてもらうためだろう。

ロシアのボルゴグラードで起きたテロ〔二〇一三年一二月二九日、ボルゴグラードの中央駅で爆発、死者一八名。翌一二月三〇日、ボルゴグラード市内を走行していたトロリーバスが爆発、死者一六名〕から四〇日目の今日〔死亡日を含めて四〇日間は死者の霊は地上をさまよっていると考えられている。仏教の四十九日に近い概念〕、リヴォフ市ではマイダン派がテロの犠牲者を悼んだ。リヴォフのマイダンのステージでは追善の祈禱式が営まれた。リヴォフの人々はロウソクを灯し、ステージに黒いリボンをいくつも結わいつけた。

二月九日　日曜日　ラーザレフカ。村での二晩

ウクライナ東部の伝統的な抗議方法とは何か——炭鉱労働者たちが地下の坑道に立てこもる、鉱山の事務所や地方行政府の建物の前に座り込んでヘルメットで地面を叩く。キエフにやってきて、国会や内閣ビルの階段をヘルメットで叩く。

ウクライナの当局はウクライナとは何ぞやを、ウクライナ東部での自らの経験をもとに理解してい

る。だからマイダンとどう闘うべきかが分かっていない。ヤヌコヴィッチの「ポケットの中のガリチナ人」である国会議員のアンナ・ゲルマンでさえ、助けにならない。それはゲルマンがウクライナ東部の政治的メンタリティへの転向者でありながらも、かつて一度たりとも、西ウクライナの、あるいは親ウクライナの政治的メンタリティを代表したことがないからだ。今の権力に忠告や助言を与えてくれる者はいない。だからこそその膠着《こうちゃく》状態なのだ。当局は国の西部の「ウクライナの抗議」を、キエフには一切影響を及ぼさない、宗教劇の形をしたショーとして受け止めることに慣れてしまっていた。これまで当局が本当に恐れたのは、己のテリトリーにおける抗議行動だけだった。なぜなら共有するライフスタイルと文化が抗議の文化を規定するからだ。

つまり、ウクライナ東部の抗議行動は、西部の抗議行動よりも、はるかに酷で混沌としたものになりえる。東ウクライナ社会の政治的無気力さを念頭に置くと、東ウクライナの抗議行動が求めるのは、物質的なものに限られる。まれな例だが、治安当局あるいは国家機関の思い上がった面々の行為や行動にからんだ要求が掲げられることはある。

ベルクト隊員たちが、抗議行動参加者に火炎瓶を投げている写真がネットに載った。内務省は、火炎瓶は警察の装備としては存在しない、内部調査を行い、該当ベルクト隊員をしかるべく処分する、と公式に声明した。

二月一〇日　月曜日　昨日出た霧は、今日になっても晴れない

地域党の政治家というのは、「一党思考」の人間だ。彼らにとっては、他の政党が存在するというのは、不自然でおかしな事態なのだ。

「国の誉れ」賞の審査員会議に出た。ニーナ・マトヴィエンコは定刻にやや遅れて到着。スラーヴァ・ワカルチュクは相当の遅刻だったが、来るなり、「希少な才能」部門を「今年の発明」と名前を変えよう、と提案した。逃げ場を求めていたマイダンの抗議行動参加者に修道院の門を開いた、ミハイロフスキー修道院の鐘突き番を表彰すべき、との話になった。皆が賛成だったが、最終決定は持ち越された。

石炭の採掘は確かに勲功だ。石炭の採掘には非常にイデオロギー的な色彩がある。だからこそ、どの国家も、自国の炭鉱労働者たちを「精鋭プロレタリアート」扱いして、特別な社会階層に引き上げたのだ。ソ連がそうだった。ポーランドがそうだった。今の中国がそうだ。ウクライナでは政権が、不満を抱えた炭鉱労働者たちをキエフに連れてくるぞ、そうして彼らに、「たらふく食ってる」首都のリベラル思想の持主とやらに対する、積もった思いを吐露してもらおうじゃないか、と脅す。なぜ政府は、今日に至るまで、石炭の粉塵で真っ黒な顔をした、手には一番の武器であるところのドリルを握りしめた炭鉱労働者を満載した列車をドネツクからキエフに送り込んでこなかったのか?!

モスクワでは、潜水艦搭載の大陸弾道ミサイルのロシアのチーフエキスパートが拳銃自殺した。彼

は胃がんを患っていた。奥さんが処方箋を持ってモルヒネを買いに行ったところ、追い返された。病院では、何通もの証明書を取って来いと言われた。何時間も駆け回ったのに、必要な証明書が取れず、モルヒネも入手できずに、奥さんは疲れ果てて家に戻った。大将の位を持つ彼は、しまってあった賞与のピストルを取り出すと、仕事部屋で自らの命を絶った。

二月一一日　火曜日

パニックの一日だった。朝は家で論考を書いた。昼食のあとは、アンドルホーヴィッチ〔一九六〇年生まれの詩人、作家、翻訳家。ウクライナ作家協会の副会長〕が参加するラウンド・テーブルに参加するために「ウクライナ・ハウス」〔ヨーロッパ広場にある、コンサートホール、展示会場、レストランなどを擁する複合施設。ソ連時代はレーニン博物館だった〕に向かった。

ウクライナ・ハウスの入り口で、マイダン警備隊に通行許可証の提示を求められた。「持ってません」と答えた。証明書ならなんでもいい、と言われた。裏表紙に顔写真が載っている自著を見せたら通してもらえた。ラウンド・テーブルが始まるまでやや間があった。椅子に座るやガビーから電話、「パパ、わたし家で一人なの、ターニャは帰っちゃったし。階段の踊り場に黒い服の男が三人座り込んでるの。わたし、怖い。どうしよう?」「チャイムが鳴っても、ドアを開けるんじゃないよ」。私の隣に、アンティーク商のリョーニャが座った。私の様子が変だったのだろう、どうしたんだい？と聞いてきた。私は説明した。リョーニャはアフトマイダンの警備主任のセルゲイを呼んだ。「行かなきゃまずい！」とセルゲイは言った。セルゲイと二人で会場を出て、タクシーに乗った。ドライバーの名前はアンドレイ。道中、ガビーから再び電話が。「あいつら、チャイムを鳴らしたけど、ドアは開けなかった！」「誰にも開けるんじゃないよ！　今、帰るところだ」と私。レイタルスカヤ通りに差しかかったところで渋滞にはまった。うちのアパートの敷地には、中庭から入った。セルゲイは手袋をはめると、僕一人で行く、君は車で待っててくれ、と言った。ガビーに電話して、僕は「カール」と名乗るから、それを確認してからドアを開けるように伝えて、と続けた。一〇分経ってもセルゲイは戻ってこなかった。私はかなり心配になった。ドライバーのアンドレイに、一緒に正面玄関から中に入ろうと持ちかけた。正面玄関を入って見上げると、三階に男たちの背中が見えた。アンドレイと二人で中庭に戻った。セルゲイは表通りから中庭に抜けるアーチから出てきた。階段にいた男たちの内、一人はサツで、あとの二人は「別に何でもない」と言った。「連中の写真を撮って、電話番号を聞き出してメモした。大丈夫。これでやつらも手出しできない！　会場に戻ろう。連中は、八号室の住人を待っている、グラスファイバーの窓がどうとか、と言っていた」。すべてがなんだか異常だ。八号室には誰も住んでいない。時々貸し出されるだけだ。

ウクライナ・ハウスに戻った。ラウンド・テーブルは続いていた。発言者たちに耳を傾けていたのは三〇人ほど。それよりはるかに大勢の人間が、ヘルメットに防弾チョッキという姿で、野球のバットを手にハウスの中を歩き回っていた。マイダンのボランティア医療関係者たちもあちこちにいた。

西側のマイダンへの反応についてのスピーチを座して聞くのは、私にはもう限界だった。どうにも気持ちが落ち着かず、結局、会場を出てしまった。トゥリョフスヴャチーチェリスカヤ通りの坂を上がってウラジーミルスカヤ通りに出て、仕事場でパソコンをピックアップして家に戻った。正面玄関のホールにはもう誰もいなかった。何事もなかったかのような、静かで穏やかな雰囲気。

夕方ガビーはリーザに事の顚末を語ってみせた。リーザは不満げだった。「ジェームズ・ボンドごっこはいいかげんにしなさい！」と娘に言った。リーザは状況の深刻さを認識してない気がする。

二月一三日　木曜日

オストログ市。昨日、バスに七時間揺られてロヴノに着いた。途中バスは、いくつもの郡都とジトーミルの中央バス停に停まった。そのたびにいろんな人がバスに乗り込んできた。ベリャシ（挽肉の入った揚げパン）売りの女、黒い袋を手に、手術費をカンパしてくださいと呼びかけていた五五歳くらいの女性。周囲の乗客は携帯電話で、傍から聞くと奇妙にしか聞こえない会話をしていた。たとえば、五〇がらみのきちんとした身なりの男性が、バスが走っている最中に、「ロヴノ経由でリヴォフに行くところだ」と電話していた。ロヴノまではバスで、それから電車に乗り換える。ロヴノでは誰々のためにリヴォフまでのフライトの予約を入れるよ、本当はワルシャワまで飛んだ方がいいんだがね、どうせカトヴィツェまで行くんだから、と。バスの運転手は、キエフ市内で、そしてジトーミルに着くまではロシア語をしゃべっていたが、ジトーミルからはウクライナ語でしゃべりだした。ロヴノ市の中央バス停にはヴィクトリヤとマルクが迎えに来てくれた。若くて、レゲエがかった彼らは、NGO「文学B」の主宰者で、作家が参加するイベントを企画して、その売り上げで生計を立てている。彼らが大きな収益を見込んでいないのはあきらかだが、イベントの運営ぶりはすばらしかった。まずは大学で、それから「本のスーパー」でのイベントをこなした。二泊の予定で彼らが借りてくれた、中央バス停脇のアパートの部屋でぐっすり眠った。今日は朝のうちにロヴノを発って、予定よりも早くオストログ市に着いた。左岸地区を散歩した。静かで落ち着いた町は人影もまばらで、あちこちに犬小屋につながれた犬がいた。もしも「犬こそ人の良き友」というクリシェが事実だったら、ウクライナには四五〇〇万匹の犬がいただろう。国民一人に四足の友一匹。

国内では混沌が続いている。地域はますます大きな声で「連邦制にするべきだ！」と叫ぶようになってきた。ソ連邦から、破片のように切り離されていった際に、ソ連を構成していた共和国の共産党リーダーたちが権力の座を維持し続けたのに倣って、今、ウクライナの個々の地域は、地理的「破片」と化す己の領域での権力の座を維持したがっている。キエフの緊迫の度合いは高まっている。キエフから三〇〇キロ離れた、ここオストログ市は静かで平和だ。電信柱に貼られた、鮮度の落ちたビラ「キエフに行ってマイダンを助けよう！」を除けば。ロヴノのマイダンにはテントが数張、その周辺に二、三〇人がいるだけ。ロヴノ州では州議会が「人民議会」の議長を州議会議長に選んだ。その人物はいい塩梅に州議会議員だった。州行政府の長官は州議会の決定を了解した。一件落着、となった。誰もがキエフを注視している。これからどうなるのか、待ちの姿勢だ。

昨日、「本のスーパー」での会合のあとに「アスペン・セミナー」卒業生のアレクサンドル・オソヴェツが挨拶にきた。二人でお茶を飲んだ。地域社会を活性化し、サポートしていくために、地元レベルで何ができるのか？　と尋ねてきた。「未来は僕らのもの」のテーマで若者のエッセイコンクールを開催するという案を話し合った。ファイナリストたちをロヴノに集めて討論会を開催して、Facebookに頁を持つクラブにしてしまったらどうだろう？　討論会以外のイベントも企画できそうだ。

夕方。戻ってきた。オストログでは、大学を見学したあとで、ピョートル・カラリュク副学長の部屋に戻った。見覚えのある、あごひげを伸ばした大柄な男性がいた。リヴォフのウクライナ東方カトリック教会のラファイル・トゥルクニャク神父だった。西ウクライナ最大の倉庫タイプの本屋のオーナーであるミハイル・ワトゥリャクが主催した各種のイベントで、これまで何度も会っている。学生たちとの懇談のあとで、ラファイル神父と、神父が宿にしている、遠方から来る教員のための宿舎で軽食を取った。政治をめぐって話し込んだ。

二月一四日　金曜日

フメリニツキー市。当地の大学は、賢い学生たちと優秀な教授陣に加えて、私のキエフ行きの列車の出発が真夜中過ぎなのを知って、ホテル・ポディリャの部屋を五時間とってくれたことでも私を喜ばせてくれた。おかげで列車の発車時間まで夜の街を彷徨《さまよ》うはめにならずにすみ、部屋で休むことができた。

二月一五日　土曜日

夜中の一時にフメリニツキーで列車に乗った。イワノ＝フランコフスク発キエフ行きの夜行列車の上段寝台で、私は服を着たまま寝た。キエフには時刻表通り朝の六時一二分に着いた。七時には家で再び横になり、目が覚めると九時半だった。短く、落ち着けなかった夜のせいで疲れが残り、頭痛もしたが、私は村に行くことにした。ガビーは友だちと一緒にキエフに残り、私たちはアントンの同級生のボグダンを一緒に連れて行った。

夕刻、全国テレビの第一チャンネルがヤヌコヴィッチのインタビューを放映した。聞き手はソ連時代の有名なジャーナリスト、ヴィターリー・コロティチ。最悪だった。老け込んで目の周りが浮腫《むく》んだコロティチはまるでミイラ。ヤヌコヴィッチは仮面を被っているかのようで、わずかに口だけが動くのだが、聞こえてくる声と動きが合っていない。マイダンに出向いた人々はロマンを求めていただけなのだ、ロマンを求める人々は不可能なことを望んでいる――ヤヌコヴィッチは愚にもつかないことを並べ立てた。私はテレビを消した。

今日はクリチコがポルタワ市で演説する予定だ。会場は警察と非常事態省に包囲され、誰も中に入れない。電気が切られて、「建物には爆発物が仕掛けられている」と発表された。

キエフでは野党勢力が、車両の通行のために、グルシェフスキー通りの一部から立ちのき、市役所の建物を明け渡すことに合意した〔これは一月二九日に国会が決議した、当局に拘束されている抗議行動参加者への恩赦適用の条件である〕。だが野党勢力と抗議行動参加者は一体ではない！　マイダンに集まった人々は、野党勢力の政権側への約束に反対を表明した。「ウクライナ・ハウス」、一〇月宮殿、そして労働組合会館を当局に明け渡そうなんて気は誰にもない。キエフには軍が集結されつつあり、示威行動参加者の次回強制解散は月曜日（二月一七日）だ、とまたもや噂が流れた。アンナ・ゲルマンの両親が住むリヴォフ州の家には火炎瓶が投げ込まれた。家は全焼はしなかった。

マイダン図書館は、村の図書館に本を寄贈する活動を始めた。ミーラ・イワンツォーワ、ガーリャ・フドヴィチェンコをはじめとする作家やボランティアたちが担当している。お偉いさんが「マイダン図書館」の印が押された本の引き受けを禁じた村もあるそうだ。そんな本の受け入れを図書館長が認めた場合は、図書館長はくびだ、あるいは、マイダンの印がある頁を引きちぎらせる、と申し渡したという話だ。

「ウクライナは実質的にはすでに連邦制国家になっている」、ロシアの外交官がこう発言した際には、ウクライナ外務省は批判を浴びせた。だが昨日ヤヌコヴィッチは、「連邦制の可能性をもう一度研究する必要がある」と述べた。

アフガニスタン戦争参加者たちは、ユーロマイダンを支持していた。しばらくすると彼らの一部は、グルシェフスキー通りの「バリケードの主《ぬし》」たちは、プロの軍人としての彼らの意見に耳を貸さないと不満を募らせ、和平を宣言するとユーロマイダンを離れた。そして昨日、残りの「アフガン・ベテラン」をもキエフの中心街から出ていかせるためにだろう、ヤヌコヴィッチはメダル「ソヴィエト軍のアフガニスタン撤退二五周年」を制定した。

シンフェローポリで、アメリカ人のジェフリー・ルビーが殴る蹴るの乱暴を受けた。隣にいたウクライナ人の友人が、「マイダンをどう思いますか?」との質問に「抗議行動を一〇〇パーセント支持します」と答えたのがその理由だった。

いっぽう、キエフ近郊では農民たちが、「マイダン派のような恰好」をした——ジャンパーに青と黄色のリボンをつけた、顔をめちゃめちゃにされた——男性の死体を野原で発見した。

そしてラーザレフカ上空では、おどろくほど暖かい太陽が輝いている。もうすぐヴィーチャが薪を一袋運んできてくれる。サウナを焚くぞ。夕飯は鶏肉、じゃがいもとベイクドしたパースニップを添えて。

二月一六日　日曜日

ラーザレフカの素晴らしい静かな朝。去年の秋にキッチンの収納家具を取り替えた際の、古い家具の戸が窓の下に転がっている。アントン、ボグダンそしてテオの三人は、それを使って村の野良犬ルイジクの小屋を作った。昨日我が家に迷い込んできたルイジクは、哀れ、自分にはご主人様たちが現れたと思い込んでしまった。朝、リーザとコーヒーを飲んでいると、リーザは二月七日にマイダンに行った折のことを思い出した。ステージから神父が説教していた。品行方正で誠実な少年の話だった。かねてから軍人になりたかった少年は、逡巡したあげく、陸軍幼年学校に入学した。少年はロザリオを肌身につけていて、時間があると聖書を読んでいた。幼年学校の他の生徒たちは少年をバカにし、物笑いの種にした。ある日、同級の誰かが少年のロザリオを盗み、捨てた。後日、ロザリオを見つけた者たちが、学校長である将軍のところにロザリオを持ち込んだ。全校集会で、整列した生徒たちにロザリオを示して、将軍は問うた、「持ち主は誰だ？」。少年は処分される恐れを感じながらも、申し出た、「自分です！」。将軍は少年にロザリオを返すと、全校生徒に向けて言った、「自分の信仰をこれほどの勇気をもって守る気概のある者は、祖国をも勇敢に守るであろう」。この説話の舞台はソ連邦末期のようだ。

ミサにはウクライナ東方カトリック教会の神父三人も参加していた。ミサが終わると、神父たちがエスカレーターでショッピングモール「グローブス」に降りていくのをリーザは見た。それからリーザの脇にはマイダンの住人が立ち止まり、「憲法は、どの村にも、どの町にも人民権力が樹立されて、統治と責任を自分たちの手に握ることを許している」と長々と話した。それから男は道行く人々に、相手がキエフ市民かどうかをいちいち確認したうえで、ビラを配りだした。ビラはキエフ市民だけが対象だと男は説明した。リーザにはくれなかった。

今日の夜は、市役所からのマイダン派の引っ越しが行われた。グルシェフスキー通りのほうが出来事は多かった。外気が緩んだせいでバリケードが溶け始めていた。急進派は、バリケードに車両の出入り口を作ることを承諾した。当局はショベルカーを二台送り込んできた。時を同じくして、マイダン派はバリケードを補強するために、何台かのトラックと乗用車に連結したトレーラーに砂と石灰を載せてグルシェフスキー通りに向かっていた。交通警察はこれらの車両を市の中心の手前で止めようとしたが、最終的には砂も石灰も目的地に届いた。バリケードには車両用の出入り口と、通行を規制するための検問所が設けられた。

二月一七日　月曜日

昨日は、子供たちの朝食をキッチンにセットしたうえで、リーザと二人、マイストルク家で朝食をごちそうになった。今日はキエフに帰る際に、マイストルク家の息子のヴォフチクも車に乗せた。家に着いて荷物を積み下ろしたところで、下の階のアレクセイがやってきて、夜中の三時まで我が家はどたんばたんの大騒ぎだった、と言った。ガビーが友だちを集めて騒いでいたのだ。アレクセイはどうにも寝付けず、別の部屋に移る羽目になった、と。ガブリエラを信用した結果がこれだ。信頼テストは落第。

キエフに向けてジトーミル街道を走っていた時、対向車線を疾走するアフトマイダンを目撃した——相当の馬力がありそうな三輪のバイクが、黒と赤の旗〔上半分が赤、下半分が黒のウクライナ民族主義者組織（OUN）の旗〕をたなびかせながら先頭を行き、一〇台ほどのジープとセダンが続く。うち何台かはバンパーが壊れていたり、車体が凹んでいたり。そして彼らを五、六台の交通警察車両が追う。ほどなくして私たちは、停車している警察のパトロール隊の脇を通り過ぎた。アフトマイダンの車両数台が停車させられていた。その先でも同じ光景を目撃した。交通警察は抗議の車列を小さなグループに分断しようとしているのだ。

昼食の後で、ピャトラスと連れ立って、ユーラとアリサの家に向かった。キエフ市内も、コネッツ・

ザスパとオブホフに向かう道も、五〇〇メートルおきに路肩に交通警察の車両が二、三台ずつ停まっていた。単独で走っている車でも、ウクライナの国旗を掲げていると警察に停車させられていた。つまり、国旗は「反国家活動」の印というわけだ。

リスヌイキ〔キエフの中心部から二〇キロ余り南にある町〕のユーラとアリサ宅に滞在している今朝になって知ったのだが、我々は期せずして、リトアニアのナショナルデーを祝ったのだった〔二月一六日は「リトアニア国家再建記念日」〕。八時半までワインを飲み、ビリヤードに興じ、ユーラの昔の賞状や免状を読み上げるなどして楽しく過ごした。ピカイチは、コムソモール〔全ソ連レーニン共産主義青年同盟、同盟員は一四歳から二八歳〕設立六〇周年〔すなわち一九七八年〕に向けての、同盟員の報告書にサインする権限をユーラが託された委任状だった。

イーラ・ジリベルマンから電話があった。これで二度目だ。リトアニアの祝日に合わせるかのように、リトアニアの数次ビザの取得にお力添えが欲しいの、というお願い電話。三月八日の国際女性デーは家族でリトアニアで祝いたいのだもの。この混沌の時に国から逃げ出したい、とシェンゲンビザ〔シェンゲン圏とは一九八五年に署名されたシェンゲン協定が適用されるヨーロッパの二六の国の領域。EU加盟国のほとんどが含まれる。ウクライナ国民はこの時点では入域にあたって査証が必要だった〕を手に入れるためにあらゆる手を尽くしているのは明らかだ。

キエフは雨、摂氏二度、湿った空気。シェフチェンコに寄せた文章を書きあげねばならない、どんなものでもいいから、至急。締め切りは過ぎている、選集を出そうという発案者は私なのだが。というわけで二重の罪。

キエフ市役所の当局への明け渡しをめぐっては、不満な者がたくさんいた。明け渡しが終わった後で、覆面をして棒を持った一団が六階にやってきて、小さな執務室群を壊して回った。連中が挑発者だったのか、「ウクライナの愛国者」たち〔人種差別、ネオナチ的色彩を持つ民族主義団体〕が当局に拘束されているワシリコフ出身の同志たちの仇を討ちに来たのか、分からずじまいだ。

ウクライナのオリガルヒたちは、すでに二ヶ月にわたって国外で融資を受けることに失敗しているとニュース短信。本当だとは思えない。

フォリオ社に行って、アヴグスタからチケット代一六〇フリヴニャを取ってきた。そのあと、グルシェフスキー通りへの坂を下りた。バリケードは溶けている。義勇兵の多くは、特にある程度歳がいっている人びとは、覆面をとっている。ヘルメットを被った彼らは一様に笑みを浮かべている。彼らは一時、カメラを向けるのが野次馬であっても、彼らに本当に関心を持っている人たちであっても、撮られるのを拒んだのだが、今は再び拒まなくなった。六歳くらいの男の子を連れた若い母親が、黒ずんだ通りを見に来た。グルシェフスキー通りの封鎖解除における「大きな突破口」を意味した門は、狭く、分かりにくく、そもそも門と呼び難い。それに、門の先はベルクトの非常線なので、意味がない。というわけで、門を通過する車両はない。第一バリケードの穴を一台のマイクロバスが入ってきた。「被害者支援のために」と書かれた寄付金箱があちこちに置かれている。「ウクライナ・ハウス」の向こう側と中庭からは棒と棒がぶつかる音が聞こえてくる。自警の百人隊の訓練が行われている。戦争。

二月一八日　火曜日

昨晩ガーリャ・リストパドが、地域党に関係している企業と製品のリストが載ったビラを我が家に持ってきた。一緒に夕飯を食べた。ガーリャにはリール産のコニャックを注ぎ、私とリーザは飲みさしのイタリアワインのピッチーニにした。ラーザレフカで料理した鶏肉を食べきった。「キエフ・フレブ」（全国展開している製パン会社）のパンを誰も買わなくなったら、職員はどうなるの？　とリーザは心配していた。ガーリャはガーリャで、ウクライナ東方カトリック教会に反対する手紙を書いた文化大臣のノヴォハチコを批判しだした。私は即座に反論した、手紙に署名したのは次官のコハンだ、あの時、大臣のノヴォハチコはオーストリアに滞在していたじゃないか、忘れたのかい？　幸い、三人での食事会はそれなりに平和に終えることができた――来週中に私とテオでガーリャの家にベッドを引き取りに行く、分解して、車の屋根にくくりつけて、ラーザレフカに運ぶように頑張ろう、と。これは昨日のことだったのに、今日の一連の出来事のせいで、ずっと昔のことに思える。

朝、私はようやく重い腰をあげて警察のブルシーロフ分署に電話した。ラーザレフカ村のうちの門を酔っ払い運転でめちゃめちゃに壊した犯人の電話番号を聞くためだ。受話器は取ってもらえた。私はウクライナ語で尋ねた「警察署ですか？」。丁寧な口早な返事、「はい、そうです。すみません、国会を見ているもんで」。電話は切れた。誰かが助けを求めてくる、犯罪が起きたと知らせてくる、そう心構えている節はゼロ。

　今日の私は、いくつかの支払いを済ませ、「ハッカー」という名前のパソコン店でアントンのコンピューター用のWi-Fiのモデムを買い、再び火をつけられたタイヤが黒煙をあげるマイダンを通り抜けた。キエフに来たマルク・サニョール〔Marc Sagnol　一九五六年生まれ。ドイツ文化の専門家、哲学者。ドレスデンとキエフのフランス学院長を務めた。ポーランドの東方領土であった地域についての著作あり〕からの電話を待っていたのだが、かかってこない。ペーチャのところまで足をのばして、電話をして、ようやくつかまえた。彼はまだ空港だった。国会周辺では朝から、二〇〇四年版の憲法〔組閣は大統領ではなくて、「議員会派」が行うなど、大統領の権限をある程度制限〕に戻すべきだとの集会が行われていて、最初の衝突も起きていた。ベルクトはチトゥーシキを前面に押し出した。午後の二時には状況は過熱したものになってしまった。活動家たちは地域党の事務所を占拠して放火した。ベルクトは手榴弾を投げ、屋根と地上からゴム弾を撃った。マイダン自衛団は将校会館を占拠して、負傷者と死者を運び込んだ。四時現在で三名の死者が出ていた。彼らの臨終の祈りを捧げたのは、ウクライナ正教会キエフ総主教庁の神父だった。もう一人の神父、アレクサンドル神父はチトゥーシキに囲まれて、腕が折れるまで殴られた。戦争のスピードが上がっていった。ニュース番組は、大統領のところで誰かが誰かと交渉しているというニュースと、ボリスポリ空港から大統領専用機が飛び立った、大統領は逃亡したというニュースを同時に流していた。

　私がクレシチャチク通りを歩いているとき、周囲の他の歩行者は耳に携帯を押し付けるようにしながら、気が気でない様子で歩いていた。私の隣を歩いていた若い男――「何ぃ？　二五〇フリヴニャ？　二五〇フリヴニャでお前はカマ掘り野郎どもを支持するのか?!　そうなのか！　出てきたら電話しろよ！」。プロレズナヤ通りで電話をしていた女性、「何？　殴られている？　誰が？　共産党支持者たちが？　いいじゃない!!」。

私は今、機内にいる。公共テレビ〔二〇一三年一一月二二日に放送を開始したインターネットテレビ局。NGOとして登録された〕のナターリヤ・グメニュクも一緒に行くはずだったのだが、キャンセルした。正しい選択だろう。彼女はテレビスタジオがあるスヴォーロフ通りにいるべきだ。地下鉄は一六時ごろに止まったきり、今も動いていない。機内からリーザに電話をしたとき、彼女はオフィスから帰宅命令が出て、家に帰るところだった。ベルクトはマイダンの「上のバリケード」を攻撃している。マイダンには五〇〇〇人ほどが囲い込まれた。内務省軍は「ウクライナ・ハウス」を包囲した。一〇月宮殿はどうなったのだろうか？　野党議員たちは、国会から坂を下りてマイダンに向かった。労働組合会館はどうなったのだろうか？　今晩、私がエルマウ城〔ドイツのバイエルン州にある高級ホテル。二〇一五年にはG7サミットの会場となった〕に足を踏み入れる頃にはすべてが終わっているのかもしれない。でも終わることはありえないのだ。一時的にストップすることはありえる、なぜなら、ウクライナはキエフのマイダンに尽きるわけではないのだから。この先、どうなるのか？　議会の解散、半年後の選挙、野党リーダーたちから不逮捕特権を剝奪して逮捕するのか?!　世界でもまれにみる寛容な国民をラジカル化させることに成功した、これほど愚かな大統領は我が国にはいまだかつてなかった！

離陸前にガビーとテオに電話して、ドアを開けるな、外には出るな等々の指示を出した。そして私は飛び立った。

イングランドのウィッツテーブルにある私たち名義の家が、私たち自身に必要になるかもしれない――昨日リーザは初めてこの話を持ち出した。今住んでいる人たちは三月に引っ越していく。マーク・アンダーソンは新しい借り手を探してもいい、と言った。「探してもらおうじゃないか！」と私。「そうね、いざとなったら泊めてもらえる人たちはいるわけだし！」とリーザ。

恩赦も和平もこれで終わった。ウクライナ国歌を歌い、「ウクライナに栄光あれ！」には「英雄たちに栄えあれ！」と答えることを知っているオウムのジャコが人気を博すという心温まるニュースまであった時期だったのに。

ワレーラ・ミハイロフから電話があった。二八日にシェフチェンコの夕べに出席してほしい、とのこと。出席する、と約束した。オレグ・ボブロフは、三月三日にオボロニ〔キエフ北部の地区〕に来てくれ、と言ってきた。これに加えて九一番学校でのシェフチェンコの夕べもある！

ボリスポリ空港でニュースをザップしていたとき、作家のミロスラフ・ドチネツのうぬぼれたっぷりのインタビューを見た。シェフチェンコ賞をヤヌコヴィッチの手から受け取るのを自分は厭わない、なぜなら賞はヤヌコヴィッチではなくてシェフチェンコの名前を冠しているのだから。読者と相談したところ、「賞金は受け取るべし！」と言われた。そして僕、ドチネツは、賞金の有効な使い方を知っている、なぜなら、この金はヤヌコヴィッチの金ではなくて国家予算から出た公共の金なのだから。いっぽうマリヤ・マチオス〔一九五九年生まれの詩人、作家。二〇一二年〜二〇一九年国会議員〕は今日は朝から国会の前にいる。ストリーム配信に自警団のそばにいる彼女が映った。

二月一九日　水曜日

キエフは死者、負傷者、行方不明者の数を数えている。ソ連時代に「反ソ活動」の廉で何年も収容所で過ごしたステパン・フマラも行方不明者の一人だ。マイダンに行くために家を出てからの行方がつかめていない。戦争の一夜はキエフの中心部を廃墟にした。労働組合会館はいまだに火が消しきれず、煙を上げている。五階の床が焼け落ちた。国会議員のソーボレフによると、火が出た当時の労働組合会館には何百人もの重傷者が収容されていて、そのうちの四、五〇人が焼け死んだ。ニュースは虚報にあふれている、曰く、アナトーリー・グリツェンコ〔バチキフシチナ所属の国会議員。ティモシェンコ首相のもとでの国防相〕はマイダン派に降伏を呼びかけた、曰く、ザハルチェンコ〔内務大臣〕が辞表を出した、曰く、EUは明日、政府に制裁を科す。真実味があるかどうかは分からないが、こんなニュースもあった――プーチンとヤヌコヴィッチの会談は昨夜、やはり行われた。会談終了後にプーチンは「ヤヌコヴィッチには助言も金もやらない」と言った。

この「血みどろの蒸し風呂」は、国会への平和な行進で始まった。国会議長のルイバクが登録することさえ拒否した、憲法に沿った行為を多数派議員に採決させるためだ。しかし、押し合いが始まり、それはつかみ合いに転じ、ほどなくしてマイダン派の最初の三名の死者が将校会館に運び込まれた。反攻に出たベルクトは、グルシェフスキー通りのバリケードを取り払い、ウクライナ・ハウスと一〇月宮殿を奪回した。同時に、ベルクトはインスチトゥーツカヤ通りからもじりじりとマイダン派を押し出した。マイダン派は坂を下りていく羽目になった。後退していった抗議行動参加者たちは、マイダンに集まる結果になった。八〇〇〇人ほどになった。「火の壁」を作るために、彼らは燃えるものすべてに火をつけた。戦闘と銃撃は夜通し続いた。誰がベルクトを撃ったのかは分からない。ベルクト側は、撃たれた隊員の内五名は、スナイパーに頭と首を撃たれて死んだ、と発表した。では「マイダン派」を撃ったの誰なのか？　内務省は、ベルクトは火器は使っていない、と発表しているじゃないか?!　内務省が嘘をついているのはさておくとして、もう一つの情報は私には真実だと思える——ベルクトとは別に、スナイパー用のライフル銃と汎用のピストル、そして自動小銃を撃つ、私服のグループが存在する。夜中の一時近くにやつらは「ヴェスチ」紙記者のエレメイの車を私の家の角——ウラジーミルスカヤ通りとボリシャヤ・ジトーミルスカヤ通りの角——で停車させると、エレメイをさんざん殴ったあとで、ピストルで胸を撃った。彼は収容先の病院で亡くなった。病院はどこも満杯だ。負傷者の多くは、知人や見ず知らずの人の家に隠れている。病院に行くのを恐れているのだ。警察は負傷した抗議行動参加者を、これまで何度も病院から拉致している。何の医療処置も施さずに、拘置所にぶち込む。

ミハイロフスキー修道院とカトリックのアレクサンドロフスキー教会はいまでも、匿ってもらいたい者を受け入れている。キエフ市民はマイダンに食料を運び続けている。薪も運び込んでいる。マイダンは火炎瓶を作るためのガラス瓶と、雨合羽（当局は放水車での放水を続けている）、そして燃えるものなら何でも求めている。いま現在、抗議行動参加者は中央郵便局と音楽院を占拠している。学校は休校になり、子供たちは家にいる。地下鉄は昨日の一六時に止まったきり、今日も運行されていない。公式の説明は、「当局は地下鉄車内でのテロ行為を恐れている」。帰宅できない人が続出した。我が家にはガビーの進んでいる男友だちサーシャが泊まった。ガビーはサーシャと一緒に、どこでもいいから病院に手伝いに行く！　と家を飛び出す勢いだった。行かせなかった。

ヤヌコヴィッチはだんまりを決め込んでいる。最低な野郎だ！　昨日、マイダン派は地域党のキエフ事務所を焼打ちした。火にまかれて一人が死亡し、地域党員の車が二台ほど壊され、火をつけられた。そのあとでマイダン派は、地域党の国会議員で、パリバ銀行からの一億ドルの融資の返済を二年間拒否しているドミトリー・スヴャタシを捕えた。怯えきったスヴャタシは、「殺さないでくれ」と命乞いをした。殺されはしなかった。スプレーのガスをかけられた後で、放免になった。

憎しみを測る計器があったら針が振り切れるほどになっている。よそ者かつ異質なドネック出身の権力への、単純な「好きじゃない」から生まれた感情は、あまりにも早く憎悪へと生まれ変わり、西ウクライナ、オデッサ、チェルカスィその他で荒れ狂っている。そしてクリミアはまたもや、「引き取ってくれ！」とロシアに向けて叫んでいる。

プーチンは怒っている、ウクライナがオリンピックを台無しにしているからだ〔冬季ソチ・オリンピックは二月七日開幕、同二三日閉幕〕。世界はソチよりもキエフに注目している。今日はウクライナの女子スキー選手が、流血に抗議して競技への参加を棄権した。

二月二〇日　木曜日

ロシアはウクライナでの戦争を欲している。メドベージェフは今日、ロシアが約束した資金を供与するのは、合法で効率的な政府ができて、ヤヌコヴィッチが示威行動参加者に「足拭き雑巾」扱いされるのを許さなくなった時だ、と発言した。

今日はリヴォフのカトリック総合大学の教師を含めて数十人が殺された。スナイパーは若い女性看護師たちさえも撃っている。レーシャという若い女性の看護師は首を撃たれた。農民たちは街道でチトゥーシキや内務省軍が乗ったバスの行く手を阻んで止めている。内務省軍の兵士たちはマイダン派に投降している。中佐も一名投降して、マイダンでウクライナ国民への忠誠を誓った。ヴィクトル・ユシチェンコの子飼いだった、ヤヌコヴィッチ政権の子供問題オンブズマンのパヴレンコが辞任を表明した。キエフ市行政府長官マケーエンコは地域党を離党すると表明した。いくつもの都市で市長が額縁に入ったヤヌコヴィッチの肖像画を割っている。流布している噂はどれもこれも恐ろしいものばかりだが、現実も恐ろしい。今日はミハイロフスカヤ広場で交通警察官二名が殺された。何の目的があって？　こんなことが誰に必要だというのか？　これは明らかに「モスクワから伸びてきた手」だ、戒厳令を出せと後押しする手。いっぽうヨーロッパの外相たちはすでに三時間ヤヌコヴィッチのところに詰めていて、話し合いに臨みなさいと説得している。

二月二一日　金曜日

誰も勝利を祝ってはいない。勝利はまだないし、おそらく、勝利はありえないのだろう。ウクライナはすでに負けたのだ。学生、大学の教員、女性を含めた一〇〇人以上のウクライナ市民が殺された。ヤヌコヴィッチと野党勢力との、これで何度目かになる交渉に希望を託すのは札付きの楽観主義者だけだ。確かにヤヌコヴィッチは、「紛争解決」の条件、正確には「軍事行動の停止」条件についての文書に署名した。繰り上げ大統領選挙は一二月に行われることになった。つまり、一〇〇人以上の死者と五〇〇人以上の負傷者が出たことに道義的責任を負っているヤヌコヴィッチは一二月まで大統領の地位にとどまり、繰り上げ選挙にもおそらく立候補するということなのだ。抗議行動参加者にとって、こんな合意書は何の意味も持たない。野党のリーダーたちが、自信たっぷりな風貌に見てもらおうといくら頑張っても、彼らにはマイダンはコントロールできていない。野党リーダーたちの意見に耳を傾けるのは、抗議行動参加者のせいぜい三割。だが誰もが、平和が必要だとよく理解している。和平ではなくて（和平は必ず新しい軍事行動へとつながる）、平和が必要なのだ。国はまだ存在している、ヤヌコヴィッチを支持する勢力こそが、国の分断を図っているのだが。クリミア議会の議長はすでにモスクワを訪れて、クリミアの住民たちは再びロシア国民になりたいのだ、と表明した。クリミア・タタールがすぐさまこれに反応した。スターリン時代にクリミアから強制移住をさせられ、ウクライナが独立を宣言した一九九〇年代初めになってようやく歴史的故郷に戻ることが許されたタタール人たちは、クリミア半島がモスクワの統治下に戻ることを阻止するために、あらゆる手段と方法をもって闘うつもりだ。ウクライナ東部の大都市であるハリコフでは、知事が南部および東部ウクライナ選出の議員を集めて、キエフから分離する可能性を討議する会議を開催しようとしている。ウクライナは揺れ動いている、震えが止まらない、ばらばらにならんばかりに裂かれている、なのにヤヌコヴィッチにはそれが見えていない。ヤヌコヴィッチが関心があるのは、どうすれば政権の座にしがみついていられるか、ただそれだけ。いまではニュアンスが若干変わった、「繰り上げ選挙まで、どうすれば政権の座にしがみついていられるか」。

二月二二日　土曜日

昨日の昼間、ヤヌコヴィッチは、一二月に繰り上げ大統領選挙を行う、二〇〇四年版の憲法に戻す、つまり、大統領権限を最小限にして、首相を国家の要とする旨の合意文書に野党勢力とともにサインした。

話し合いに立ち会ったドイツとポーランドの外相はこの文書にサインしたが、プーチンの名代ルキンは拒否した。後日、ルキンはあるインタビューでこの文書を「何の意味もない紙切れ」と呼んだ。

同じく昨日、ただし、夜遅く、ヤヌコヴィッチはキエフからずらかった。形の上では、側近中の側近と一緒にハリコフ方面に飛び立った。どこから飛び立つことができたのか、不思議だ。ボリスポリ空港はアフトマイダンとマイダン派によって封鎖されている。空港へのアクセス道路は封じられているのだ。市街地にある、ジュリャーヌイ空港からだろうか？　今日、ハリコフではクリミアとセヴァストーポリを含む、ウクライナ南東部のすべてのレベルの議員、つまり国会議員と地方議員両方の大会が開かれる。ウクライナから、つまり、キエフから分離するのが目的だ。おそらくヤヌコヴィッチはその大会で演説をして、南東ウクライナの大統領に選出されるのだろう。歴史は繰り返される。二〇〇四年の大統領選挙の再決選投票で負けた後で、連中は同様の大会をルガンスク州のセヴェロドネツクで開催した。後日、ヤヌコヴィッチは検察での尋問に通う羽目になり、逮捕されると怯えたものだ。なぜヤヌコヴィッチがこんなにも唐突にキエフを逃げ出したのか、不思議だ。メジゴーリエにも立ち寄らなかったとは！

キエフ郊外では、プーチンと浅からぬ仲にあるヴィクトル・メドヴェドチュクの別荘が燃えていた。メドヴェドチュクも何度も大統領候補になったが、つねに泡沫候補だった。クチマ大統領のもとで大統領府長官を務めたとき、大統領が国民による投票ではなくて、国会議員の投票で選ばれるべく、憲法を変えようとした。国民には絶対に選んでもらえないと知っていたからだ。一九八〇年代の初めに、ウクライナの反体制詩人ワシリ・ストゥス〔一九三八年―一九八五年。収容所でハンガーストライキを宣言した一〇日ほど後に、懲罰房で死亡〕の裁判で国選弁護人となったメドヴェドチュクが、刑期削減にあたいする情状酌量の余地なしと述べたことを人々は憶えている。ワシリ・ストゥスは獄死した。メドヴェドチュクのような連中の責任に負うところ大である。

大統領のホームページには、二月二二日と二三日を集団的抗議行動の結果の死者を悼む服喪の日とする大統領令がアップされた。服喪のため、娯楽イベント・コンサートは中止すべしと書かれている。ならば、なぜ「すべてのレベルの議員大会」という名の茶番が開催されるのか？

議員の地域党からの脱退が始まった。大統領顧問たちも辞任しだした。学生たちは教育科学省を「戦闘」ぬきであっさりと占拠し、タバチニク大臣との面会を求めた。以前は学生たちは単に大臣と次官たちの辞任を求めていただけだった。今では、政治状況が安定するまでは国内での授業・試験を中止することを求める意向だ。

〔訳注〕

ユーロマイダンのピークの四日間、クルコフはドイツにでかけていて留守だった。キエフの様子をまとめてみる。

二月一八日　最高会議にて野党、二〇〇四年版の憲法に戻すことを要求。政権反対派、最高会議への「平和攻勢」をしかける。数千人が警官と衝突し、警察側にも死者が出る。夕刻、ベルクト、抗議行動参加者たちを独立広場に押し戻す。夜、ヤヌコヴィッチ大統領、クリチコ、ヤツェニュクの三者会談、物別れに終わる。

二月一九日　ウクライナ保安庁、反テロ作戦体制の導入を宣言。

二月二〇日　最高会議、キエフ市内からの警察、内務省軍、特殊部隊の撤退を決議。ベルクト、インスチトゥーツカヤ通りに急に撤退し、抗議行動参加者をそこに呼び込む形に。スナイパーによるとみられる死者多数。ウクライナ保健省「二月一八日から二〇日までの三日間で七五名死亡」と発表。

二月二一日　最高会議、二〇〇四年版憲法に戻すことを決議。一六時、ヤヌコヴィッチ大統領と野党三党首が、ポーランド、ドイツ、フランスの外務大臣同席のもと、「ウクライナにおける政治危機の調整に関する協定」に調印。夕刻、マイダンで『天の百人隊』の追悼式。次々と棺がステージ前に運ばれる中、野党党首たちも演説。マイダン防衛隊百人隊長ウラジーミル・パラシュク（一九八七年生まれ、二〇一四年一〇月の総選挙で無所属議員として当選）が飛び入りで演説、慎重すぎる野党党首たちを批判する形で「明日の朝一〇時までにヤヌコヴィッチが退陣しなければ、大統領府を武力攻撃することを誓う」と叫ぶ。深夜、ヤヌコヴィッチ大統領、国外逃亡。

https://www.youtube.com/watch?v=ew_8b3OtF3Y　https://www.youtube.com/watch?v=4ys0FDfXQak

『天の百人隊』のマイダンでの追悼式の様子を、参列した Kateryna Gornostai（カテルィナ・ゴルノスタイ、一九八九年生まれのドキュメンタリー映像作家。ユーロマイダンを描いたドキュメンタリー映画 "Euromaidan. Rough cut" の共同監督。二〇二一年制作の長編劇映画 "Stop-Zemlia"（監督・脚本）は二〇二一年のベルリン映画祭でクリスタル・ベア賞を受賞）は手記『広場からの手紙』でこう記している。

「（マイダンに集まった）ほとんどすべての人が泣いている。泣き続けている。

マイダンでは霊柩車一台一台のために人垣の中に「通路」を作る。納められた棺に蓋がされないままステージまで運ばれてくる人たちもいる。とても青白い美しい顔で横たわっている、死んでいることがあまりよくわからない。棺が蓋で覆われていることもある、きっとスナイパーが眼や顔を撃ったのだ。（中略）

周りでは皆が波のように『栄光あれ』、『英雄たちは死なない』と叫ぶ。ステージでは、葬送の儀式と祈禱に加えて、とても美しい歌を流している。«Пливе《プリーヴェ》 кача《カーチャ》»という歌。この歌が流れると何千もの火が灯されてマイダン全体が光を放つ。オケアン・エリズィのコンサートの時のように、でも号令も掛け声の掛け合いもなく、とても静かに。

この歌が流れると泣かないではいられない、泣くまいと思っても無理。それに誰もが今日は存分に泣くために来たのだ。送葬のあいだあいだには突撃百人隊の隊長や政治家たちが演説をする。隊長たちは、鉄兜と防弾チョッキが必要だと訴える。政治家たちは、ヤヌコヴィッチはただちに退陣すべきだと言う。(中略)。おなじみのシュプレヒコール『服役囚〔ヤヌコヴィッチのこと〕を追い出せ』はほとんど聞かれない、人々が口にするのは『服役囚に死を』。そのたびに、マイダンに溜まった憎悪が、はけ口のない復讐心がどれほど強いのかを実感する。そのことでも、永訣の歌と同じように泣けてくる。」(二〇一四年二月二二日記) http://www.colta.ru/articles/society/2169#disqus_thread

二月二二日　最高会議、ヤヌコヴィッチ大統領は憲法で規定された権限の実行を放棄したと決議。ユーリヤ・ティモシェンコの釈放を決議。

二月二四日　月曜日

朝、顔を洗った際に、まじまじと鏡を見た。この三ヶ月で五年分は老けた気がする。朝は正常な状態を取り戻すために、以前よりも時間をかけて冷たい水で顔を洗う。最初の二ヶ月は夜中に何度か目を覚ましては静寂に耳を澄ませた、そして明け方には四階の我が家の窓に恐る恐る近づいて、私がいつも車を停めている中庭を見下ろしたものだ。私の車は放火されているのではないか、ライトと窓ガラスを割られているのではないかと毎日思ったから。私たちのアパートが面している通りでは、この間、車が一台放火され、数台が破損されている。とうとう隣近所のマイカー族は車をしまい込むようになり、私の車は、中庭に停めてある唯一の車になった。私はどうでもよくなった。いや、私は依然として毎朝そして毎晩、窓際に立って下を見るが、怖いという気持ちはもうない。車が何らかの価値を持つという感覚を失ったのだ。価値があるのは唯一、人の命なのだから。まさに、この「通貨」――人の命――をもってウクライナは、すべてを最初から立て直す、モラルの欠如と汚職から自らを浄化するという新たな試みの代価としたのだ。一〇〇人以上の死者、何百人もの負傷者、行方不明者数十名。いまのところ、大統領と側近中の側近たちも行方不明者である。だが連中は生きている、一番の価値である命を誰にも奪われていない。やつらは身を隠している、国外逃亡を図っている。連中はすでに捜査の対象になっている。ウクライナで初めて、本物の国事犯が現れた！　もっとも、何の自慢にもならない。ウクライナでの抗議行動の影響を受けて、ボスニアでも大統領が逮捕された。誠実な政治家などそもそも世の中に存在しない、多くの人がそう考えている。

国会は休むことなく仕事をしている。新しい政権、新しい内閣が編成過程にある。抗議行動のリーダーの一人、ステパン・クビフは中央銀行総裁に任命された。ヴィターリー・クリチコが率いる「UDAR」党のメンバーで、かつてはヴィクトル・ユシチェンコの同志だったワレンチン・ナリヴァイチェンコは、ウクライナ保安庁長官になった〔一九六六年生まれ、ユシチェンコ政権時代の二〇〇六年～二〇一〇年もウクライナ保安庁長官〕。ヤヌコヴィッチの指示に従った判決を出していた憲法裁判所の裁判官たちは免職になった。国の「掃除」が始まった、だが、いまのところ、権力のクリーニングはキエフでしか進められていないようだ。

数日前にユーリヤ・ティモシェンコが自由の身になった。ティモシェンコが解放されたという事実それ自体は、彼女の忠実な支持者に強烈な幸福感《ユーフォリア》をもたらした。ティモシェンコが車いすに座ったまま、キエフのマイダンのステージから演説した時、私の友人たちの多くは、そして私自身も、予想していた幻滅を感じた。ティモシェンコの長々とした演説は、過去のものとなったオレンジ革命固有のフレーズと意味から成っていた。三年近い拘禁生活はティモシェンコを現実から引き離してしまったのだ。国は前に進んだのに、彼女は近過去に置いてきぼりになってしまっている人はたくさんいる。そして彼女の誠意を信じない人も多い。そういう人々は、ティモシェンコがまたもや政権入りして、またもや綱引きが始まるのでは、と懸念している。議会が承認した、二〇〇四年版の憲法への回帰は彼女の望むところとは違う。だが今やその件については一言ももらしていない。警備されて病院に収容されていた時は、ティモシェンコは野党勢力に指示を出し、大統領職は、ヴィクトル・ヤヌコヴィッチが有していたすべての権限をそのまま残した、強く重要なポストでなければならない、と求めた。ティモシェンコとヤヌコヴィッチはどこか似ている。もちろん、ティモシェンコはヤヌコヴィッチよりも頭がよく、よりエレガントで、より民主的だ。しかし、権威主義への愛は二人とも同じだ。もっとも、ユーリヤ・ティモシェンコは時には自分を抑えることができるが、ヤヌコヴィッチにはそれができなかった。

ティモシェンコがマイダンで演説した翌日には、国会前で「ユーリャには自由を！　だが、権力はあげない！」というスローガンを掲げた集会が行われた〔「ユーリャに自由を！」はマイダンの新年の樅ノ木にも書かれた、ティモシェンコが二〇一一年に逮捕された時以来のスローガン」。

ユーリヤ・ティモシェンコがウクライナの主役になるチャンスが一〇〇パーセントではない、という感触を得たからなのか、ロシアのメドベージェフ首相が突然、ロシアは新政府を承認しないと発言した。プーチンはティモシェンコにいつも肯定的な感情を持っていた。ヤヌコヴィッチと会うたびに、彼女を釈放するよう求めていた。ティモシェンコとならプーチンは、ウクライナとロシアの将来の政治関係と経済関係について、かなり容易に話がつけられたのではないだろうか。もしも民族主義勢力の代表者がウクライナの国家元首になったとしたら、ロシアとの関係を正常化するのは難しいだろう。駐ロシア・ウクライナ大使は一切の声明を出していない。ロシアといえば、マイダンの勝利への態度を誇示するために、駐ウクライナ大使を召還してしまった。

これからどうなるのだろう？　今のウクライナはロシアどころではない。ロシアがクリミアに軍事介入するかもしれないと懸念する人はとても多いのだが。クリミアは、実際に親ロシアの唯一の地域だ、クリミアでウクライナ愛国者であるのはクリミア・タタールだけだ。クリミア・タタールは数にして三〇万人ほど。主としてロシア語を母語とするスラブ人はおおよそ一五〇万人。でもクリミアは新政権の合法性をすでに認めている。セヴァストーポリ市長でさえもが、キエフと関係改善をしよう！　と発言した。地域党はウクライナのほとんどすべての地域をげんなりさせていたのだ。クリミアでは、ウクライナ全土同様、すべての国家の要職に、地区の検事や地区の税務査察署長の職にさえも、ヤヌコヴィッチと地域党の故郷であるところのドンバスの人間が任命されていた。ドンバスの人口は七〇〇万人以上。地域党の党員数は公式には一〇〇万人以上。だが、実際は幽霊党員、ロシア語でいうところの「死せる魂」が多数の政党だ。ゴーゴリだったら、地域党がいたく気に入ったはずだ。ゴーゴリの査察官だったら、鉱山ごと、工場ごと入党した、バーチャルな地域党員を買い占めることが楽々できただろう。

西部地域のウクライナ人たちは、新政権が、地域党を、そしてリトアニアやエストニアがそうしたように、共産党を禁じる気がないのを残念がっている。政権は、地域党や共産党を禁じるのは民主的でない、と言う。だが東部では、ロシア語を母語とするウクライナ人が、ラジカルな民族主義政党スヴォボダを禁止しろと求めている。スヴォボダ党首のオレグ・チャグニボクはヤヌコヴィッチとの交渉に参加した三人の野党リーダーの一人であるのだが。スヴォボダ党員が国の検事総長に任命された今、東ウクライナに住む多くの人が怖いと感じているかもしれない。特に汚職に染まった公務員の場合は。汚職にまみれた、三階建てのヴィラを所有し、高級車を一人で何台も持つ裕福な公務員は全国に何千人といる。だが、西ウクライナのそういう公務員は、東ウクライナの同類よりも恐れる気持ちが弱い。彼らは、ウクライナ語を母語とする市民である自分は、民族主義者に何らかの特典をもらえるのではないか、と思い込んでいる。確かに、新政権が敵探しを、自分のテリトリーではなくて、地域党のテリトリーで始める危険はある。だが、公平を期すために言うが、今国会が機能して、決定を行っているのは、一〇〇人以上の地域党員が、国会で仕事をし続けているおかげなのだ。地域党抜きでは、現在国会が承認しているいくつもの決定を合法なものにしている、「憲法に明記された多数」はなかった。地域党はヤヌコヴィッチとの関係を絶った。地域党に存在する問題はヤヌコヴィッチとその側近中の側近たちのせいだと弾劾した。

二月二五日　火曜日

村のアンドレ・マイストルクから電話があった。ブルシーロフ町では、郡の行政長シパコヴィッチの辞任を求める集会が開かれた。シパコヴィッチは辞表を手に集会に出てきた。すぐにすべての条件を飲んだ。シパコヴィッチはずっと前から年金生活者に戻りたがっていた。というのも、ヤヌコヴィッチ派が彼を、郡の行政長に再度、それも無理矢理据えるまで、彼はすでに何年も年金生活者として日々を過ごしていたからだ。二〇〇一年、クチマが大統領だった時に、シパコヴィッチは、ウクライナで初めての郡の文学フェスティバルを私が主宰した時に力になってくれた。あの文学フェスティバルには、今回の革命に参加しているカプラーノフ兄弟をはじめとして、八人の作家がやってきた。あの時は「青年創造活動会館」でウクライナの本の展示会を開き、文化会館で作家たちの講演会を行った。カプラーノフ兄弟がフェスティバルのポスターを作り、町の当局が、住民五〇〇〇人のブルシーロフ中に貼り出してくれた。本の展示会には五〇〇人ほどが、そして作家の講演には二〇〇人以上が来てくれた。椅子が足りなくて、立ち見が出た。若者が大勢来た。ユシチェンコ大統領になって（つまり、ユシチェンコの名において）〔ウクライナでは地方自治体の長は中央政府が任命する〕、シパコヴィッチに代わってブルシーロフ地区の行政長官の職に就いた人間には、あの文学フェスティバルのためにシパコヴィッチがやってくれたような仕事をする気概はまったくなかった。

ウクライナにルーツがあるロシアのSF作家〔ロシア語ではSFを「科学的空想《ファンタージヤ》小説」という〕が、「ウクライナのファシズム」への抗議の証に、自分の著作のウクライナ語への翻訳を禁止する、とモスクワで声明した！　精神の重度の分裂状態。彼にメールを書いた――

「ルキヤネンコ様。貴殿はファンタジー作家であるとうかがっています。その貴殿の想像力《ファンタージヤ》をもってしても、社会の隅々にいたるまで蔓延《まんえん》した汚職の中で、略奪された国に、国庫の残高ゼロを置き土産とした無知蒙昧な権力のもとで生きるのは嫌だ、というウクライナ国民の気持ちが理解できないとは奇妙なことです。ウクライナで起きている事態への貴殿の懸念の程度から判断するに、ご同僚のヴィクトル・ヤヌコヴィッチの運命をめぐる、貴殿の筆になる伝記小説を将来読めるであろうことを楽しみにしています。ヤヌコヴィッチがロシアにたどり着いた暁には、かならずや知己となられんことを。そうすればヤヌコヴィッチは貴殿に、想像を絶する《ファンタスティック》ほどに面白い、自らの生と活躍のディテールを数多く語ってくれることでしょう。貴殿とヤヌコヴィッチ、お二人ほどのレベルのファンタジー作家は、必ずや篤き友情を育まれるでしょう！　加えて、ヤヌコヴィッチは貴殿にウクライナでの出版を禁じるべき詩人や作家の名前を二、三教えてくれることでしょう」〔セルゲイ・ルキヤネンコ（一九六八年生まれ）に宛てたメール。ルキヤネンコ原作の『ナイト・ウォッチ』は二〇〇四年に映画化され、大ヒットした。二〇〇六年には日本でも公開された〕

二月二六日　水曜日

国内の状況は安定には程遠い。抗議行動に参加した志願者たちからなる「マイダン自衛団」が警護しているウクライナ国立銀行からは、すでに数度、当の国立銀行の職員たちが、金、巨額のドル、ウクライナ通貨を持ち出そうとした。直近の例は額面総額数百万ドルの小切手が持ち出されそうになったことだった。キエフでこの有様なのだから、地方都市で何が起きているのかは想像に難くない。奇妙にさえ思えるのだが、ドネックでは、かつてヤヌコヴィッチに任命された、新政権を認めた知事のもとで状況は掌握されている。この知事は、知事としての最後の日々を勤め上げていることをよく理解している。確かにドネックでは、民族主義者に抗議する集会、マイダンに反対する集会が何度も開かれているが、秩序は保たれている。往来には警官が出ていて、ドネックはもうすぐ西ウクライナの住人たちによって物理的に占拠されると、何を根拠にだか思い込んでいる攻撃的な市民たちから、少人数のユーロマイダン支持者を守っている。

パラノイアはあらゆるところに蔓延している。クリミアとドネックに限られたことではない。

キエフでは警官の姿はほとんど見えない。数日前に夜中の街を車で走ったのだが、まるで黙示録の世界を描いた映画のロケ地を走っている気分だった。交通警察のパトロールカーも、一般の警察車両も、一台も見当たらない。その代わりに、市内の様々な地区で、五〇〇メートルおきに、長い木の棒で武装した様々な年齢の男たちが五〇人から七〇人単位で立っている。男たちは走っている車一台一台を覗き込むように張り詰めた表情でチェックしている。男たちに停車を命じられて、乗っているすべての者の身元を問い詰められるケースもある。私は一人で車に乗っていた。だからだろう、一度も停められなかったが、私を見る彼らの眼差しには緊張感があふれていた。こういう夜間のパトロールはいまでも行われている。住んでいる地区で車が放火されないように、住んでいる通りで何も起きないように、と住民が自主的に行っているパトロールなのだ。ここ数日の間に、こういう住民のパトロールが空き巣数名をつかまえて警察に引き渡した。昨日の晩は、交通警察とアフトマイダン、つまり、ウクライナ革命に積極的に参加した自動車ラリーのオーガナイザー組織による、合同車両パトロールが出現した。私が驚き、そして嬉しくなったのは、アフトマイダンの車も、交通警察の車も、アフトマイダンの旗をたなびかせていたことだ。

二月二七日　木曜日

今日は夕方の二時間ほど、クレシチャチク通りとマイダンを歩いた。市役所と抗議行動参加者たちのテントに立ち寄り、何人かと話をして、お茶を飲み、「マイダン粥」を食べた。私の友人で、出版社に紙を卸すビジネスをしている実業家ジーマ・プロシチャコフの息子コースチャに遭遇した。交通警察はいまでもコースチャから「交通警察官の停車要求に従わなかった」およびアフトマイダンに参加した廉で運転免許取を取り上げようとしている。交通警察が主張しているその時期に、コースチャは中国に出張していて、国内にはいなかったにもかかわらず。

今日は朝から、アフメトフ基金で会議。作家のための奨学金プログラムをこれからも続けるのか、打ち切るのか、審査員同士で話し合った。この問題を討議するのはこれで二度目。最初の話し合いは昨年だった。あの時は「腕が肘まで血に浸かっているアフメトフの金を受け取る」のを拒否した、ある詩人の公の場での発言が、奨学金の打ち切りの可能性にまで発展した。今回はただ単に、現状とその影響について話し合った。奨学金受給者も話し合いに出席した。マリーナ・グリミチ、カーチャ・バプキナ、オレグ・シンカレンコもいた。他の審査員たちはなぜか話題を、ウクライナには文学賞が少ない、ということに切り替えた。奨学金受給者と彼らの著作のPRに力を入れるべきだ、作品集とカタログを出版するべきだ、との意見が頻出した。ばかばかしい！　国は混沌たる状態だ。クリミアでは自治共和国の内閣府と最高会議の建物が武装した連中に占拠されている。ヤヌコヴィッチが姿を現したらしい、ロシアで。ボクサーのヴァルーエフ〔二〇一一年よりロシアの下院議員を務めている〕がセヴァストーポリにやってきた。シンフェローポリにはタタルスタンの代表団が向かっている。プーチンの名代でチュバーロフ〔二〇一三年一一月よりクリミア・タタール民族メジリス《クリミア・タタールの執行機関、クルルタイ＝代表会議がメンバーから自選する》の議長〕と話をつけるためだろう。クリミア・タタールはロシアから自分たちを守るための自衛団の編成を始めた。

まったくもって愉快ならず。オリガ・ボゴモレツ〔一九六六年生まれの皮ふ科医。キエフのユーロマイダンの医療チームのまとめ役として人望を集めた〕とペトロ・ポロシェンコは政府の役職に就くことを断った。今日、連立が発表される予定だったのだが、まだ成立していない様子。不安で落ち着かない。昨日も不安を感じたものだが、今日ほど心が重くはなかった。

夜の一一時にもなって、猛烈な、そして奇妙な空腹を覚えた――黒パンが食べたくなったのだ。幸い黒パンは家にあったので、唐辛子ペーストを塗って三切れも食べてしまった。

ネットには、ベルクト隊員たちが、抗議行動参加者の首なし死体を運んでいるビデオが出た。時を同じくして、零下二〇度の寒さの中、グルシェフスキー通りで特殊部隊に丸裸にされた、コサックのミハイロ・ガヴリリュクが、「マリインスキー宮殿前での衝突の際には、抗議行動参加者五〇名ほどが行方不明になり、うち二名は首を切られた」と発言した。こんな恐ろしいことはウクライナではいまだかつて起きたことがなかった。これじゃあ、まるで中世だ！ もっとも、逃亡した大統領、検事総長、その他の側近たちの、それぞれの城のような私邸から推測するに、中世は彼らの心にぴったりくるものがあったようだ。

〔訳注〕

クルコフの記述の先回りになるが、ロシアによるクリミア併合、そしてその期間の、ウクライナ東部（ドネツク州、ルガンスク州）における、新政権に反対する勢力による表立った動きを思い出してみたい。

二月二七日 早朝、正体不明の重装備の者たちがクリミア自治共和国最高会議および同閣僚会議の建物を占拠。ウクライナ国旗の代わりにロシア国旗を掲揚。クリミア自治共和国最高会議は、セルゲイ・アクショーノフを首相に選出。ウクライナとクリミアとの関係を国家連合化することの是非を問う住民投票を五月二五日に実施すると決議。キエフでは最高会議がアルセーニー・ヤツェニュクを首相に任命。組閣が行われる。

三月一日　プーチン大統領、ウクライナの「社会・政治状況が正常化するまで」、ロシア軍をウクライナ領内で利用する権限を与えるようロシア上院に要請。上院は満場一致で承認。

三月二日　キエフで予備役の動員始まる。最高会議、プーチン大統領宛に、ウクライナへのロシア軍投入をしないでほしいと要請。ウクライナ政府、EUとの連合協定調印に向けての作業を再開。

三月三日　クリミア自治共和国最高会議幹部会、住民投票の実施日を三月三〇日に繰り上げると決定。住民投票で問われるべき質問項目は変わらず。

三月六日　クリミア自治共和国最高会議、住民投票を三月一六日に繰り上げ、質問項目は、「クリミア自治共和国のロシアとの再統一を支持する」、それとも「ウクライナへの帰属を決定した、一九九二年制定の憲法の効力復活を支持する」の二者択一とすることを決定。

三月一〇日　ルガンスク市で、正体不明の群集が国家機関の建物を複数占拠し、ロシア国旗を掲揚。

三月一一日　クリミア国会、独立宣言を採択。

三月一三日　ウクライナ国民軍（National Guard of Ukraine）が設立される。その後の東部での戦闘に国軍とともに参加。ヤツェニュク首相、ワシントンでオバマ大統領と会談。オバマ大統領は、アメリカはクリミアの住民投票を違法とみなす、キエフの政権を支持する、と表明（四月二日　アメリカ下院、ウクライナへの経済支援パッケージと、クリミア併合に伴う対ロ制裁を可決。翌日、オバマ大統領が署名）。

三月一六日　ドネツク市でロシア国旗を掲げた活動家たち、州検察局の建物を占拠。ウクライナ保安庁も占拠される。クリミア住民投票実施。

三月一七日　「クリミア共和国」（特別都市としてのセヴァストーポリを含む）独立宣言。
三月一八日　モスクワにて、ロシア連邦とクリミアによる「クリミア共和国のロシア連邦への編入条約」調印。
そして一ヶ月後、
四月一七日　「国民とのホットライン」（TVで生中継）でプーチン大統領、クリミア危機の期間中、ロシア軍は「クリミアの人々の自由な意思表示のための条件を保障するために」クリミア自衛部隊の「背後に立」っていた、と発言。

二月二八日　金曜日

夜明け前の三時に、テレシチェンコフスカヤ通り一七番地のハネンコ記念美術館の玄関の前に、十二人のマイダン自衛団員が現れた。彼らは手や棒でドアを叩き、ドアを開けろ、美術館の警備をマイダン自衛団に移譲しろと警備員に要求した。美術館の警備員たちは拒否した。自衛団員は、しばらく待ってやる、でもドアを破るぞと言った。一〇分ほどして、合計一〇人ほどのアフトマイダンメンバーなのか、ユーロマイダンの他のメンバーだかを乗せた二台の車が到着した。最初に現れた自衛団員たちと、四文字言葉で話し合って、彼らを美術館の玄関前から離れさせた。車は走り去り、乗ってきた男たちは、マイダン自衛団員たちと一緒にトルストイ通りの方に歩いて行った。

三月一日　土曜日

春の最初の日だが、誰も気に留めていない。一家でラーザレフカに滞在中。昨晩着いた。道中、キエフ市の境にある交通警察の本署前を通ったのだが、一人の警官も、一台の警察車両もなく、明かりのついている窓さえもない、文字どおりのもぬけの殻だった。ほんの一〇日ほど前は、自動小銃を持った連中が数十人、ミニバスやミニバンをすべて停車させて、何を積んでいるのか調べていたのに。点検の時期は終わった。あらゆる人間をチェックしたがっていた男は、昨日ロストフ＝ナ＝ドヌー〔ドン川の河口に位置する、アゾフ海に程近い、ロシア南部最大の都市、ウクライナとの国境まで一〇〇キロほど〕で記者会見を行った。ロシア全土がウクライナと一緒に、使用済み大統領の、要領を得ない発言を聞いた。もともと頭の切れる質ではないこの男は、「ウクライナは我々の戦略的パートナーだ」といった発言で、頭の切れの悪さを世間にさらけ出した。モスクワに入れてもらえなかったのは、あとで消毒する手間を省くためだろう。ロシアにいることで当然この男は、プーチンの「顔に泥を塗っている」わけだが、プーチンはへっちゃらだ。プーチンにとって肝心なのは、ヤヌコヴィッチ「大統領」の正統性を宣言することで、クリミアを強奪できることだ。事実上、プーチンはすでにそれをやってのけた。ウクライナ当局が軍への命令を一切出さなかったのはいいことだ。世界が見ている中での、静かだが強硬な占領。ロシアのラブロフ外相をはじめとする面々の「占領？　攻撃？　何の話です⁇」発言。だがプーチンは、ずっと以前から軍を投入したかった、と声明。はい、国際法に違反して投入しました。で、なにか？

これからどうなるのだろう？　クリミア・タタールはアクショーノフが率いるクリミア自治共和国の政府を認めないだろう。アクショーノフは、占拠されたクリミア自治共和国の国会で、識別表示のない軍服を着た連中が自動小銃を構える中、定数に満たない投票で首相に選ばれた。シンフェローポリの政府庁舎がある地区は封鎖され、往来には自動小銃を構えた者たち、軽機関銃射手。午前一〇時二〇分、クリミアとの電話回線が復旧、とのニュースが入った。だがウクライナ軍の空港はすべて占拠されている。

夕方、子供たち抜きで、私とリーザの二人だけで、マイストルク家のリューダとアンドレイ夫婦のところにお茶に招《よ》ばれた。リューダとアンドレイはロシアの上院からのテレビ中継を見ていた。ロシア上院は、「政治状況を正常化させるために」ウクライナ領内へのロシア軍投入を満場一致で可決した！　リーザは泣き出さんばかりだった。私の気分はマリアナ海溝よりも深く沈みこんだ。チャンネルを替えるか、テレビを消してくれ、と夫婦に頼んだ。さもないと脳がストップし、それに続いて心臓が止まる。

「ウクライナ全土で帽子を回して、プーチンへの手切れ金を集めよう！」とアンドレイ・マイストルク。いいアイデアだ。だがプーチンが欲しいのは金だけではない。プーチンはすべてが欲しいのだ！　だからウクライナだけで満足することはない。

三月二日　日曜日　ラーザレフカにて

朝の六時、窓の外は靄が立ち込めていた。秋のようだった。頭の中にあったのは、「ロシア賞」〔ロシア以外に住み、ロシア語で作品を書いている作者を対象にした文学賞。二〇〇五年から二〇一六年まで年に一度授与されていた〕の審査員として、明日、モスクワに投票結果を送らねばならない、ということ。送るのは送るが、四月のモスクワでの授賞式にはまず出ないだろう。誇れよ、ロシア！　お前の「民族主義旅行者」たち、正確にいうと、世界最大のネオナチ・グループ「ロシアの民族的統一（Russian National Unity）」のメンバーがロシア国旗をハリコフの州庁舎に掲げた。「ヒーロー」はモスクワ在住のロシア国籍の男だった。そして連中はユーロマイダン派に殴る蹴るの暴行をし、ひざまずかせ、彼らの顔に青チンキ〔アニリン含有の消毒・殺菌剤。日本の通称「赤チン」に用途が似ている〕を塗りたくった。作家のセルゲイ・ジャダンはひざまずくことを拒否した。頭を野球バットで殴られて、病院に収容された。キエフでは、夜中にナンバープレートなしで走っていた車を停車させた交通警察官三名が殺された。どれだけの武器が国内に出回っているのか、誰にもわからない。

リーザは息子たちの朝食にスィルニク〔カッテージチーズ、小麦粉、卵をまぜて、通常フライパンで焼いて作るパンケーキ〕を作ると言ったが、私はウズラの卵にしようと言った。私の案が通った。

二〇分後に国会審議が始まる。軍事行動が展開されている時の、パニックをまき散らすような「オフィシャルな」噂の正体が、いまでは私にもよくわかる。ネットのニュース短信を読んでいても、どれが、かなりの真実味のある情報で、どれが脳と想像力への心理的攻撃なのか感覚的に識別できる。

昨日、マイストルク家にいたとき、アンドレイがセヴァストーポリの知人女性に電話をかけた。市内は落ち着いているのに、テレビではおぞましい報道だけが流されている、と彼女は言った。それから私が友人のエンヴェル・イズマイロフに電話した。エンヴェルはクリミア・タタールで、ウクライナで最高のジャズ・ギタリスト。ちょうどキエフにいることが分かった。今晩会おう！　と彼は言った。

三月三日　月曜日

舗道には、うっすらと雪。去りゆく冬の軽やかな息遣い。朝の七時、キッチンの窓から、警官と国民自衛団員の合同パトロールの様子を眺めた。四人の男たちが落ち着いた様子で、レイタルスカヤ通りをリヴォフ広場の方に歩いて行った。

昨日のリーザの話――二月二〇日、息子のテオが、リーザに面と向かってこう尋ねた、「母さん、僕はマイダンにいるべきだと思うんだ。行っていい？」。リーザは答えた、「あなたがあと三歳年上だったら、なぜマイダンにいないのか、不思議に思ったと思う。でもあなたは一五歳なのだから、私たちは全員家に残ります」。

ラーザレフカでの二晩と丸一日は、少しばかり力と元気を与えてくれた……。土曜日にはホースラディッシュを漬けた込んだウォッカを買いたくて、村の郵便局に行った。なのに今回は売っていなかった。そのほかの品ぞろえはいつもどおり――ひまわり油、魚の缶詰、蕎麦の実、マーガリン……ああ、郵便局でウォッカ一瓶と切手を買って、その切手をウォッカのラベルに貼って消印を押してもらって、誰かにプレゼントしたかった！　突然、我が国が文明国になって、村の郵便局でのアルコール販売がなくなるかもしれないじゃないか。嘘だ、嘘だ！　何らかの過去の遺物は残るべきだ。もっとも、その手の遺物は少なければ少ないほどいいのだが。

我が一家の村の家で衛星テレビが受信できるようになったことへのリーザの反応は落ち着いたものだった。もしも、もっと深刻でもっと危険な状況になったら、一家全員で、あるいは、リーザと子供たちは村に引っ越すことになるかもしれないから、と衛星テレビの出現を私は説明した。キエフの平穏で秩序立った様子はあてにならない。たくさんの武器が出回っている。空き巣や強盗たちも勢いづいてきた。

日曜の夕方、村の我が家から車で全員キエフに戻った。キエフ市内に入る時に、交通警察署の手前で、いつもどおりに速度を落とした。いつもその場所に立って、時折停車を命じたりする警察官を見たいと、なぜか思ったからだ。だが、キエフを出て村に向かった金曜日の晩と同じように、署には誰もいなかった。署の建物も真っ暗だった。街道をはさんだ反対側に設営された軍隊用のテントの前に、ハンター用の緑のジャンパーを着た自衛団員数名が立っていただけだった。武器も、警察の白と黒の警棒も持たずに。汚職のせいで誰にも特段好かれていない警察だが、警官がいないというのは、我が国には法もないということか、との感覚に襲われる。だが、ここ何日かは、そんな危惧さえも、誰もがどうでもよくなってしまった。ロシア軍によるクリミア半島の部分部分の占領の方がはるかに強い恐れのもとになっている。

三月四日　火曜日

夜中に何度も目が覚めた。一時間か一時間半ごとに目を覚ましてはコンピューターをオンにして、ニュースの見出しをチェックした。朝になって、はっきりと見えてきた、戦争はいまのところ、始まっていない。いまのところは。窓の外は霧。通りの向こう側の辻公園では、ジャケット姿の男が、パンを粉にして地面に撒いて、鳩が来ないかと周囲を見渡している。いつもは必ずいる鳩が、一羽もいない。朝の紅茶を飲んでいた時、一昨日の夜に、暖炉のある部屋の張り天井と屋根板の間の隙間を何かが――ハツカネズミかネズミだろう――走り回っていたのを思い出した。小さな足の大きなそして遠い足音と、音の地形図――部屋の隅のバルコニーの扉に向かうかと思えば、暖炉の煙突へと向かって描かれる地形。

友人のイーゴリが携帯に、ロシアが部隊を撤退させているとのショートメッセージをくれた。少し経って二つ目のニュースを送ってきた。ヤヌコヴィッチがロストフ＝ナ＝ドヌーの循環器センターで心臓発作で死亡。この二番目のニュースは当のセンターの医務長がすでに否定している。最初のニュースはいまのところ裏が取れていない。戦争は起きない、そう信じたい。

心の中は麻痺状態。体力が激減したのか、それとも感情の枯渇か。

午前一一時にウクライナ国営通信社で作家のイレン・ロズドブジコと二人で、「ロシアにいる親戚と友人に電話をして、真実を話そう！」キャンペーンの開始を告げた。出席したジャーナリストの数は三、四人と、限りなくゼロに近かったが、彼らとは別にテレビカメラが二台入っていた。うち一台は中国のテレビ局で、私はインタビューされた。

ペーチャ・ハージンの仕事場に寄って、プーチンの記者会見を聞いた。熱したナイフでバターを切るかのように嘘を並べ立てている。平然と笑みを浮かべ、冗談を飛ばしている。占領は、なんとジョークだった。つまり、はるか以前から計画されていた演習だったのだ。ソチで予定されているG8〔六月初めの開催が予定されていた〕がボイコットされる恐れについては「いやなら来なければいい！」と言い放った。

三月五日　水曜日

誰のだったのか、昨日聞いた言葉――ウクライナ革命で利を得たのはいまのところは、花売りとロウソク売りだけ。マイダンとインスチトゥーツカヤ通りには、殺された人々を悼む花束が積まれて壁のようになっている。あらゆる教会で、いつもの一〇〇倍のロウソクが灯されている。ウクライナで何が起きているのか、神に隅々まで見てもらうために。

国民と国に二度とひびが入らないように、憎しみを煮て糊にすることはできないものか？　無理だろう。戦争のない二日目の朝。でも、平和《ミール》もない。世界《ミール》はウクライナの周りに、病んだ子供を取り囲むようにして、集まっている。だが癌細胞の数は臨界値に達している。幸い、まだ致死量ではないが。

三月六日　木曜日

今日もまた、戦争のない朝。明日か明後日、この言葉が意味をなさなくなるかもしれないと思うと恐ろしい。でも今日のキエフは静かだ。誰もが自分の用でどこかに急いでいる。ドライバーたちは以前よりも相手に対してずっと思いやりを示すようになった。そもそもキエフのドライバーの運転は攻撃的ではなかったのだが、今日この頃の互いへの思いやりには、特別な感慨が伴う。私も子供たちを学校に送る際は、横丁から出てくる車や、規則に違反してUターンする車にも道を譲るために、始終ブレーキを踏んでいる。交通規則違反など、正常な日々のルールがすべて破られている今日この頃、取るに足らないじゃないか！

子供たちは以前よりもはるかに嬉しそうに学校に通っている。同級生との話題にも事欠かないようになった。子供たちはニュースを熱心に追っている。ウクライナ空軍のユーリー・マムチュル大佐〔一九七一年生まれ、二〇一四年一〇月〜二〇一九年八月国会議員〕と部下たちが、クリミアの飛行場ベリベクの、ロシアの将兵に占領されたウクライナ空軍の飛行場区域に、ロシアの将兵たちが警告射撃をする中を、全員丸腰で行進していった様子を、感動しながら、何度も語り合っている。そして子供たちは、次のエピソードも繰り返し語り合っている――ウクライナの戦艦「テルノポリ」の艦長は、投降と武装解除を要求するロシア軍の将軍に「ロシア人は降参しない」と答え、こう付け加えた。自分、エメリヤンチェンコ大尉は民族的にはロシア人であります。艦員の半分も民族的にはロシア人であります。ロシアの将軍は何も得られずに帰って行った。

私もロシア人だ。幼い時からキエフに住んでいる、民族的にはロシア人である人間だ。データにはばらつきがあるが、ウクライナには八〇〇万から一四〇〇万人の民族的にはロシア人である人々が住んでいる。そして「ロシア人」、「ロシアの」という言葉は、民族的なウクライナ人の間で、敵対心や、憎悪に満ちた眼差しを呼び起こすことはない。わが一族で最初にウクライナの地にやってきたのは私の祖父だ。その年、一九四三年に、ハリコフ解放の戦いで命を落とし、ハリコフ近郊のワルキという鉄道の駅の近くの、一人一人の墓碑銘などはない共同墓地に葬られた。祖父はファシストたちと戦って命を落としたのに、今の私は、口頭であるいは文字で「ファシスト」呼ばわりされている。その理由は、私がプーチンの軍隊によるウクライナ占領に反対の声を上げているから。逃亡中のヤヌコヴィッチ大統領が一味と一緒に築き上げた、ありとあらゆる分野と領域における汚職に反対する声を私が以前から、そして今も上げているから。私が住んでいる国には「法の支配」があってほしいと私が望んでいるからだ。私は政治家ではない、政党に所属したことはないし、これからもいかなる政党にも属したいとは思わない。私はただ、自分の国の市民であるだけなのだ。

三月九日　日曜日

今日からちょうど二ヶ月前の一月九日に私たちは、子供たちを連れて学校の冬休みを過ごしたセヴァストーポリから家に戻った。一年前の冬休みはヤルタに程近いシメイズで過ごした。今年はシメイズよりもっとセヴァストーポリ寄りのフォロスで過ごした。一九九一年八月のクーデター時にゴルバチョフが国有の別荘に人質として幽閉された、あのフォロスだ。来年の我が家には冬のクリミアでの休暇はないはずだ、現在の紛争の決着のいかんにかかわらず。行きたくない、と私は思うだろう。七度にわたる住居侵入と窃盗で汚された、キエフ郊外の我が家のダーチャ（セカンド・ハウス）には行きたくないと、もう何年も思い続けているのと同じ感情だ。現在の我が家のダーチャは、キエフからもっと遠いところにあるが、前のダーチャよりも広いし、よりよく守られている。クリミアは私にとっては、前のダーチャと同じように穢《けが》された存在になってしまった。ロシアに穢されたのだ。

「クリミアの夜は静かに明けた」。ネットのニュース欄には毎朝この見出しが現れる。だがリンクをクリックして、本文を読む気は起こらない。その隣に、上に、下に、両脇に、別のいくつもの見出しが躍っているからだ――クリミアのユーロマイダンコーディネーター、クリミアの警察に逮捕される。ロシア部隊に昨日襲撃されたウクライナの部隊の司令官、拉致される。クリミア半島の手前で足止めされている欧州安全保障協力機構（ＯＳＣＥ）の国際オブザーバーたちに向けて警告射撃。海上監視のための国境のポイント破壊される。ロシア軍、ペレコプ地峡に壕を掘り、（ウクライナの）ヘルソン州の野に地雷を仕掛ける。ロシアのコサックたち、ウクライナの国境警備隊の飛行機に自動小銃を発射――セヴァストーポリでは、同じくコサックたちがウクライナのテレビジャーナリストたちを殴り、ついでに、その場に居合わせたロシアの記者も殴ってしまった。こういったニュースを背景にしての「クリミアの夜は静かに明けた」は、ロシアの通信社のジョークにしか映らない。なぜなら、クリミア半島を占領したロシア軍にとっては、夜は確かに何事もなく明けたのだから。誰も彼らを襲撃しなかったし、誰も彼らの「緑の人間たち」〔二月のクリミアに突如現れた完全武装の兵士たちのこと〕にウクライナの青チンキを浴びせようとはしなかったし、誰も彼らに火炎瓶を投げつけなかった。彼らに思いっきり罵声を浴びせた者さえいなかったのだから。「太古からのロシアの土地」の「解放者」たちは、快適に、そして我が家にいるかのように過ごしている。まるでこう言われたかのようにふるまっている、「OK、ボーイズ、これは君らの土地だ。君らは今、この土地に進駐した。そしてこの土地で暮らすのだ。好きなところに丸太小屋でも家でも建ててくれ。自動小銃は家のベッドの下に置いておけ。君らはここでずっと、快適に、幸せに暮らすのだ。産めよ増やせよ地に満ちよ、そしてここが手狭になったら、君らと我らがロシアの幸福のために、また誰かにどいてもらうまでさ。誰を追い払えばいいのかは、我々が教えてやる」。

クリミアでの最近の出来事を記録したたくさんのビデオをチェックしながら、私はあるシーンを探していた。まだ遭遇していなかった。私が探していたのは、伝統的なロシアのテレビで放映されるシーン、解放されたクリミアの住民たちが、花とパンと塩を手に、ロシアの解放者たちを出迎える光景だった。最初私は、この場面がないのは、クレムリンの数あるプロパガンダ・センターのひとつの手落ちだと思った。だがいつしか合点したのは、クレムリンの公式見解では、ロシアがこの場面を放映する時期はまだ来ていないということだった。なにしろ、クリミアにはロシア軍の部隊などいないのだから。クリミアにいるのは、ロシアの黒海艦隊の、数が不明な将兵たち、人数不明の自動小銃を持ったコサックたち、数が不明の設備と機器、ロシア側に寝返った、セヴァストーポリのベルクト隊員数十人か数百人。だが、「ウクライナの脅威」からの解放者としてクリミアに入ったロシア軍の部隊は、公式には、ない。今のところは、ない。クリミアに進駐する解放者たち、彼らの胸に飛び込んでいく、幼子を腕に抱いた女性たち、喜びに男の涙を流す寡黙な老人たち、雄々しい英雄たちの歩調に合わせようと、ロシア軍の隊列の両脇を走る子供らの微笑ましい姿――ロシアのテレビの仕事のやり方が読めている私は、これらのシーンの撮影と編集はすでに完了し、必要な時にいつでも放映できるようになっていると確信している。だがそれはまだ先の話。今現在のところ私たち、つまりウクライナの市民は、一九四五年にヨーロッパのファシズムに勝利したソ連邦の継承国であるロシアが〔一九九一年末のソ連崩壊の折に、ロシアはソ連の対外債務を含む権利と義務を継承した〕、なにゆえに自らもファシズムに向かう道を歩み始め、闘いにおいて「ゲッベルス的な」虚偽のプロパガンダの方法を用いるだけでは足りず、「ロシアの民族的統一」をはじめとするネオナチ・グループに所属する、ホームグロウン・ファシストたちを、ウクライナの東部と南部に、ポグロム〔組織的破壊行為〕を行い、住民を怯えさせて自信を喪失させるために送り込むに至ったのか、理解しようと折に触れて努めるのだが、どうにも理解ができないのだ。首や腕に鉤十字の入れ墨をした「ロシアの民族的統一」のメンバーたちは、ウクライナの法律に違反したために身柄を拘束された「党員仲間」の釈放を求めて、ウクライナの地方当局にぬけぬけと面談を要求し、最後通牒を突きつける。第二次世界大戦前夜のヨーロッパの歴史を学んだ我々には、同じシナリオであることが見える。歴史は繰り返される。ただし今回のロシアは、クレムリンが用意した新しい「モロトフ」と新しい「協定」に署名する第二の「リベントロップ」を見つけ出すことはできなかったし、今後もできないだろう〔一九三九年八月二三日に締結された独ソ不可侵条約の別名「モロトフ＝リベントロップ協定」を指す〕。ヨーロッパとロシアは、今回は立場が入れ替わった。ヨーロッパが自分の地域内のネオナチ・グループと闘っているときに、ロシアは自国のネオナチ・グループに栄養をつけてやり、西方に、ウクライナ領内に送り込んでいる。同時に、ロシア社会では「愛国主義」の温度が異常に高められたため、愛国主義があっさりと蒸留されて排外主義になった。あとほんの少しで、このプロセスは「ありふれたファシズム」を生み出すだろう。そうなったら、「一九四五年の偉大な勝利」への崇拝を教え込まれているロシアの学童たちは、クリミア（および、そうなっては絶対に困るのだが、ウクライナのその他の領土）からウクライナ的なすべてのものを掃討する、勇ましいロシアのファシストたちを目の当たりにして、完全に混乱してしまうだろう。プーチン大統領を支持する手紙に署名した一〇〇人のロシアの作家たちは〔ロシア作家同盟は、三月六日付で、プーチン大統領およびロシア上院宛ての公開書簡を発表〕、ロシアのファシズムは良いもので、他のすべてのファシズムはとても悪いもの、と子供たちに説明する新しい歴史教科書を書きあげるために、個々人の創作活動の計画は棚上げする所存、と私は理解している。ただ、この作家たちには、彼らが完全にかつ無条件に支持している人間〔プーチン〕からの、ウクライナ領での「ロシアの民族的統一」の、そしてロシア軍の遠征占領部隊の武勇についての長編小説および長編詩を書くようにとの催促が届いた時には驚かないでもらいたい。その種の作品群が現れた暁には（その手の作品が出現することを、私はまったく疑っていない）、偉大なるロシア文化を語る者は、残念なことだが、いなくなるだろう。

三月一三日　木曜日

ライプチヒのブックフェアに向かうところ。ライプチヒ空港には長い付き合いのミーハが迎えに来てノルディック・ホテルに連れて行ってくれることになっている。今朝は子供たちを学校に送っていく時間があった。ウラジーミルスカヤ通りを歩いた。あちこちの両替所で職員たちが、建物の壁に設置された為替レートの表示プレートの数字を入れ替えていた。フリヴニャはまたもや下がり、ドルとユーロは上がっている。私の脇を、迷彩服にネームタグという格好の一五人ほどのティーンエージャーが縦一列になって歩いていた。ティーンエージャーと同じ背丈の男性二人も一緒だった。永久革命は続いている。

それでも、全体としてみるとキエフの状況は正常だ。マイダンとクレシチャチクを除けば。誰もが職場に通い、コーヒーを飲み、政治を話題にしてロシアをけなしている。テオとアントンは登校前の朝食時に、ロシア国旗の配色を思い出しながら、子供たちの間で流行っている戯れ歌を披露してくれた、「白いウォッカに赤い面《つら》、空は青くて俺様の人生、最高！」。

昨日は恩師に頼まれて、市の北部のオボロニ地区の高校生に話をした。もともとはこの数日間は市内のすべての学校で、タラス・シェフチェンコ生誕二〇〇年〔三月九日が誕生日〕に寄せた「文学の夕べ」が予定されていた。だが、この状況なので、どのイベントも「文学と政治の夕べ」と呼ぶのがふさわしいものになっている。私はすでに市内の第九一番学校の「夕べ」で話をした。戦争について、恐怖について、「天の百人隊」と未来について話をした。高校生たちとの大人の会話、彼らは子供らしくない質問をした。「これからどうなるのですか？　何が起きるのでしょうか？　どうすれば僕らがウクライナの未来を決めることができるのでしょうか？　ウクライナの新政権は、国を経済とモラルの穴倉から引っ張り出すことができるでしょうか？」。オボロニ地区の学校では、政治に関する質問は少し減って、タラス・シェフチェンコの存在が少し大きかった。でも子供らの目にも、教師たちの目にも同じ不安が浮かんでいた。

夕方は、ウクライナ＝トルコ文化センターのオープニングだった。サクサガンスキー通り三番地、「映画の家〔映画館四ホール、展示などのイベントスペース複数を擁する施設〕」の真向かいだ。こぢんまりとした会場に五〇人ほどが集まった。インターナショナルスクール・メリディアンの生徒たちがタラス・シェフチェンコの詩をトルコ語、韓国語、アゼルバイジャン語で朗読した。エンヴェル・イズマイロフがギターで二つの作品を演奏した。最初の曲はウクライナ民謡の旋律を、二番目の曲はクリミア・タタールの民謡の旋律を取り入れたものだった。それから皆でお茶を飲み、トルコのスイーツをつまみながら歓談した。会が終わって、ミコラ・クラフチェンコと出版社ニカ・ツェントルのワロージャと一緒に会場を出た。地下鉄のクレシチャチク駅まで歩くことにした。「なぜクラソヴィツキーは俺を裁判に訴えるんだぃ?」、ワロージャは何度もこの問を発した。ミコラは辛抱強く何度も説明した、「みんながそうしている、それがルールなんだよ。クラソヴィツキーは金を借りている連中に提訴されている。で、クラソヴィツキーは、自分が貸している連中を提訴せざるを得ないんだ」。もっかのところ、最大の債務者は国家だ。国は本の「国家調達」の支払いを三年間、ほぼ放置していた。出版社「フォリオ」への国の債務は四五〇万フリヴニャ、他の出版社への未払い額はもう少し小さいが、どの出版社も破産の瀬戸際に立たされている。

クレシチャチクの、以前は書店「知識」が入っていたビルの前の歩道の敷石はすべて剥がされて、レンガの柱と壁に姿を変えていた。ペイントボールのフィールドにそっくりだった。キエフの中心部はもういいかげん正常な姿に戻すべきなのだが、革命家たちは、寝泊りしている市役所を出て、家に戻ることをいまでも拒否している。キエフ市の行政長官を臨時代行しているボンダレンコは、秩序の原状回復は今のところ無理だ、市役所に住み着いた革命家たちに出て行ってもらうことも無理だ、と平然と泣き言をこぼす。市役所に住み着いた革命家たちはあまりにも多くのグループに分かれていて、互いに言うことを聞かない。革命家の中には、無料で住宅をよこせというのもいるし、キエフに住民登録してほしい、キエフでの正社員の職を世話してくれ、というのもいる。キエフを陥落させたのは、ヤヌコヴィッチから奪い取ったのは、俺たちなのだから、お礼してもらって当然、という理屈だ。しかし、汚職から解放された、まっとうな国こそが、その国のまっとうな市民すべてにとっての最高の「お礼」ではないのか？　だが問題は、闘争がまっとうな市民をラジカルにしてしまうことだ。ラジカル化した市民は、まっとうな、一〇〇パーセント正常な判断力があるとは言いがたい人間になってしまう。一定の時が経つのを待たねばならない。回復期の病人同様に、ウクライナには安静が必要だ。その安静はまだ訪れない、なぜなら隣には「ユーロ革命」で不安になった、プーチンを戴くロシアがあるからだ。革命の力を借りて権力を変えるのはいけない、ロシア国民にこれを証明するために、プーチンはあらゆることをするだろう。ということは、ウクライナの前途には、解決が非常に難しい問題が山と積まれるということだ。

三月一四日　金曜日

昨日の深夜、棍棒とナイフを手にした三八人の「ナルニア国の戦士」が、キエフ市内のとある銀行の支店を占拠した。警備員たちの武器を奪って、支店内に居座った。現金や書類のありかを探そうとはしなかった。警察が到着して、占拠者たちとの、意味がはっきりと分からない交渉が始まった。戦士のある者は、自分たちは銀行が襲われるのを防ぐためにやってきた、と言った。別の戦士は、自分たちは「たまたま銀行の前を通りかかっただけ」で、なぜかこの銀行に注目してしまった、と言った。さほど時間はかからなかった交渉の結果、「ナルニア国の戦士」たちは、銀行の正規の警備員たちに武器を返し、自分たちの武器、つまり棍棒とナイフを警察に引き渡して、支店を明け渡した。警察は彼らが出ていくのを許した。現在警察は、いったい何がどうやって起きたのかを、銀行の監視カメラの映像で調べている。戦士たちが罰せられることはないと思う。彼らはマイダンで、特にベルクトとの闘いで力量を発揮した。ファンタジーやSFを愛好する若い彼らは、ウクライナのユーロ革命の最もエキゾチックな戦闘集団だ。木製の盾に木の剣を携えた彼らは、一二月にマイダンに現れた。当初は抗議行動にカーニバルの雰囲気を加えた彼らの隊列は、のちに、スナイパーたちのせいでまばらになっていった。殺された者、けがをした者。そしてエキゾチックな存在として残ったのは彼らの自称だけだった。今の彼らは、抗議行動参加者の他の多くのグループ同様に、そして、革命の勝利後に現れた活動家たちの自発的な幾多の部隊同様、自分たちの社会的エネルギーの使い道を探している。怪しいと思った状況にはすぐさま介入する用意ができている彼らは、「たまたま」「そばを通る」のだ。今のキエフでは、そしてウクライナのどの地域でも、こういったエネルギーを行使する場は簡単にみつかる。復讐と、資産の新たな再分割の時がやってきた。前の政権と、その個々の代表者に恨みを持つ人々の多くが、素早く、そして前の政権同様に、法を無視したかたちで、奪われたものを取り戻したいと思っている。逆の状況も生まれている――前政権のもと、正当に職を解かれた者たちがマイダン派の人々を呼んで、自分の後釜を追い出すために、執務室占拠の挙に出るのだ。こういったことはすべて、あっという間に、騒々しく、手荒に行われている。「常にフェアに」というわけでもない。こんな具合だ――とある女性がマイダンにやってきて、「ヤヌコヴィッチ政権下で野党勢力を支持したために」、例えば、「ウラジーミルスカヤ通りにある舞台芸術センターの所長職を解かれた」と訴える。実際はこの女性は財務ルールを破ったために解雇されたのだが、誰がマイダンで真相を知ろう。「この人は『体制の犠牲者』だ。俺たちが守ってやらなくてどうする!」というわけで、二〇人ほどのマイダンの人々が、舞台芸術センターの新所長を、文字どおり往来に放り出し、二度と来るな、と言い渡す。くだんの女性は所長室に納まり、マイダンの人々には、玄関で番をしていてちょうだいな、警備要員として、と言う。追い出された所長は、良心に恥じることのない職歴の持ち主で、まったくもってまっとうな男性であるが、彼もまたマイダンに出向いて、起きたことを、別のマイダンの人々に訴える。すると、そのマイダンの人々がこの男性と一緒に舞台芸術センターの建物の前に現れて、またもや事態の究明が始まる。その結果、女性は執務室から出て行かされ、正統な所長が職場に戻る。そして正統な所長もまた、マイダンの人々に、当座は建物を警備してくれ、と頼む。

この「社会のブラウン運動」がいつ終わるのか、予想は難しい。革命家たちにとっては革命は続いている、革命をストップさせることはできない。立ち去ることは、革命を裏切ることだ。革命の裏切者には誰もなりたくない、だから誰もが、正義を回復する口実、場所、チャンスを探している。それは歴史的正義とは限らない、むしろ、状況固有の正義の方が多い。

三月一五日　土曜日

ウクライナの刑務所に収容されている囚人の中には、ロシアとの戦争に行きたいと希望する者が出てきた、との報道。彼らが戦闘に参加したがっているとは思えない。おそらく、戦争となれば英雄的努力と引き換えに娑婆に出してもらえると考えたのだろう。そういうことは、第二次世界大戦中にすでにあった。囚人を集めた懲罰大隊が編成されて、前線の一番危険な、生き残れる望みがまずないところに投入された。祖国に対する罪を自らの血で贖《あがな》うために、死地に送り込まれたのだ。「戦争に行きたい」と言い出した囚人には累犯者が多いが、警察官、検察の職員、軍人出身の囚人はいない、という報道は興味深い。だが、刑務所や収容所に収容されている人々の気分が高揚してきているのは事実のようだ。収賄の罪で拘禁されている者の多くが、不意に、「自分は先の体制の下で犠牲を被った。政治犯であると認定してほしい」旨の声明をしたためはじめた。その手の文を刑務所当局に提出するにとどまらず、ムショ仲間相手に政治犯だと主張しだしたというのだ。自らの思い付きを自ら信じるようになったのだろうか？

明日はクリミアで「国民投票」が実施される。クリミアに住む男性が腑《ふ》に落ちない表情で話す様子がニュースで流れた。国民投票を七日間で実行に移してしまうとは、どういうことなのか？　男性は国民投票への準備を結婚式の準備に例《たと》えた、「結婚式の準備には数ヶ月かけるじゃないですか。国民投票っていうのは、いってみれば、一〇〇〇組の結婚式でしょう？」。セヴァストーポリでは人々がATMからどんどん現金を引き出し、ウォッカを買い占めている。自分の備蓄のために買う人もいる。フリヴニャでの銀行預金を失う羽目になるのではと恐れる人も多い。ロシアはすぐにロシアの通貨ルーブルを導入するはずだ、フリヴニャをルーブルに両替する際には、不利な、政治的なレートが適用されるに違いない。起業家心がある、というか、より機転の利く人々は、セヴァストーポリ市民であろうと、クリミアの他の地域の住民であろうと、投資と思って、ウォッカ購入に金を使う。ロシアではウオッカの価格はウクライナの二倍。将来、クリミアでロシアの価格が導入された際には、最初のうちは、そのロシア価格よりも少しだけ安い値段で転売することで儲けられる。長期保存が可能な食料品、挽き割りや全粒の穀物、缶詰類も、通常よりもはるかにたくさん買われている。

三月一七日　月曜日

プーチンはクリミアの独立を認めた。この日の晩からロシアのテレビは夕方のニュースでクリミア半島なしのウクライナの地図を映すようになった。昨日ヨーロッパと米国が発表した、クリミアとロシアの二一名に対する制裁措置は、私の周囲の多くの人々の間に戸惑いと苦笑を呼び起こした。だが、これは制裁の始まりに過ぎない、と言う人たちもいた。今のところは、クリミアでの事態はものすごいスピードで展開しているのに、ヨーロッパではとてもゆっくりとした動きしかない。ニュースがネットではなくて、馬に乗った伝令に運ばれているかのようだ。

クリミアでは昨日一日中武器が配布された。手続きは簡単、武器はたくさんある。クリミアの住民で、かつ自衛団の会員証を持ってさえすればいい。数ある自衛団事務所の一つに立ち寄って、現住所が記された「国内旅券〔一六歳になると国民全員が受け取り、一生使うID。当時は日本の渡航旅券にも似た冊子形式だった。二〇一六年からはカード形式になり、交付年齢は一四歳に引き下げられた〕」を見せたうえで、ロシアへの愛とウクライナへの憎悪を誓えば、即、自衛団員になれる。そのあとはただ、新品の自衛団会員証を手に市のあるいは郡の軍事委員部に出向いてカラシニコフ銃を受け取るまで。クリミアで武器を受け取った人数が増えるにしたがって、クリミアで機能しているATMの数が減っていることに気付いた。困惑している人々は多い。商店はクレジットカードを断り、現金払いしか受け付けなくなった。銀行は業務を停止している。クリミアの当局は、ウクライナの銀行の支店を国有化するという。迅速にルーブルに移行するし、ロシアが財政支援してくれる、とも。だがロシアは、クリミアに約束した金のことはもう口に出さなくなった。自衛団はクリミア全土でバスや乗用車を停車させて、乗っているすべての人間のパスポートをチェックしている。パスポートを携えていない者は車から降ろされて、拘束される。自衛団は誰を探しているのか？　もしかして、キエフから来たスパイを？　自衛団自体のメンバーは、クリミア出身の志願者と、ロシアからやってきたコサックおよび活動家。じきに自衛団の部隊同士、互いのパスポートをチェックすることになるのでは？

キエフの自衛団およびヤヌコヴィッチ打倒に参加した他の革命的グループも武器を持っている。だが彼らは武器を配布されたのではない。だから一〇人につき自動小銃一丁あるいは拳銃二丁という具合。そしてこの種の革命的小隊がキエフの街を歩き回りながら、エネルギーのはけ口を探している。先の週末に、キエフのとある実業家が、店を開きたいと以前から目星をつけていた、集合住宅の地下フロアを守るためと称して、右派セクターの小隊を連れてきた。地下フロアを占有する何の権利も文書も持っていないこの実業家と長年闘っていた集合住宅の住民たちは、自衛団の小隊を呼び出した。革命的な二つの小隊が互いに白黒つけあっている中、ハルトゥーリン通り二三番地、つまり、この集合住宅の前に、武装警官の小隊が到着した。武装警官の小隊は、集合住宅の住民、実業家、右派セクターそして自衛団の紛争に介入することなく、脇に控えたままだった。革命家数名が空中に発砲した、銃を撃つことで己の正当性を証明しようとしたのだ。だが最終的にはすべてが平和裏に解決した。実業家は集合住宅の住民の前にひざまずかされ、他人の財産を奪おうとは二度と目論見ませんと約束させられた。それが終わると、警察は紛争の終結を要請し、革命家たちの二つのグループは別々の方向に立ち去った。武器は押収されなかったし、警察署に呼ばれた者もいなかった。その場が静かになった、ただそれだけ。だが最初の発砲が響いたとき、向かいの建物に入居している幼稚園の職員たちは、子供たち全員の親に電話をかけて、すぐに来てお子さんを引き取ってくださいと伝えた。私の友人たちも電話を受けた。彼らは子供が心配で震えながら幼稚園に駆けつけて、息子のアルチョームを家に連れて帰った。

こういった、周囲と世の中の数々の出来事にもかかわらず、私は以前よりもよく眠れるようになった。昨日は眼科医に点眼薬を処方してもらった。ほぼ三ヶ月まともに眠れなかったせいで、視力が落ち始めたからだ。点眼薬とビタミンの名前が書かれた処方箋を私に渡したあともなお、眼科医は私を引き留めて、「これからどうなるんでしょう? これからどうやっていけばいいんでしょう?」と問い続けた。

この日の夕方、私はキエフで私の本を出してくれている出版人を訪れた。彼と彼の奥さん、そして私の三人で小さなテーブルに向かい、ショットグラスにウォッカを注ぎ、塩漬けニシン、魚のムニエル、塩漬けのキュウリをテーブルに並べた。窓の外では、キエフには珍しく強い風が吹き荒れていて、雨が窓とバルコニーのドアをたたきつけていた。私たちは週に一回は必ずこうやってテーブルを囲む。彼と奥さんの鎮静剤代わりになっている、「鎮静ミーティング」である。発せられたのはまたしても、「この先、どうすればいい? どう暮らしていけばいいのか?」という問い。出版社は仕事にならない、ウクライナ国家はヤヌコヴィッチの時から、出版社に多額の借りを作っている。職員の賃金と賃貸料を払う金がなくなって久しい。そして彼は毎日、出版社を閉じるべきだと考えている。だがそれでも毎朝、職場に足を運ぶ。

私は今でも毎日のようにマイダンとグルシェフスキー通りに行く。そこには今でもバリケードがあり、命を奪われた人々を悼む花に埋もれんばかりになっている。今ではグルシェフスキー通りも車での通行が可能になり、国会方面に行くことができる。でもバリケードに開けられた通行口は、車一台分、と狭い。なので通行の向きは左右が頻繁に切り替わる。グルシェフスキー通りはキエフのメインストリートのひとつなのに、走っている車は少ない。ドライバーたちが市の中心部を避けるようになったからだ。バリケードには相変わらず多くの人がやってくる。バリケードの脇のいくつものテントには、相変わらずマイダンの人々が寝起きしている。抗議行動の最初からここにいたのが誰で、ヤヌコヴィッチ体制への勝利のあとで合流したのが誰なのかは、今やまるで分からなくなっている。夜になると、マイダンにもクレシチャチクにも若者の姿が目立つようになる。たいがいが迷彩服を着た男女のカップルで、棍棒を手にしたり、ヘルメットを被って革命的な「ネームタグ」をぶら下げている者もいる。「血の木曜日」以降にマイダンに姿を現した、うら若い活動家たちは、時には隊列をなして市内のほかの通りを練り歩いている。この革命的民衆エネルギーをどうにかしなければならない。そこで政府は、ウクライナの国境を守るための志願者を募って国民軍を設立することを提案した。ロシアの攻撃と攻撃性は、（奇妙な、そして恐ろしい響きがあるが）事態の解決に役立っている。数千人のマイダンの人々と自衛団員が国民軍にすでに応募した。彼らを対象にした軍事教練と各種のトレーニングが始まっている。このニュースや関連事項がラジオで流れるたびに、避けることのできない戦争が近づいてきている、との実感がますます強まる。以前はニュースは単に、悪いことについての悪いニュースだったが、今や元気いっぱいの戦争がらみのニュースなのだ。先日は、実業家であり、さほどの大金持ではないオリガルヒである、ドンバスの知事セルゲイ・タルータ〔二〇一四年三月二日に、トゥルチノフ大統領代行の大統領令によりドネツク州知事に任命された。同年一〇月一〇日付で大統領令により解任された〕が、自費で、ロシアとの国境沿いに幅四メートルの壕を掘り、二メートルの高さの土塁を築いたと述べた。土塁の上には、ロシアの戦車に備えてコンクリートの防御物を設置した。壕はドネツク州のロシアとの国境線の全域、つまり、一二〇キロにわたって掘られた。もしも私がいつの日かこの状況を小説で描くとしたら、壕には必ず水を湛えて、ロシアの戦車の装甲を食いちぎる鰐を放つだろう。昨日は、Facebookの私宛の個人メッセージで、私を「卑怯者で裏切り者」呼ばわりしたロシア在住の数名をブロックした。自分の国の国家としての保全を支持する、そして、隣国の侵略に反対する人間が、他国において裏切り者扱いされるとは奇妙だ！　三月一七日はロシアの半分がクリミアとともに、「住民投票」の結果を祝った。クリミアの抜け目のない人々は、ロシアによる占領が始まったばかりの時に、つまり、現金の引き出しにもクレジットカードの使用にも問題がなく、商店がすべて営業していた時に、ウォッカを買い込んでいた。ウォッカを備蓄する暇がなかった人々は、寂しげに祝うか、他人の宴席でお相伴にあずかろうとした。ロシアのブログでは「太古からのロシアの土地」「ロシア固有の領土」にクリミアが戻ってきたことへの、酔いしれた歓喜に頻繁に出くわす。歓喜はあとしばらくは続くだろうが、後日、醒めた目で状況を見る羽目になる。醒めた目には、パンをはじめとした一番の必需品が、独ソ戦時の包囲されたレニングラードでのように配給制になる、それも、クリミアの住居登録をした者だけに配給券が支給される制度への準備が進められているクリミアは、好ましいものと映らないかもしれない。自動小銃をすでに受け取ったクリミア自衛団のメンバーは、むろん、食料の心配をしなくてすむ。だが、武器を受け取らなかったクリミアの住民の状況は、はるかに悪くなるだろう。彼らはすでに恐怖を感じている。そしてじきに、この恐怖感には、安定とは呼べないであろう、新しい現実が加わるのだ。

三月一九日　水曜日

今日はセヴァストーポリのウクライナ海軍司令部が占拠された。軍用トラックで門が突き破られると、司令部の敷地内に、偉大なロシアがどうのとヒステリックに叫ぶ女たちが駆け込み、ロシアの軍人たちがそれに続いた。ウクライナ軍の将校たちは武装解除され、殴られ、ひざまずかされた。将校の一人はウクライナ国旗を燃やせと命じられたが、拒否した。するとさらにひどく殴られた。一名が自衛団員に殺されたとの情報はガセネタだった。もっとも、昨日この殺人を報道したロシアのテレビは、訂正を流していない。訂正を流したのはクリミア内務省だったが、それは単に内部使用のためにすぎない。ウクライナ側は軍人二名が殺された。ヤレマ将軍〔当時のウクライナ第一副首相〕とテニュフ将軍〔当時のウクライナ国防相〕が、今クリミアに向けて飛び立ったが、アクショーノフは、二人をクリミアには入れない、と発言した。

昨日はキエフでスヴォボダ党が派手に活躍してくれた。所属する国会議員のミロシニチェンコに率いられた党員たちが、ウクライナ国営テレビ局の社長室を襲い、報道によると、社長を殴ったうえで、辞表を書かせた。ロシアの数々のテレビ局は、これぞウクライナのファシスト体制のいい例だ、と瞬時に報道した。

昨日キエフに着いたクラソヴィツキーが乗ってきた、ハリコフ発キエフ行きの列車はがらがらだったそうだ。乗車率一〇パーセント。フォリオ社の編集長のナターリヤ・エフゲーニエヴナのところに息子がやってきて、こう言った「ハリコフにあるアパートを売って、チェルノフツィに買おう。ハリコフはロシア国境に近すぎる。気が付いたらロシアに住んでいました、なんて僕はごめんだ」

ドミトロ・ヤロシ〔一九七一年生まれ。二〇一三年に右派セクターを設立。二〇一四年の大統領選挙に立候補するも、得票率一パーセント未満。二〇一四年一〇月〜二〇一九年国会議員〕は、ウラジーミル・プーチンを刑事告発するとの申請書を検察庁に提出した。今後、ウクライナ検察庁はヤロシの申請書を登録したうえで、ウクライナに対する侵略、ウクライナ軍人（複数）の殺害およびウクライナ国家の保全を犯した廉で、ウラジーミル・プーチンの捜査を命じることになる。レファト・チュバーロフは一昨日、クリミア・タタールの自決権を認めるよう国会に請願した。なんとウクライナは、国連の「先住民族の権利宣言」にいまだに調印していないそうだ。ゆえに、まずはこの宣言に調印して、クリミア・タタールの自らの運命を決める権利を認めなければならない。今となっては、これで何かが変わるとはまず思えないが、少なくとも、ウクライナ市民であり続けたいと思うクリミア・タタールの精神的サポートにはなるだろう。クリミア・タタールにも最初の犠牲者が出ている。三月一四日、三八歳のレシャト・アフメトフが拷問の痕が残る遺体となって発見された。彼は三人の子供の父親で、一番小さい子は生後二ヶ月半の女の子。レシャトは、クリミアはウクライナのものであるべきだ！と主張する集会に積極的に参加していた。人々が生前の彼を最後に見たのは、ウクライナ軍に志願兵として入隊するべく、シンフェローポリの軍事委員部の前に現れたときだった。ロシアのマスコミとブログには、またしても、クリミア・タタールに対する侮辱的な書き込みと、「ロシアのクリミアから出ていけ」といったアピールが並んでいる。ほとんどの書き込みで、クリミア・タタールは「民族まるまる裏切り者」呼ばわりされている。ロシア人もウクライナ人も、宿泊や食事がセットされたパッケージツアーではなくて、個人で夏場にクリミアにレジャーや保養に訪れる場合は、家やアパート、あるいは単に一部屋だけを借りるときは、できるだけクリミア・タタールに借りようとしてきたのだし、食事はタタール人経営のレストランやカフェで、というのが一般的だった。私たちも、クリミアに行って、エフパトリヤ近郊のクラソヴィツキーのダーチャに泊まるときも、シメイズに泊まるときも、昼と夜は必ずタタール人の店で食べた。その方が旨いし、安いし、店は、より清潔だから。昨年の四月はユルコ・ヴィンニチュク*と二人で、一週間をリヴァディアで過ごした。「超ソヴィエト式」のサナトリウムに泊まって、トルコ、クリミア、キエフ、そしてリヴォフが舞台の長編小説を共著者として書きあげる計画を話し合った。クリミアも小説の舞台になるからという理由で、クリミア議会のヨッフェ副議長が、私たち二人が無料でサナトリウムに泊まれるよう手配してくれた。ヴィンニチュクと私は、この春にも一週間クリミアで仕事をする予定だった。今度はアルシュタ近郊で、副市長がペンションかホテルをみつけてくれるとの約束だった。今は、クリミア行きは考えるだけ無駄だと思っている。我が家の「家族で過ごすクリミアの冬の休暇」も、アントン、ガビー、テオの子供時代という家族の歴史、つまり過去の一部となってしまった。クリミア議会の公用車の白い「ボルガ」が、私とユルコ・ヴィンニチュクを乗せてシンフェローポリ駅に向かった時のことを思い出した。私は運転手に、途中でタタール料理の「サモサ」を見つけてくれ、と頼んだ。ぜひともユルコに食べてほしかった。クリミアの道路では、路肩のあちこちに、円筒形の窯タンドールを据え付けたトレーラーが停まっていて、タタール人たちが、羊肉のミンチがジューシーな、最高に旨い熱いピロシキ「サモサ」を売っている。ところがあのときは、セヴァストーポリからシンフェローポリまでの幹線道路にはサモサ売りのタタール人が一人もいなかった。ドライバーは、シンフェローポリに抜ける田舎道を走ることにした。すると探していたものがすぐみつかった。サモサを五個とアイラン〔塩味のヨーグルトドリンク〕を二瓶買うと、その場で、つまり、円筒形の窯のすぐ脇で腹いっぱい食べて、満足しきった幸せな気分で駅に向かった。ドライバーは、キエフで勉強している娘に渡してくれ、と私たちにパスポートを託した。お嬢さんはキエフの駅で車両の真ん前で私たちを出迎えてくれた。ユルコと私がくだんの長編小説を書きあげるのか、今となっては分からない。書くとしたら、クリミアはロシア占領下。ということは、小説の主人公たちを、より一層危険な冒険が待ち受けることになる。

＊ユルコ・ヴィンニチュク　一九五二年イワノ＝フランコフスク生まれ、リヴォフ在住の、ウクライナの著名な作家。知的月刊新聞「Post-Postup」の編集者であり寄稿者。ワインをこよなく愛し、ヤヌコヴィッチ大統領を限りなく嫌う。長編小説およびエッセーの著作多数、人気コラムニスト。コラムの「主人公」たちとの裁判沙汰も

数限りない。長編小説『死のタンゴ』（ドイツ語版は二〇一五年ハイモン・フェルラグ社より刊行予定）。二〇一一年に文学の夕べにおいて、ヤヌコヴィッチ大統領に宛てた自作の詩『カマ野郎を殺せ』を朗読。その結果、刑事告発され、詩は、暴力による政権交代とヤヌコヴィッチ大統領の肉体的抹殺への呼びかけが含まれているか否かを鑑定するために、検察庁の指示で、ウクライナ科学アカデミー付属ウクライナ文学研究所に送られた。文学研究所は、そのような呼びかけは詩の文面には含まれていない、と鑑定書に記した。研究所が詩の文面に見出したのは、メタファーをはじめとする、文学手法のみ。警察はユルコ・ヴィンニチュクの自宅を数度訪れ、説明書を書くよう、要請。訪問の過程で、警官たちは、作者ヴィンニチュクと詩に表現された考えへの、個人としての支持を表明した。

三月二〇日　木曜日

REN-TVをはじめとするロシアのテレビ各局は、今朝放送の天気予報で、ロシアのお天気地図に、クリミア、ドンバス、ハリコフを加えた。地図にはいろんな種類があることを、私は理解している。よく使われるのは国別に色分けされた地図だ。でもそれは、他の国々にも認められているものでなければならない。テレビの天気予報に映るロシアの地図は、未来のロシアはこうあってほしいという、プーチンの個人的な地図なのかもしれない。それとも、ウクライナをさらに占領していくことにロシア国民を慣らしていくためなのか？　だとしたら、ロシアのテレビ局が流す天気予報を丹念にウォッチするべきだ。ロシアのお天気地図で、キエフ、ワルシャワ、リガ、ヴィリニュスの天気が報じられてはいないかとチェックしながら。ロシアの天気予報を背景にすると、ほかのニュースは良いニュースに感じられる。もっとも、今日この頃の良いニュースとは、何か？　今朝は、クリミアで捕えられていたアフトマイダンの活動家たちと、昨日、ロシアの軍人に捕えられた、ウクライナ海軍司令官が解放された。ウクライナ海軍の司令部が解放された、との報道もあった。だが、これは奇妙なニュースだ。占拠されたクリミアの、占拠された街セヴァストーポリで、建物が解放された？　で、いまそこはどうなっているのか？　何が起きているのか？　ウクライナ海軍の将校たちが落ち着いて勤務をこなせる、というのか⁇　同じく今朝のことだが、ロシアのすべてのテレビ局と、クリミアのマスコミは、ウクライナ海軍の三隻の軍艦の要員の裏切りを誇らしげに報じた。ウクライナ国旗を降ろして、ロシア国旗を掲げた、というのだ。三隻のうちの一隻は、ウクライナ海軍の指揮艦船、実質的にはウクライナ海軍の泳ぐ司令部である「ドンバス号」だ。もしもこれが真実なら、プーチンは今、シャンパンを一気飲みしているはずだ。「ドンバス」の名がついた船が侵略者側に寝返ったというのなら、ドンバス地域全域で、すべての国家機関の建物にロシア国旗が掲げられる、との希望をプーチンが抱くことになろう。だが今のところクリミアでは警察が、地位と国籍にかかわらず、すべての者は三月三〇日までに武器を引き渡すべし、と発表した。三月三〇日以降は、火器が発見された場合は、ロシア刑法違反の廉で逮捕、裁判の由。キエフでは、右派セクターと自衛団のメンバーの武器を取り上げるべきだとの話はあるが、警察からの最後通牒も要求もいまのところ出されていない。

三月二一日　金曜日　パリにて

フランスのジャーナリストから受けたいくつかのインタビューのうちのひとつ。今朝のジャーナリストが発した質問、「今プーチンが夢見ていることは何でしょうか？　プーチンにはプーチンなりの『ウクライナの夢』があるのでしょうか？」。私の答え、「プーチンは夢見る人間ではない。プーチンは計画する人間だ。いわゆる国際社会の反応を毎回毎回チェックしながら、自分の計画をダイナミックかつ一段一段実行し続けている。ロシア連邦のすべての構成主体がクリミア併合を正しく合法的なものと認めた現在、そして、この件について、シリア、北朝鮮およびあといくつかの似たような国の支持を得た今、プーチンにとって主要な問題であり続けるのは、文明世界が、クリミアをロシア連邦の一部と認めていないこと。クリミアが（文明的な世界にとっての）合法的な地位を持たないうちは、ロシア、北朝鮮、シリア以外の投資はクリミアには来ない。クリミアというテリトリーはモスクワの陰に入ってしまう。モスクワとしては、これでは大きな喜びは味わえない。ダイヤモンドは通常、人前で見せびらかして自慢するものだ。盗んだダイヤの場合は、隠しておいて、鍵を閉めた暗い部屋で一人でながめるしかない。だから、今日現在のプーチンの抱える問題は、ヨーロッパとアメリカに、クリミア併合を認めさせる道を探すこと。この問題を解決する道はひとつしかない――ウクライナで内戦を引き起こし、親ロシアの、当然ながら武装した活動家と、ロシアの同様の連中をキエフに向かって進撃させる。キエフに到着したこの軍勢は、内閣と大統領代行を非合法であるとして一掃して、連れてきたウクライナ国民の代表に取り替える。このウクライナ国民の代表には、ヤヌコヴィッチと一緒に逃亡した、アザーロフ首相のもとで内閣の財政の中枢にいた者、地域党の元リーダーたちのなかでも、現在は国家議員活動をしていないものの、ロシアには逃げ込まず、地元のドネツク州に隠れている連中なども含まれる可能性がある。新政府は合法な大統領ヤヌコヴィッチの復帰を宣言する。帰還は現実のものではなくて、バーチャルな復帰にとどめるというのも充分ありうる。ヤヌコヴィッチはモスクワにいながら、ロシア連邦との新友好協力条約をSkype経由で調印する。条約にはこう書かれているだろう――ウクライナ指導部は『太古からロシアのものであるクリミア』が『母なるロシア』の懐に戻った喜びに感無量である。クリミアはロシア連邦へのウクライナからの贈り物と理解してほしい。太古から病みつづけているクリミアの面倒を、長きにわたり辛抱強くみてくれたこと、ウクライナ国家に対する絶えざる精神的・経済的支援へのお礼であり、かつまたこれは、歴史的正義が回復されたことの象徴でもある。そのあとがどうなるかは、想像に難くないだろう。アンゲラ・メルケルも、フランソワ・オランドも、その他大勢も、ホッと安堵の胸をなでおろし、プーチンのロシアとの、それぞれの経済金融関係の迅速かつ円満な復旧に努める。彼らはこう言うだろう、『過ぎたことさ、酔った挙句の喧嘩だったんだ。ご存じでしょう、スラブ人ってやつはよくこれをやる。今はもう仲直りした、クリミアなんて些末なことは忘れて、すべて話がついた』。もっとも、念のためにロシアはヘルソン州に軍隊を駐屯させておくけどね。大陸のウクライナから『ロシアのクリミア』に供給される水の質をチェックするために。野蛮なバンデラ派が何リットルかの青酸カリを流し込んだ、なんてことになっちゃぁかなわないからね。部隊の士気と物質面でのサポートをするために、ザポロージェ州、ドニエプロペトロフスク州、ドネツク州、ルガンスク州も、当面はロシアの傘下に置かれる。その方がモスクワも安心だからね。さもないと、クリミアとヘルソン州に駐屯するロシア軍に物資を運ぶ鉄道貨車が、制御不可能なバンデラ派や、ロシアのマスコミが、充分に恐ろし気でかつ便利な呼び名をまだ考えついていない、他の犯罪者たち（連中は揃いも揃って、なぜかロシアが嫌いだ）に転覆させられかねない。要するに、ご存じのように、プーチン氏と、『歴史的正義の回復』、つまりソ連邦復活のすべての段階において氏を支持するロシア国民は、やらねばならないことが山積なのです」。

私の考えではこういう計画はかねてからあったし、今も存在している。だが、状況から判断するに、プーチンがこの計画を実現するのは、あるいは素早く実現するのは難しいだろう。ヘルソン州には、そしてザポロージェ州にも、ドニエプロペトロフスク州、ドネツク州、ルガンスク州にもロシアの黒海艦隊基地はない。幸いなことに、オデッサにもそういう基地はない。つまり、占領の手段としての「ロシア・黒海艦隊の機動作戦」は使えない。それに、ウクライナ軍の部隊も、挑発行為には発砲で応えよとの指令を受けた。だがプーチンは軍を投入する気はなかった。ロシア軍のプレゼンスは、「市民同士の戦争＝内戦」という言葉の組み合わせから、「市民同士の」という言葉をたちまち追い出してしまう。プーチンにとっては「市民同士」という言葉はいまだにとても重要なのだ。ウクライナにおいてプーチンがたのみ《オプロート》とするのは、ハリコフの親ロシア団体「砦《オプロート》」だけではなく、数多くの、類似の、軍隊式の、組織化されたおよび組織化はされていない、親ロシア活動家のグループだ。ウクライナ保安庁は、ヤヌコヴィッチ時代には、これらのグループが見えていなかったし気付いていなかった。私は時折思うのだが、あの当時のウクライナ保安庁は、自らの存在にも気づいていなかったのではないか。だがこれは以前の話。今は状況は変わり、国家のサバイバルが懸かっているのだ。だからあらゆる事態に備えなければならない。一九三六年の「スペイン全土快晴なり」よろしく、全国向けラジオ放送で流されたキーフレーズを合図に、ウクライナ南東部の茂みの中から、カラシニコフ銃を構えた大勢の「ロシア愛国者たち」が一斉に飛び出してきても、驚いてはいけない〔ソ連の歴史家たちの説では、一九三六年七月一八日に、スペインの第二共和政に対する軍事反乱の一斉行動開始の合言葉として、「スペイン全土快晴なり」という言葉がラジオで流された〕。まさに、こういった事態に陥らないために、現在、軍の部隊がウクライナの南部と東部に送られている。そしてこういう時の政府批判を、それが〔無所属の〕国会議員オレシ・ドーニーによる、あるいは超多弁で、万年野党議員のアナトーリー・グリツェンコによる大統領代行および他の議員批判であろうと、私はまったく理解できない。政治においては、しゃべるだけなことほど簡単なことはなく、ただ実行するのみなことほど難しいことはない。

三月二二日　土曜日　パリ

ウクライナにはひとつのクリミアと一隻の潜水艦「ザポロージェ」があった。クリミアはロシアが二週間ほど前に併合した。そして昨日ロシアは、唯一の現役の潜水艦を併合した。いまのところ、ロシアがどうやってそれをやってのけたのかは分からない。潜水艦は占拠されて、ロシア海軍の旗である「聖アンドレイ十字旗」が掲げられた。もっとも、ソ連で建造されたディーゼルエンジンの「ザポロージェ」は、もうすぐ齢四四になる。海の底に横たわるに相応しい歳だ。「聖アンドレイ十字旗」とともに。

さて、週末がやって来た。新たな「週末の集会」を引き連れて。ドネツクではレーニン広場にロシア国旗やソ連共産党の赤旗を掲げた五〇〇人ほどが集まって、戻ってきて秩序を回復してくれ、とヤヌコヴィッチに呼びかけた。スローガン「ヤヌコヴィッチを支持する」は他でもないレーニン像にじかに掛けられた。レーニンもヤヌコヴィッチを支持しているだろう、と私は思う。レーニンにとっては、正確には、レーニン像にとっては、ドネツクは居心地よく、落ち着ける場所だ。ドネツクではレーニン像に手を上げる者はいない、レーニン自身はドネツク人ではないのだが。集会を誰から守っているのか不明な、警備の警官たちは、鮮やかなグリーンのチョッキを着ている。ロシア国旗を掲げてモスクワへの併合を求める、より大人数で攻撃的な集会がいまのところは開かれていないのは幸いだ。親ロシアの活動家たちの息が続かなくなったのか、「ロシアの民族的統一」のネオナチたちの出張費をモスクワが払うのをやめたのか。「ロシアの民族的統一」の連中は、一週間前までは、このてのイベントを組織し、サポートするために、ロシアからやってきていた。

知人の女性ジャーナリストで、テルノポリ(テルノピリ)〔ウクライナ西部の街、州都〕に住むゾリャーナ・ビンダスの飼い猫(オス)が、三日ぶりに家に帰ってきた。三月らしく引っ掻き傷だらけで、あちこちに毛が引き抜かれた跡。トリミングしてやり、残った毛を梳《と》かし始めたゾリャーナは、猫の体に一か所穴があいていて、そこから金属の破片が突き出ているのを発見した。金属破片とは弾丸だった。猫は泣いたりわめいたり、あおむけになって床を転がったりはしなかった。英雄らしい態度だった。ゾリャーナは猫を獣医に連れて行き、ほぼ一センチの深さに埋まっていた弾を取り出してもらった。この話を聞いた私は突然、猫はクリミアまでひとっ走りしてきたのではないか、そしてクリミアの自衛団員かロシアの軍人にこの弾で行く手を阻まれたのではないか、と考えた。だがテルノポリからクリミアまでは一〇〇〇キロ近い。つまり、猫はあきらかに住み慣れた町で弾を食らったのだった。本物の武器ではなくて、自衛用の火器だったのがせめてもの幸いだ。さもなければ家に戻っては来られなかった。

いっぽうリヴォフでは、ごみ箱の隣に、本物の新品のピストル五二丁が入った袋が置かれていた。警察か軍の部隊から盗まれたのだろう。武器は引き渡すように、と政府は発表した。もちろん、警察に提出するように、という意味であり、ゴミ出し感覚で、とは言っていなかったのだが。いっぽうの警察は、前燃料エネルギー大臣のエドゥアルド・スタヴィツキーの自宅とオフィスを家宅捜査する中で、金四二キロと現金数百万ドルを発見した。ウクライナの金準備高が少し増えたというわけだ。

私のパリ・ブックフェア滞在も今日で三日目。ウクライナのコーナーでボランティアをしているユーロマイダンの若い女性たちは、一月と二月の示威行動でけがをした人々への義援金を、昨日一日で二〇〇〇ユーロ集めた。「オープン・ウクライナ」基金のブース担当の彼女たちのところには、昨日は年配のロシアからの移住者カップルが、ウクライナの悪口を言いにやってきた。それから若いロシア人女性が立ち寄り、本を何冊か買うことにした。ロシアのある銀行のクレジットカードで支払おうとしたところ、読み取り機がカードを受け付けなかった。彼女は立ち去ったものの、戻ってきて、もう一度カードでの支払いを試したい、と言った。しかし読み取り機は、彼女のＶＩＳＡカードでの支払いをまたも受け付けなかった。すると、近くにいた誰かが、米国の制裁はロシアの複数の銀行も対象にしているので、そこが発行したクレジットカードはヨーロッパとアメリカでは使えなくなった、と言った。ロシア人の女性の目には涙が浮かんだ。彼女は何も言わずに立ち去った。こうなると、数千、いや、数万人のロシア人観光客（外交官や会社員は言うに及ばず）の金がヨーロッパで足止めされるのかもしれない。プーチンの地政学的気まぐれの代償を何百万人ものロシア国民が払うのだ。だが、ロシア国民の七〇パーセント以上がクリミアの併合を支持している。もっとも、ロシア国民の中でも、ヨーロッパに足繁く通うような人たちは、プーチンを支持してはいないのでは、と私は思う。プーチンを支持しているのは、ヨーロッパには一度も行ったことはなく、インターネットも使わない人々だ。彼らはテレビを見るだけなのだ。

三月二四日　月曜日

昨日、つまり日曜日の夕方、クリミアは停電になった。ヤルタ、ジャンコイ、アルシュタ、その他多くのクリミアの町や村の家の明かりが消えた。クリミアの指導部はただちに、これはウクライナの破壊行為だ、と宣言した。追って、クリミアの政治家たちは、ウクライナは電力の供給を制限している、ロシアが復讐してくれる、と言い放った。そこからまた少しして、クリミアへの送電を担っている電力会社のクルムエネルゴが、高圧線で事故が起きました、と詫びた。月曜の朝までには復旧します、と。暗闇にろうそくを灯した夜が明けた月曜日、クリミアの人々は朝からニュースに士気を鼓舞された。三月二四日からクリミアではロシアのルーブルが導入されるという。ルーブル紙幣を積んだコンテナー数個はすでにクリミアに到着しており、「ルーブルの流れ」はごく普通のクリミアの住人のポケットに、あとほんの少しで到達するだろう。ウクライナの通貨フリヴニャは今のところ禁止されていない。むしろその逆で、二〇一六年の初めまではクリミアではフリヴニャも流通する、と発表された。つまり、クリミアの人々は、一生懸命数学を思い出さねばならなくなる。なぜなら財とサービス、どちらの価格も、二つの通貨で同時に量られるようになるから。だが、この月曜日からは、ビュジェトニキの給料は全額ルーブルだけでの支払いになり、自営業者や実業家からの税の取り立ては、すべてルーブル建てになる。そのせいで不慣れな数多くの問題が出てくる。クリミアのビジネスマンたちは困惑している。商品をウクライナから仕入れていたから、あるいは、自分の商品をウクライナに納入していたから、会社や店をたたむ者もいれば、クリミアでのビジネスは免税にしてほしいとロシア政府に求める者もいる。クリミア半島にロシアの地域運営機関を導入せよと、プーチンに指令を出されたロシアの当局者たちは、こう説明する——クリミアの実業家たちは、ロシアの法律に沿って登記登録を済ませて初めて、今までの事業を引き続き行うことができる。クリミアの当局者たちは、相も変わらずプロパガンダに従事している。ロシアの年金はウクライナの四倍になると声明することで、親ロシアの年金生活者たちの闘魂を盛り立てている。年金生活者たちは当局の発言を信じて待っている。多くの年金生活者が、ロシアとウクライナ、両方の国の年金を受け取ってもいい、と発言している。だが、三月分のウクライナの年金はクリミアではまだ誰も受け取っていない。ウクライナ政府のせいではない。クリミア当局は、ウクライナの国家財政からの出入金がある銀行口座をブロックしてしまった。だからウクライナ国家による支払いはクリミアへは届かないのだ。だがロシアのテレビのニュースに、この事態に困っているクリミアの人々が映しだされることはない。ロシアのテレビは、ロシアの「翼の下に」戻ったことを喜び、満足しているクリミアの人々、という絵柄を今でもずっと映し続けている。つい先日も、クリミアのおばあさんがテレビのインタビューに嬉しそうに応じていた、「これからはロシアから保養者がエシェロンごと送り込まれてくるんですよ！」。このおばあさんのように考えているクリミアの人々ならば、愛唱歌は「バック・イン・ザ・U.S.S.R！」のはずだ。エシェロン、つまり、特殊な編成の貨物列車はスターリン時代には囚人を収容所《グラーグ》に送り込むのに使われた。プーチンの命令で、ロシア国民は貨車に詰め込まれて無理やりにでもクリミアに保養に連れてこられる、テレビに映ったおばあさんがそう考えていること自体がクリミアのロシア語を母語とする多くの年配者の思考パターンを雄弁に物語っている。クリミアでは一般に帝政ロシアが賛美されているが、ソ連の記憶と思い出もいまだに鮮やかで、共産党員たちの影響力が今でも大きい。ウクライナの国会選挙での共産党の大票田はいつもクリミアだった。クリミアの共産主義者たちがロシア共産党に流れ込むであろう今、ウクライナの共産党に未来はない。では、今年のクリミアでのバカンス・シーズンに未来はあるのか？――クリミアの最大の稼ぎ手は観光産業なのだ――これもまた大いに疑問だ。今の時点では、ロシアの航空券を取り扱っている会社によれば、シンフェローポリ行きの航空券の需要は、昨年に比べて半減したそうだ。

だが、「クリミアのおばあさんたち」の未来をもって、クリミア全体の未来とするわけにはいかない。ロシア当局は、クリミアの住民が、どの国の市民になりたいのかを一ヶ月で決めるように、とした。ロシア国籍の取得申請はとうに始まっている。ウクライナ国民のままでいたいという人には、クリミアの当局は、多くの問題があなたを待ち受けていますよと約束している。そもそも、ウクライナのパスポートを持ちながらクリミアに住む、というのが簡単にはいかないんですよ、クリミア当局ははっきりとそう言っている。ウクライナ国籍のままでいたい人は、クリミアを去ることを余儀なくされるか、ロシアの法律に沿って、ロシアに「一時的に居住する者」の証明書を取得しなければならない。ロシアの法律は二つの国の市民権を持つことを許しているが、ウクライナの法律ではそれは許されない。クリミアに住み、ロシア語を母語とする人々の多くは、ロシアのパスポートが欲しい、でもウクライナの市民権は返上したくない、と考えている。これはなにも、ウクライナとロシア、両方の国から年金をもらいたいともくろんでいる人たちに限ったことではない。ウクライナに家族や親戚がいる人々、あるいは大陸ウクライナと結びついたビジネスを今後も続けたいと考えている人々も、ウクライナの市民権は維持したまま、ロシアのパスポートを欲しいと考えている。彼らは、これからは、ウクライナの対ロシア感情がすごく友好的なものではありえないことは理解している。だから、大陸部のウクライナに入りやすいように、ウクライナのパスポートはキープしたまま（つまり、ウクライナに入国するときはウクライナのパスポートを見せる）、占領されたクリミアでのありうべき問題を排除するために、ロシアのパスポートを取得したいと考えている。

キエフでは先週末に国会が第一回通読審議で法案「一時的に占領されたウクライナの領土における市民の権利と自由の保障について」を承認した。ウクライナとクリミアの関係を規定する法律だ。この法律によれば、ウクライナ当局の了承を得ないでクリミアを訪問したウクライナ市民は、三年から五年までの刑務所での禁固刑を言い渡される可能性があり、クリミア当局に協力した場合は、最大一五年の禁固刑を言い渡される。この法案はソヴィエト式の冷戦のにおいがする。そもそもクリミアに行く許可を出すのは誰なのだ？　首相か？　内務大臣なのか？　例えば、シンガポール入国ビザのように、インターネットで許可が取れるのと、必要書類をかき集めて、誰それの執務室への行列に並び、提出したあとで、ソ連時代のように、特別委員会の許可を三ヶ月待つというのでは事情が全く違う。クリミアで起きているシュールレアリスムは、キエフとウクライナ全土でもシュールレアリスムを生み出している。

ただし、「許可を得た」クリミア訪問はすでに起きている。ウクライナ当局は、先日クリミアに、クリミアの住民用の海外渡航用パスポート三〇〇〇部を送り届けた。この三〇〇〇部のパスポートは、ドニエプロペトロフスクで発行手続きをすませて、クリミアのロシア当局には明らかに通告しないままクリミア半島に持ち込まれ、海外渡航をウクライナのパスポートでしたいというクリミアの住民に渡された。このいきさつは、長編スパイ小説のエピソードとして立派に通用する。同じようにして、先日は八万フリヴニャ（約七〇〇〇ユーロ）の現金が、殺された二人のウクライナ国民の遺族のためにクリミアに運び込まれた。二人とは、シンフェローポリ近郊のウクライナ軍の部隊が、親ロシア義勇兵とロシア軍将兵に襲撃された際に殺された、ウクライナの軍人セルゲイ・コリャーキン（彼は民族的にはロシア人）と、親ロシア義勇兵に拉致され殺された、ユーロマイダンの活動家だった、クリミア・タタール人のレシャト・アフメトフだ。クリミアで始まった新しい日常は、ジェームズ・ボンド映画の新シリーズの作者たちに、ストーリー作りのたくさんのヒントを与えてくれそうだ。

　キエフの日常はそれなりに正常化している。キエフ市民が毎朝注意を払う情報は、天気予報にドルとユーロのレートが加わった。ウクライナ産品にヨーロッパ市場を開放すると約束されたにもかかわらず、ウクライナ通貨のレートは下がり続けている。いまのところは、大惨事とはいえないが、下がり続けているという傾向自体が喜ばしくない。ウクライナ南東部の親ロシア勢力の集会は開催され続けているが、参加者数は目立って減ってきている。ウクライナ西部と中部の人々は、ウクライナ保安庁と警察には、「ロシア語地域」（住民のほぼすべてがロシア語を母語とする、あるいは日常生活はロシア語で済ませている地域）においてウクライナの国家体制を本気で守る気概があるのか、疑問を持っていた。だが、ウクライナ保安庁が、分離主義者のための武器と資金を携えたロシアの特務機関員を含む者たちをウクライナ領内で逮捕するという、いくつかの大掛かりな作戦を実行したことで、人々もほっとした。ユーロマイダンに参加した右派セクターと「国民自衛隊」のメンバーは国民軍に続々と入隊している。国民軍は、ウクライナ国境警備隊による、東部と北部の国境警備に加勢している。このため、ロシアとウクライナの国境をすり抜ける密輸の量は一〇分の一になった。密輸が根絶された地区もある。国境付近の村の住民の多くは、この事態を少しも歓迎していない。二〇年近く、密輸で稼いでいたからだ。だが、ウクライナとロシアの国境が透明なものに戻ることはまずないだろう。ロシアとはビザを導入するべきだと主張するウクライナの政治家の数がどんどん増えている。もしもヨーロッパが二年以内にウクライナ国民に対するビザ廃止を宣言するとしたら、ウクライナとロシアの間のビザ導入は現実のものになるだろう。ロシアに出稼ぎに行くことに慣れた東部ウクライナの人々が、これを歓迎しないのは明らかだ。私自身は、ロシアとのビザが導入される事態を恐れてはいない。私が恐れているのは、我が国の東部と南部にロシアが侵略するかもしれないことだ。あるかもしれない戦争のことは考えたくない。だが、この考えが私の脳裏に浮かばなかった日は一日としてない。春が来て、陽光が大地を温め始めて、不意に咲き出した花々も、政治を忘れさせてはくれない。政治のことは忘れたいと心底思っているのだが。これは私一人に限ったことではない。

三月二十六日　水曜日　ラーザレフカにて

一晩をパリのホテルで過ごし、翌日の晩をウクライナの村で過ごす——なかなか乙なものだ。そして、東部戦線は異状なし。彼の地の朝も、当地同様、春の訪れを喜ぶ鳥たちの声で満ちていることだろう。今年の春は私に喜びをもたらしてはくれず、私は歌う気にはならない。だが朝の暖かな日差しは心を落ち着かせてくれる。悪い予感がどんどん進んでしまうのを止めてくれる、気をそらしてくれる。
昨日リーザは、アントンとテオを夕方までここに残して、一人、キエフに戻った。リーザに頼まれた隣のトーリクが、二回ほど息子たちの様子を見に来てくれた。私がラーザレフカに着いたのは夜の九時過ぎだったが、家の中はきちんとしていて、キッチンの洗っていない食器が目についた程度だった。テオは、誕生日プレゼントのプラモデルセットに入っていた戦士たちに色を塗っていた。小遣い五〇〇〇フリヴニャをはたいて自分で買った、高い特殊なペイントを使っていた。息子二人は結果に満足している。それが一番だ。

寝る前に三人で、動物園が舞台のコメディ映画『危険な動物たち Fierce Creatures（一九九七）』を見た。マイケル・ペイリン演じる主人公は、動物園を日本人経営のゴルフクラブに転売しようとしたアメリカ人の大金持ちを偶然殺してしまう。殺された大金持ちの息子を含めた登場人物全員が力を合わせて、殺人を「自殺」にしたてあげることで、ハッピーエンドになる、というストーリー展開だ。

ロヴノ近郊でサーシャ・ベールイ〔一九六二年生まれのウクライナ民族主義者で右派セクターの幹部の一人、ウクライナ語ではサシコ・ビールイとなる〕が〔三月二四日に〕警察に殺されたことを受けて、コメディ映画の意味合いが変わった。もっかのところ警察は、サーシャ・ベールイが自分のピストルで自殺したと証明しようとしている。だがすぐに、居酒屋「三匹の鮒」の監視カメラの映像が公になった――居酒屋での知人の誕生日祝いに参加していたサーシャが、死の直前に連れ出されたか、あるいは自ら外に飛び出した様子が映っていた。

いっぽうクリミアでは、パスポート交付事務所で見つかった、ウクライナ国民の未交付の白紙の国内パスポートを使って、ロシアの某機関が楽しんでいる様子だ。分離主義者に加勢するために「ウクライナ大陸部」に送り込まれる予定の、新品のパスポートを携えた偽の「ウクライナ国民」がすでに複数この世に誕生している。

一昨日の夕方、私はストラスブールの駅頭で、国立カラダグ自然保護区（クリミアのフェオドシア市）の上級研究員のウラジーミル・マリツェフに会った。かねてから申請していた、国立自然保護区へのEUによる認定書が交付されたので、欧州委員会に受け取りに来たのだった。認定書は受け取ったものの、それをどこに持って行けばいいのか、彼には自信がなかった。五分ほど立ち話をした。マリツェフはベルリンとキエフ経由でクリミアに、私はパリ経由でキエフに、それぞれ帰るところだった。マリツェフの話では、かつて一緒にモスクワ大学で学んだモスクワの同業者数名が電話をよこした。彼らは一様に、クリミアの希少植物を話題にした。ロシアのレッドブックにクリミアの希少植物を載せるために情報を集めている、と説明したそうだ。ロシアのレッドブックが、ウクライナの草花を捉えた、というわけだ。植物学者を政治の道具にできるとは、以前なら考えもつかなかった。でも今では理解できる。ロシアでは各人がクリミア占領に寄与せねばならないのだ。軍は土地と人を占領する、ロシア中央銀行は、金融財政空間を占拠する、ロステレコム社〔ロシアの電気通信事業者〕はテレコムを占拠する、そして植物学者たちは、草、灌木、樹木を占領する。じきにロシアの動物学者たちにも出番が回ってくるだろう。

クリミアへのロシアの動物学者たちの侵入開始のニュースがまだないところで、私は我らが動植物に思いを馳せた。正確にいうと、緊迫した状況のせいでしばらく忘れられていた、人文分野の些末なことを思い出したのだ。国の運営システムを変えるときには、人文分野のことも忘れてはならない。先日、シェフチェンコ賞の、とある「受賞未満者」のインタビューが流れた。文化人が対象のシェフチェンコ賞の受賞者決定についてのヤヌコヴィッチ大統領の大統領令に、トゥルチノフ大統領代行がまだ署名していない、と嘆く内容だった。たちまち私は、ソ連時代とポストソ連時代を通して私が目にしたいくつもの文書を思い出した――署名欄に印刷されている署名すべき人物の名前が手書きの斜線で消されたうえで、その上にまったく別の人間が署名した図だ。別の人間は、もともとの人間の次席か代行と考えるのが普通だった。私は、印刷されたヤヌコヴィッチの苗字の上にトゥルチノフの署名がある文書をイメージしようとした。無理だった。まるでオデッサ発の小話《アネクドート》ではないか！ヤヌコヴィッチがつくった借金をトゥルチノフ相手に返せと迫るようなものだ。と同時に、このがたがたは、国が授与するタラス・シェフチェンコ賞〔賞が設けられたのは一九六一年、第一回の授与は一九六二年〕の改革あるいは廃止を真剣に討議すべきときがきていることを示している。ウクライナが独立を達成してからの二二年の間には、シェフチェンコ賞には「かろうじてではあるが、生きている」時期もあった。それは、オレシ・ウリヤネンコ、エフゲン・パシコフスキーをはじめとする、少人数の、だが、たしかに立派な芸術家たちに授与されたときだ。しかし、たいがいはこの賞の周辺には、燻製の小魚の油漬け缶の、しみついたような臭い、ソ連の臭いが漂っていた。二〇〇九年にシェフチェンコ委員会で仕事をした折に、私はこの賞をめぐる素晴らしい状況をたっぷりと味わった。候補者リストに誰々を入れることを支持してくれるなら、と収賄を持ち掛けられたこと、秘密投票を経て発表された候補者リストを見た時の驚き等々。ここ三年間はシェフチェンコ賞は、ヤヌコヴィッチ大統領府の賞と化した。受賞者は体制に忠実な者たちで、選考委員が選ぶまでもなく、あらかじめ決められていた。シェフチェンコ賞選考委員長は、委員会よりも大統領府のしかるべき人間たちの執務室を頻繁に訪れていた。芸術家としてはパワーがあるが、当局としてはとうてい受け入れることができない、たとえば、ワシリ・シクリャルのような受賞候補者が不意に現れた場合は、シェフチェンコ委員会はその者を候補者リストに載せるまではできたが、大統領の署名入りの受賞者リストに彼の名を見出すことは絶対になかった。というわけで、私の頭に浮かぶ考えはただひとつ、今の形での賞は廃止して資料としてアーカイブに預けるべきだ。代わりに、国庫に加えて、例えば英国のように、宝くじを財源とするなどして複数の資金源を持つ新しい賞を創設すべきだ。政治と経済の問題でただでさえ頭痛の種が尽きないであろう、今後選ばれる大統領には、新しい賞とは距離を置いてもらうべきだ。大統領府が準備した受賞者リストを承認する大統領令への署名を頼むなど、やめにしよう。それに大統領府のことも考えてあげないと。文化への、特に将来創設される賞の受賞者の選択と承認に介入する労を取らなくてもいい。そうしてあげようではないか。

むろん、政府は、ウクライナの文化人を対象にした、数百件、数千件の奨学金と特別恩給についてヤヌコヴィッチが出した大統領令の内実を調べることになるだろう。国の新指導部は、前の指導部のようなやりかたで作家や映画監督、舞台演出家たちの忠誠を買おうとすることはないと思う。新しい指導部には自らの行動で、敬意と支持を獲得すべく努めてほしい。

さて、ヤヌコヴィッチと「クリミア征服」時代の、最後のシェフチェンコ賞だが、受賞者の大部分は賛同してくれると私は確信しているが、受賞者への数十万フリヴニャの賞金授与にまで持って行くのは、道徳倫理に欠けるし、国の経済状況と、国防省の追加資金の財源をみつけ出す必要があることを考えると、時宜を得ていない。

だがそもそも今は賞などたいして重要なことではない。いっぽうセヴァストーポリとなると、相変わらず「嬉しい驚き」を私たちに贈り続けてくれている。集会で、それも、挙手ではなくて「やれ！やれ！」との叫び声で選ばれた男が「市長」として市を指揮しているということだけではない。数日前、その名も「クリスタル・ビーチ」という市内の海水浴場には、同ビーチでの水泳が禁止された者のリストが張り出された。「ビーチ制裁」の対象になったのは、米国のバラク・オバマ大統領、キャサリン・アシュトン欧州連合外務・安全保障政策上級代表、ウクライナの政治家のほぼ全員、そして昨日殺された、ロヴノ州の右派セクターメンバー、サーシャ・ベールイ。もっとも、ベールイの名前は今日、黒枠で囲まれた。ということは、セヴァストーポリの人々もウクライナのニュースは追っている、というわけだ。

昨日は（クリミアの）ドヌズラフ湖に閉じ込められていた、ウクライナ海軍の最後の船がロシア軍に奪取された。これで、ウクライナの旗を掲げた船はクリミアには一隻もなくなった。ロシアの黒海艦隊司令部はたいへんな自慢だ。同司令部は、ウクライナ海軍の将兵の八〇パーセントがロシアに宣誓したと発表した。これはウクライナへの宣誓を破ったことを意味する。この将兵たちを「裏切り者」呼ばわりする威勢は私にはないが、それ以外の言葉はみつからない。もちろん、難しい選択を迫られたことは理解している。ロシアに宣誓して、クリミアに残ったままロシアの黒海艦隊に勤務するか、ウクライナ大陸部に引っ越して、引き続きウクライナに仕えるか、二者択一を迫られたのだから。さて、ウクライナ海軍を片付けたロシアは、イルカに手を付けた。もちろん、イルカはいまやウクライナの、ではなく、ロシアのイルカだ。イルカは宣誓をしなくていい。セヴァストーポリ国立水族館では、ロシア海軍の新しいプログラムに沿った、戦闘イルカと戦闘オットセイの訓練を開始する準備が整った由。ロシアの軍事エンジニアは、イルカとオットセイに装着して、敵の潜水艦、沈没船、そしてアクアラングをつけた敵の戦闘ダイバーを発見できる特殊装置の開発と実験を以前から進めている。ソ連時代に軍の動物学者とエンジニアたちが、軍事目的で利用するためにイルカを訓練していたのは、他でもないセヴァストーポリでだった。独立したウクライナには、イルカの軍事訓練の金がなかった。でもこれからはロシアが状況を是正する。ロシアにとって、これは大切かつ道理にかなったことだ、なぜならイルカの軍事利用のための同様の訓練基地は世界にはあとひとつしかないのだから、米国のサンディエゴに。

三月二七日　木曜日

昨日は電話での会話やインタビューが多かった。インタビューには一時間以上かかった。質問を注意深く聞いて、それに答えるという作業。

天気は今日も最高だった。朝食をとりながら、息子たちと今日のメニューを決めた。昨日テオが下準備を終えた区画にまく芝生の種を買いにコスチフツィに行くことも決めた。今朝、テオには少尉の、アントンには軍曹の位を与えた。私自身は内務省軍兵卒のままだ、それが現実通りだから。私は予備役兵卒だ。

今朝もお隣さんがうちに顔を出したが、私はコーヒーを飲みたくはなかったし、彼もいらないと言った。一五分ほど話をしてから、私が、この辺でちょっと失礼、二時間ほどしたら私の方からお宅に寄るから、と言った。玉ねぎ、人参それにパセリ用の畝二本を今日中に鋤《す》き返したかったからだ。日曜日までには種を植えたい。暮らしは高くつくようになること必至。我が家に影響が出るのは最後の最後のはずだが、家庭栽培の、それも有機栽培の野菜があるに越したことはない。

朝のニュースはまたもや不穏なものだった。アメリカとヨーロッパは、ウクライナとロシアの国境地域に、チェルニゴフ（チェルニヒフ）州からドネツク州、ルガンスク州まで、ロシア軍の集結が進んでいることを認めた。チェルニゴフ州には、軍の装備や機器を積んだ軍用列車二本が迫っている。同じく昨日は、ヘルソン州とクリミアの間の前線にある、ウクライナとロシアの、それぞれの検問所の間の「ノー・マンズ・ランド」で暗闇の中、ロシアの軍人が、ロシア軍に鞍替えすることを拒んだウクライナの三人の将校を一人ずつウクライナ側に引き渡した。三人とは、ベリベク空港の英雄ユーリー・マムチュール大佐、ロムチェフ大佐、そしてもう一人の将校。ロムチェフは幼い子供を連れた妻に迎えられた。彼がひどく殴られたのは顔を見ただけで分かるが、病院に行くのは断り、妻と子供たちと一緒に、個人の車に乗ってその場を去った。あと数人が捕われたままだ。マムチュールの話

——最初の晩は、(ウクライナを) 裏切れ、「ロシアの旗のもとに」移れ、との説得工作にあった。その後はただただ眠らせてもらえなかった。マムチュールは刑務所の小さな監房に入れられていたのだが、眠ることができないように、始終ドアを銃床で叩かれた。

クリミアでは、クリミアに住民登録していない者は、一ヶ月以内に、つまり四月一八日までに半島を出なければならない、と発表された。ロシアは、クリミアは三月一八日にロシア連邦の領土になったとみなしている。六〇〇〇人がすでにロシアのパスポートを受け取った。あと二万人のパスポート申請書を、特別に作られた委員会がチェック中。並行して、一万六〇〇〇人のクリミアの学校の卒業生が、学外試験をウクライナで受験する希望者リストに登録した。クリミアでウクライナの試験を行うことが不可能なのは明らかだ。だから生徒たちはウクライナの大陸部で受験することになる。彼らの試験会場がどこになるのか、希望すれば何の障害もなく会場に着けるのか、今の時点では分からない。

国防相は「部分動員」で徴兵される者のために、「警報発令時に持ち出す荷物一式」についての情報を出した。持参が望ましいのは——着替えの下着、個人衛生用品(歯ブラシ、歯磨き粉、ウェットティッシュなど)、下痢止め、解熱剤、包帯、青チンキ、活性炭、懐中電灯、時計、予備の電池、携帯電話、そして、とても大切なのが、妻と子供たちの写真、これは、戦闘が始まった場合、自分たちは誰を守るのかをつねに憶えているために。

地域党は三月二九日に予定されている党大会の準備にいそしんでいる。党大会参加者リストにはヤヌコヴィッチとアザーロフも含まれている。モスクワ郊外のヤヌコヴィッチの新しい家の隣に住んでいる、ロシアの政治家でありビジネスマンでもあるオレグ・ミトヴォリは、ウクライナの元大統領は数日前にロストフ＝ナ＝ドヌーに行ったと発言した。ヤヌコヴィッチはすでに二回ロストフ＝ナ＝ドヌーで記者会見を開いている。今回、三度目の記者会見を開きに行ったとはまず思えないが、おそらくロストフからSkypeで、地域党の大会に参加するのだろう。

クリミアではロシアのセルゲイ・ショイグ国防大臣が「クリミア返還」メダルを授与した。クリミアの僭称首相セルゲイ・アクショーノフは最初に授与された者の一人だった。このメダルは、ロシア黒海艦隊司令部の将校たち、ウクライナの旧ベルクト隊員たち（キエフでの抗議行動参加者を射殺した疑いがもたれている）にも授与された。一九四四年のソ連のメダル「ナチス・ドイツの侵略者からのクリミアの解放」をほぼ完全な形でコピーしたものだ。

ウクライナ国会は今朝、三度目の正直で、国をデフォルトから救うための、人気のない一連の法案を含めた議題を承認した。この法案パッケージが採択されれば、国はサバイバルできるが、生活のコストは高くなり暮らしは大変になる。法案の採決が失敗すれば、国も破綻する。

夕方、法案パッケージは、地域党と共産党の議員たちが反対したものの採択された。その時点で国会は、サーシャ・ベールイの死の責任を取れとアヴァコフ内務大臣の辞任を求める右派セクターに包囲されていた。右派セクターは国会襲撃を始めた。国会の一階の窓ガラスが割られた。ロシアのテレビ局「ロシア24」は国会襲撃を、ロシアのテレビ局らしいコメントを入れながら、生放送した。

右派セクターの若い戦闘員の一人が、国会の前に停めてあったベンツを乗り逃げしようとした。マスクをしていた彼は「なぜ目出し帽をかぶっているのか？」という質問に、ドミトロ・ヤロシから直にそう命令された、と答えた。ベンツに乗って行ってしまおうとしたのは、「彼の金で買った車だから」と説明した。自らに課したミッションを果たせなかった彼は、車のボンネットからベンツのマークを引っ剝がしてポケットに収めると、過激な同志たちがウクライナ国会の襲撃を続けているにもかかわらず、立ち去った。右派セクターの戦闘員と、ただの無法者を見分けるのがますます難しくなっている。おまけに、今や無法者の多くが、カムフラージュ模様のジャンパーを着て、本物の自動小銃を手に強盗に出かけるようになり、強奪を始めるにあたって右派セクターのメンバーを名乗るようになっているのだから。

一八時以降は、ジャーナリストからの電話の集中豪雨。そのうちのひとつはモスクワからで、発信番号は表示されなかった。「こちらはホームテレビです。異民族間の結婚についての番組を制作中です。お宅は確か、奥様がイギリス出身ですよね。もしロシアにいらっしゃるのでしたら、モスクワで収録したいと。キエフだったら、うちの記者はキエフにもいますので」。私と妻は私生活については、もう一〇年以上、ウクライナのテレビにも新聞にも、外国のメディアにも話してない、と答えた。するとホームテレビの人間は、では、ロシアの友人や同業者との関係についてお話し願えないか、と聞いてきた。「私の興味を引くご提案とは言えませんね」と私。相手は私を引っ張り出すための、別の口実をしゃべりはじめたが、私は「それではさようなら」と電話を切った。

ロシアは、ウクライナとの国境付近に部隊を集結させているのは、侵略のためではなくて、ロシア西部のみならず、日本海沿岸もカバーする、非常に大規模な演習のためだ、と発表した。敵の対象物への飛行機からのピンポイント爆撃、飛行機からのミサイル攻撃などをスキルアップするのだという。

それに続くのは、クリミアで行われた、プーチンによれば、三月七日に終了した、機動作戦ということか？　あの機動作戦が何で終わったのか、私たちは知っている。国連総会は今日、あの機動作戦の結果は違法である、と判断した。

　大統領選への出馬を決意したティモシェンコは、（彼女の出馬を疑っていた者はいただろうか？）選挙キャンペーンを、ネットに登場した「シュフリチとの通話のリーク」で始めた〔ネストル・シュフリチはヤヌコヴィッチ政権における、国家安全保障・防衛会議のナンバー2。三月一八日に行われたというティモシェンコとの電話での会話はYouTubeにアップされた。ティモシェンコは非常に攻撃的な口調で、クリミアにおけるロシア軍人の行動を非難し、自分がウクライナの指導者として現役であったならば、国土が奪われることは決して許さなかっただろう、自動小銃を手に現地に向かって撃ちまくりたい、と発言。自分のコネクションを使って世界中に電話をして、ロシアがウクライナの国土を奪うことは許さない、ロシアをずたずたにしてやる、とも発言〕。ティモシェンコは丸二年間を監視カメラ付きの「病院」で過ごした。自分をコントロールする術を充分すぎるほど身に着けたのは明らかだ。だから、ヤヌコヴィッチの政党に所属する国会議員との打ち解けた電話での、プーチンとロシアについての猛烈にきつい彼女の発言は、ネットに会話が公開されることを織り込み済みなのだろうと、推測してしまう。通話を録音したのは誰なのか、ロシアの連邦保安庁（ＦＳＢ）なのか、ティモシェンコ自身なのかはどうでもいい。これは大統領選挙キャンペーンの始まりに過ぎないのだ。ティモシェンコは、右派セクターのヤロシよりも強面《こわもて》で急進的、と映りたいのだ。

三月二八日　金曜日

窓の外は朝から日が照っている。だが昨日ほどのまぶしい日差しではない。外は風が吹いている。息子たちは、昨日芝生の種をまいた畝に水をやっている。リーザとガビーがキエフからこちらに向かっている。今日は家族全員で集合だ、ガビーが望んだことではないが。あの子はいつもキエフに一人で残りたがる。

なんというか、平和な朝だ。とうに一一時を回っているのに、まだ雄鶏たちがコケコッコーと鳴いている。

クリミアでは昨日、親ロシアの自衛団がリヴァジアというワイナリーを強奪した。酒の肴持参だったと願っている。ロシアの酒類製造局の役人たちは、シンフェローポリで、クリミアのウォッカ製造業者やワイン製造業者たち相手のライセンス販売を始めている。ロシアの法律に沿ったアルコール類の製造販売であるとの証明なので、製品をロシアに運んで売ることが可能になる。昨日一日で四〇件以上のライセンスが売れたが、「ロスアルコール」〔アルコール類の製造販売を規制するロシアの連邦機関〕の代表者は、ライセンスの取得希望者はこれよりもはるかに多い、と述べた。

クリミアの僭称首相セルゲイ・アクショーノフがとりつかれた願望が一つ増えた。数十軒のカジノと高級ホテルにレストランを擁する、クリミア版ラスベガスを建設するのだそうだ。用地探しもすでに始めている由。きっと、ずっと夢見てきたのだろう。ウクライナではギャンブルとカジノは法律で禁止されている。もちろん、小規模な違法カジノは多数存在したし、おそらく今でもあるはずだ。

昨日クリミアでは、ロシアのパスポート取得申請の受付が停止された。理由は説明されなかったが、クリミアの住民をロシア国民に変える作業は、一定期間を置いたあとで再開されるそうだ。白紙のパスポートが足りなくなったのか？　それとも仕事の量におそれをなして、モスクワの経験豊かなパスポート発行役人の上陸待ち、となったのか？　だがもしかすると、クリミアの希望者全員にロシア市民権を付与する作業の中止は、昨日のロシア上院での発言に象徴される、プーチンの懸念と関係があるのかもしれない。プーチンの昨日の発言とは、ロシア以外の国の市民権を持つロシア国民には、それがどこの国の市民権なのかの申告を法律で義務付けよう、というもの。ロシア以外の市民権を持っていることを申告しない場合は行政罰あるいは刑事罰の対象とすることを、プーチンは提案した。ウクライナでは二重国籍は禁止されているが、二つ目のパスポートを所持していることへの罰則は法律にはない。そこで、何人ものウクライナの政治家たちが、ウクライナの市民権の返上を望まないクリミアの住民に対して、ウクライナのパスポートを紛失したと警察に届ければいい、と知恵をつけ始めた。ロシアの国内旅券を受け取る際には、ロシア当局がウクライナのパスポートを没収するのだが、そうされるのを避けるためだ。

ロシア教育省は、「クリミアのロシア連邦への帰還」についてロシアの学校で特別授業を行う際の教員用の指導書を作成した。そこにはクリミアの略史は記されているものの、クリミア・タタール人について、スターリンによる彼らの強制移住についてはまったく記述がない。クリミア・タタール人は、ロシアにとってはまたしても存在しないのだ。ロシアのテレビ局のクリミアからのルポは、クリミア・タタール人にはひとことも触れていない。クレムリンは、強制移住からのクリミア・タタール人の帰還は違法とみなす、といった主旨の決定を準備していないか？

ウクライナとの国境付近でのロシア軍の作戦行動は続いている。夕方には列車で、ロシアの最新型戦車T‐90が運び込まれた。〔軍用の偵察・巡察車両に放送機能を付与した〕宣伝放送局ZS‐82も一〇台が国境付近に別途運び込まれた。タイヤで走行する装甲車に拡声設備をつけたこの手の宣伝放送局は、第二次世界大戦以降はほとんど使われてこなかった。それに第二次世界大戦中も、これを使ったのは主としてナチスドイツ軍であり、ソ連兵やソ連のパルチザンに投降を呼びかけるためだった。これらの車両がいつ製造されたのかは分からないが、四〇年以上前かもしれない。軍事車両の倉庫に「お蔵入り」になっていたのを、作戦行動のためにわざわざ蔵出しして、整備して、戦闘に近い条件でこれから使う、ということなのだろう。宣伝放送ステーションは最大六キロの距離までメッセージを届けることができる。メッセージとしてはボビンに事前に録音したものも使えるし、最大五〇〇メートル離れた地点から、有線での生放送も可能だ。つまり、朗読している声が最大一〇〇〇ワットまで増幅されるアジテーターは、車両から離れた茂みの中に隠れていてもいいのだ。車に砲弾が命中しても生き残れるように、つまり、声を失うことがないように。ロシアの司令部は、この軍用宣伝機器に声が乗る「アナウンサー」をどこでみつけてくるのだろうか？　ロシアの数あるテレビ局でだろうか？「プーチン万歳！派」の正しい愛国者なら、ロシアのテレビ局にはごまんといる。ロシアとウクライナの紛争をテーマにした昨日のトークショウで、ウクライナの政治家やリーダーたちを「さっさと射殺するよう」にロシアの指導部に呼びかけた、キャスターのセルゲイ・ドレンコのような連中が。

三月二九日　土曜日　ラーザレフカ

朝から太陽と冷たい風。北から吹いてくる風。ロシアの空挺部隊員を運んでこないことを祈りたい。ガビーに、ブルシーロフのバス停まで連れて行ってと懇願された。娘はバスに乗って、一人キエフに帰った。私たち抜きで、友人たちとの日々を満喫したいのだ。ブルシーロフでは焼きたてのパンと野菜を買った。体操をする代わりに、玉ねぎを植えるための畝を起こし、薪を割った。

ロシアは、クリミアで奪取した、ウクライナのたった一隻の潜水艦「ザポロージェ」をウクライナに返還することにした。黒海艦隊司令部の説明によると、ディーゼルエンジンの同艦は状態が悪い。艦齢四四、そしてこの二〇年間は航海に出ていない。潜水艦の乗り組み員は、ロシア連邦黒海艦隊で勤務を継続しようと提案された。彼らは航行しない一隻の潜水艦のかわりに、航行する、同じくディーゼルエンジンの潜水艦六隻を約束された。現在、サンクトペテルブルクの軍事造船所で建造中とのこと。つまりは、じきに黒海にはロシアの潜水艦がうようよするわけだ。イルカたちは遊泳区域が狭くなる。

これに加えてプーチンは、クリミアの軍事基地で奪取した、壊れた、かつ時代遅れの軍の装備・機器もウクライナに返却することにした。スクラップ金属は非常な高額で取引されているのだから、妙だ。ロシアは中国に売ってもよかったのに。もっとも、中国のスクラップ金属引取所にどうやってあれだけの量の装備と機器を持ち込むのか、確かに問題だ。

今日の最大の政治的出来事は、ヴィターリー・クリチコが、自分が率いるUDAR党の大会で、大統領候補としてのペトロ・ポロシェンコを支持すると宣言したこと。美しい、高潔なふるまいだ。クリチコ自身はキエフ市長選に名乗り出る予定。ソフィア広場ではバチキフシチナ党の集会が行われている。グルジアの前大統領サーカシヴィリおよび数名の、予想されていた面々の演説が終わると、ものすごく高いハイヒールを履いて足をやや引きずりながらユーリヤ・ティモシェンコがステージに登場〔小柄なティモシェンコは、どんなときにも高いヒールの靴を履くので有名〕、当然ながら、大統領選への出馬を宣言した。「二〇年後にはみなさんは違いが実感できます！」。ティモシェンコを熱愛するおばあさんたちは、彼女の炎のような、ただし若干古びた革命的な演説を聞きながら感涙にむせんでいた。ハリコフでは地域党の大会がジャーナリストたちをシャットアウトして開かれた。ゆえに、最初の情報は会場をあとにした党員たち、とくに党大会の決議に不満だった党員たちから入ってきた。党大会が地域党の統一大統領候補に選んだのは、前ハリコフ州知事のミハイル・ドプキン。この人選は地域党が惨敗するために仕組まれたものとしか思えない。なぜなら、下馬評に上がっていた者たち全員が、ドプキンよりは格が上だから。彼ら全員が、ドプキンよりは頭の出来もカリスマ性も「上」なのだ。地域党からの候補者になれると期待して、中央選管にいちはやく書類を提出していたセルゲイ・チギプコは、党大会の壇上から、私は出馬の取り消しはしない、あくまでも選挙で戦うと宣言した。地域党からはあと二人が、党に相談せずに中央選管に立候補を届け出ている。その一人はクレムリンのナンバーワン・エージェントのオレグ・ツァリョフ、党大会に顔も出さなかった。いずれにせよ地域党のこの大会は、歴史的な大会とみなしてよいだろう。元ウクライナ大統領ヤヌコヴィッチ、元首相アザーロフ、ヤヌコヴィッチの個人的な銀行家であり元副首相のアルブーゾフ、そして元税務大臣のクリメンコ、つまり元大統領のマフィア的な「ファミリー」全員が党大会で党を除名されたのだ。もっとも、これで党がクリーンになったと思っているのだとしたら、大きな間違いだ。

ウクライナ大統領になりたがっている者の数、すでに一七名。右派セクターのリーダー、ドミトロ・ヤロシもその一人。ヤロシはヤヌコヴィッチのガレージから奪取した車を乗り回している。こうなるとあまりに革命的だ。二月に元大統領のワードローブを奪取するや、ヤヌコヴィッチの背広を着こんだ革命家たちが右派セクターのメンバーではなかったことはせめてもだ。元大統領の元邸宅から、大きすぎる背広を着て出ていく革命家たちをこの目で見られなかったのは残念だ。ヤヌコヴィッチは大型の大統領だった、肉体的に大型だった。スーツやジャケットはすべて誂えものだったのだろう。仕立て屋を探し出して話を聞いてみたいものだ！　大統領の全身を巻尺で測るのはどんな気分か知りたいものだ！

確かに、カーニバル文化は、イタリア同様、ウクライナでもあらゆるところに浸透している。ただ、ウクライナのカーニバルは、いつも少しだけ、あるいはかなりアナーキーかつ制御不能になる。

夕方は、マイストルク夫妻が夕飯を食べに来た。アンドレイ・マイストルクは、ウクライナの公共テレビでロシアの俳優アレクセイ・パーシンのインタビューを見たことを話してくれた。「側近の誰かがプーチンを背後から撃ち殺さないのが理解できない。だって、プーチンはロシアを奈落に突き進ませているんだぜ！」、大胆な発言だ。パーシンの両親はウクライナのザポロージェに住んでいる。彼は里帰りした折に公共テレビのインタビューに応じた。こんな発言をしたからには、ウクライナに残った方がいいのではないか？　アンドレイとリューダが土産に持ってきてくれた桑の実ワインを飲み、カレーと、私が先週持ち帰ったフランス産のチーズを食べた。二人を庭木戸まで見送って、みごとに煌めく星がちりばめられた濃紺の空を堪能するためにしばし立ち止まった。空は素晴らしかった。夕方になって気温が下がり、再び険しい北風が吹いていたのだが。

三月二一日　月曜日

一人でロンドンにやってきた。ラーザレフカでは昨日リーザが玉ねぎを植えたが、植えるのが間に合わなかったものがまだたくさんある。息子たちはほぼ一週間、私とリーザは四日間、ラーザレフカで、田園での作業と休息を満喫した。続けて滞在できればもっと楽しかった、今は、自然が息を吹き返している、まさにその時なのだから。朝には鳥がさえずり、雄鶏は太陽が嬉しくてしかたがないらしく、一〇時なってもコケコッコーと鳴きやまない。だが昨日の午後四時に私たちはキエフの家に着いた。夕方は歩いてポドール地区のエリク（フランスの外交官）宅に行った。もてなし上手のエリクが考案したカクテル「自由なクリミア」――シャンパン、ザクロジュース、コニャック「コクテベリ

〔クリミア東部の海岸の町。ワインとコニャックの工場がある〕」、そしてコリアンダーの葉が少々。本来はクリミア産のシャンパンを使わなくてはならないのだが、手に入らず、フランス産で我慢した。マスロボイシチコフ夫妻（セルゲイとアーラ）、そしてドキュメンタリー映画作家のスヴェータ・ジノーヴィエワも招かれていた。三時間がマイダンの思い出話で過ぎた。タクシーで家にたどり着いたのは真夜中過ぎ。朝の七時には空港行きのタクシーに乗った。道中、運転手と二人でティモシェンコを貶し、ポロシェンコを褒めた。正義、そして公正・公平とは何かという話になった。運転手は、銃殺の夜――二月一八日から一九日にかけての夜――に何件かの予約が入り、どうみても悪党の、キエフ市民でないことも明らかな若造たちを、一番高いレストランやクラブに送り届けたことを話してくれた。

映画監督で舞台の演出家でもあるセルゲイ・マスロボイシチコフは、〔二月一九日に〕ヴェースチ紙の記者ヴャチェスラフ・イェレメイが殺される直前に、ウラジーミルスカヤ通りとボリシャヤ・ジトーミルスカヤ通りの角の火の見櫓のそばを通った、と話していた。そこには野球バットを手にした数百人のチトゥーシキがいた。マスロボイシチコフは連中の脇を通った。ウクライナの国旗も、その他のマイダンの印も身に着けていなかったので、連中はセルゲイには手を出さなかった。〔一〇〇メートルほどして〕ルイリスキー横丁へと右に曲がると、四人の若い自衛団員に出くわした。チトゥーシキと「決着をつけに行く」と言う。彼らはマスロボイシチコフにウクライナ語で尋ねた、「チトゥーシキはどこだ?」。マスロボイシチコフは彼らを制止して、チトゥーシキは何百人もいる、と言った。自衛団員たちはプランを変えて、ルイリスキー横丁を戻ってストレレツカヤ通りに曲がって行った。三分ほどすると、こんどは一〇人の自衛団員に出くわした。やはりチトゥーシキを探していた。マスロボイシチコフは彼らのことも制止して、状況を説明した。一〇人はさきほどの四人の行方を尋ねた。マスロボイシチコフはストレレツカヤ通りに行ったことを教えてやった。あとになってマスロボイシチコフが知ったのは、イェレメイ記者がタクシーの中からチトゥーシキの写真を撮ろうとしたことだ。だからイェレメイ記者は車から引きずり出されて殴られ、胸を撃たれたのだ［タクシーに同乗していた「ヴェースチ」社のIT専門職員、そしてタクシーの運転手も車から引きずりおろされ、殴られたが、発砲はされず、生き延びた］。

四月一日　火曜日

キエフでは新たな革命的スキャンダルが発生した。内務大臣アルセン・アヴァコフの車列を追跡したジャーナリストたちが、大臣の車列が市内の道路を時速一八〇キロで疾走し、警護の車が、車列の邪魔になっている車を追い出す様をビデオに収めた。

昨日、右派セクターの兵士の一人が、国民自衛団の戦士と喧嘩をした挙句、なんと独立広場で、酔ったあげくのカラシニコフ銃連続発射をやってのけた。自動小銃の連続発砲音を聞いた街は恐怖に凍り付いた。キエフの臨時副市長を含む三名が負傷した。国民自衛団員の若者のケガが一番ひどかった、自動小銃の弾は左右の肺を射抜いた。発砲した右派セクター員はドニプロ・ホテルに身を隠した。マイダンから三〇〇メートル、ヨーロッパ広場に面したドニプロ・ホテルは戦闘集団右派セクターの本部兼基地になっていた。発砲騒ぎに駆けつけた警察はホテルを包囲すると、武装解除と犯人の引き渡しについて右派セクターと折衝を始めた。発砲した男は逮捕された。数時間続いた折衝ののち、約二〇〇名の右派セクター員はホテルを引き払った。防水布にぐるぐる巻きにした、武器に似た長い何かを含む荷物を運び出してトラックに積むと、警察車両に伴走されて走り去った。右派セクターは武器はホテルに残していった、警察は早々とこう発表したが、信じた者は少なかった。公式情報では、右派セクターはキエフ州内のピオネールキャンプ〔少年少女の長期滞在用の宿泊施設〕に移った。

地区当局は、ドニプロ・ホテルの隣のグルシェフスキー通りのバリケード撤去について自衛団員たちと話をまとめようとした。バリケードのまわりでは、複数の「百人隊」が当番をしているのだが、彼ら同士では話がまとまらないのだそうだ。当初彼らは、「天の百人隊」の戦死から四〇日経った時点で、車両が自由に通れるようにバリケードを撤去すると約束した。でも今の彼らにはその気がない。秩序を回復するためにキエフ市当局がトラクター二台とトラック一台を送り込んできた。自衛団員たちと紛糾した挙句、一台のトラクターの運転手は運転席から追い出された。自衛団員たちは蜜に群がる蠅のようにトラクターに鈴なりになり、クレシチャチクをドライブと決め込んだ。アナーキーのテリトリーにはいまや苛立ちを覚える。だがこの予感は私には一ヶ月前にすでにあった。革命家たちを正常な生活に戻すのはとても大変だ。どうやれば平和裡にそれができるのか、今それを知っている者はまずいないだろう。だがマイダンの人々に向けての政府の言葉は次第にきつくなっている。「誠意ある『マイダンの人々』は国民軍に入ったか、自衛団員として、国の東部と北部のロシア国境に行っている」と内務大臣のアヴァコフ。「キエフに残ったのは、祖国を守る気がない者と、国境に行くのが怖い者だ。国境地帯には現実の危険があるからね」

ドネツクではセルゲイ・タルータ知事が、違法な立坑の所有者たちに、合法化するために一ヶ月の猶予を与えた。なんとドネツク州には、炭鉱労働者たちが死の危険と背中合わせに仕事をしている立坑（ウクライナ語で「コパンカ」）が一六〇以上あるのだ。去年は一五〇名以上がそういった「コパンカ」で命を落とした。労働者たちが危険な仕事を引き受けるのは、石炭を採掘する報酬が毎日現金で支払われるから。当然ながら、正式な採用手続きなどはいっさいない。立坑の持ち主が働いている労働者の名前を知らないこともざらだ。「コパンカ」で落盤事故が起きて炭鉱労働者が死んでも、探すのは犠牲者の家族だけ、ということになる。「コパンカ」の持ち主は跡形もなく消えてしまう。

国会は今日、非合法の武装集団の即時武装解除を決議した。ただの犯罪者、革命家、逮捕される現場で殺されたサーシャ・ベールイのような革命的無法者、すべてが対象だ。

クリミアのヤルタで、キエフから逃亡した裁判官ロジオン・キレーエフがみつかった。かつてユーリヤ・ティモシェンコの逮捕令状を出した男だ。

大統領選挙への準備は少しずつテンポがあがってきている。かつてはヤヌコヴィッチが率いた地域党の大統領候補ミハイル・ドプキンは選挙公約を発表した。自分も最近まで分離主義者であったのに、現役のウクライナの分離主義者たちをルンペン呼ばわりしている。このまま事態が進むなら、地域党は共産党と「ウクライナ最良の愛国主義者」の座を争うことになるだろう。

多くの社会活動家が、ティモシェンコに大統領選挙への参加を辞退するように呼びかけているが、彼女は反応していない。おそらくこのまま突き進むのだろう。それは民主派内部での新たな分裂と分断を引き起こしかねない。特に、選挙キャンペーンが始まってから、ティモシェンコがペトロ・ポロシェンコを批判したり、中傷したりしだすと。充分にあり得る事態だ。

ロシアのメドベージェフ首相がプーチンに先んじてクリミアにやってきて、開口一番、ロシアから毎日、保養客を乗せた飛行機三三機を送り込む、と約束した。なぜ、三三機なのか？　ロシア正教と関係があるのか？　イエス・キリストが生きた一年あたり一機という意味なのか？　アエロフロートはすでに、クリミア便のチケットを値下げして、本数を増やすと発表している。次は、飛行機を誰かでいっぱいにしなければならない！　クリミア便の料金を安くしたことによる損失の補償として、ロシアはウクライナ向けのガス価格引き上げを発表した。今日から、ガス価格は四三パーセントアップした。なぜこの一〇年で「ガス」はロシアの同義語となったのか？　オレンジ革命当時は、「モスクワはガスプロムの首都」、「ロシアとは、ガスプロムという名の国家が樹立された場所にかつてあった国である」といったジョークさえあった。古の慣用句〔プーシキンの長編詩『ルスランとリュドミーラ』（一八二〇年）の序章の一節〕「ここにロシアの魂あり、ここにロシアのにおいあり」は完全に別の意味を持つにいたった。

四月二日　水曜日

昨日ティモシェンコは、大統領選への立候補を取りやめはしない、ポロシェンコのことは、いつも彼の会社のチョコレートやキャンディを買うことでサポートしている、と表明した。昨晩私は怖い夢を見た——ある夜、ティモシェンコ大統領の命令によりウクライナ全土で右派セクターメンバーの一斉逮捕が行われた。逃げおおせたメンバーはパルチザン闘争を展開すべく森に逃げ込む。おまけに、二〇〇四年版の憲法に戻ったにもかかわらず、なぜかティモシェンコ大統領の権限はヤヌコヴィッチ並みで、首相は彼女の意向をおとなしく実行に移すだけの存在で、名前もなく、ティモシェンコの「ちょっと！」の一言で振り向く。

今朝もまた、ティモシェンコの政党バチキフシチナから現職の国会議員が脱退した。今回は最も有力な党員の一人、ミコラ・トメンコ。ティモシェンコの大統領選出馬決意と私の党籍離脱を結びつけないでほしい、とトメンコは言うが、これを鵜呑みにする者はいない。

オデッサでは昨日、「笑いの言葉は万国共通！」のスローガンのもと、ユーモアの祭典「ユモリーナ」*が開催された。「ミュージアムねずみ」、つまり、博物館と美術館の職員たちの記念碑の除幕式があった。黄金のピラミッドを担ぐ三匹のねずみ、という図。

昨日ロシアは、ベラルーシの首都ミンスクで四月四日に開催が予定されていたウクライナとの会談を拒否した。戦争は続いているのだし、五月二五日に〔ウクライナの〕大統領選挙が行われるまでは、あるいは、ロシアがウクライナの大統領選挙の実施をまったく不可能にしてしまうまでは続く。

ロシアのメドベージェフ首相は、モスクワにクリミア省を設置すると表明した。クリミアでは今日明日にでも、車のナンバープレートのウクライナナンバーからロシアナンバーへの切り替えがはじまるそうだ。ウクライナのクリミアナンバーのプレートをつけた車に乗りたいという人間にはどのような罰金・罰則が科せられるのだろうか？

内務省は、「ヴェースチ」紙のヴャチェスラフ・イェレメイ記者殺害の第一容疑者は三月二一日にすでに逮捕済み、と発表した。だが、氏名も素性も発表されなかった。

*ユモリーナ　オデッサで毎年四月一日、つまり、エープリルフールに開催されるユーモアの祭典。オデッサはいつの時代も自他ともに認める「ユーモアの都」であったし、今もそうだ。「オデッサ発の小話《アネクドート》」は枚挙にいとまがない。

四月三日　木曜日

夕方、レストラン「バッカス」に顔を出した。オーナーのサーシャ・サフチェンコが、私は初めて会う若い女性を連れて、すでに席についていた。彼女はハリコフのファッション・フォトグラファー、ノンナ。話題は右派セクターだった。サフチェンコの右派セクター熱は、ドミトロ・ヤロシとワレンチン・ナリヴァイチェンコの旧友関係が浮上して以来、急速に冷めている。時を同じくして右派セクターとロシアの連邦保安庁との関係も取りざたされるようになったが、これは、先日殺害されたサーシャ・ベールイのような右派セクターメンバーの活動を、ロシアが反ウクライナ・プロパガンダの題材に多用しているからだ。なにはともあれ、サフチェンコはヤロシとはもう会っていないし、右派セクターメンバーに経済の講義をするのも止めた模様。だからこれからは、その講義の様子やヤロシの人となりについて、もっと詳しい話を聞かせてくれとサフチェンコに迫ることができるだろう。サフチェンコが考え出した政党「プラーヴィエ（「右派勢力」とも「正義の人々」ともとれる）」は、結局、正規の登録はされないままだ。その代わりにサフチェンコが現在取り組んでいるのが政党「SICh（正義と誠意）」というプロジェクト。新党の設立メンバーにはエフゲン・マルチュク（一九九一年～一九九四年ウクライナ保安庁長官、一九九五年～一九九六年ウクライナ首相）と元ウクライナ保安庁長官イーゴリ・スメシコが名を連ねている。

二日前にマイダンで右派セクターの戦闘員に撃たれた青年が収容先の病院で死亡した。革命家たちが革命が終わった後に家に帰っていれば、こんなことは起きなかった。革命家たちの武装解除を現状よりもずっと積極的に行うことを避けている、あるいは恐れている警察の消極性が、新たな犠牲者を生み出しはしないかと心配だ。

いまだにテントで寝起きしているマイダンの人々はアクション（傍点）を欲している。武器を持っているなら、なおさらだ。ピストルを二、三発撃つか、自動小銃の引き金を一度引けば、ウクライナの状況をすばやく改善できる、そう思っている連中がいることは確かだ。

四月四日　金曜日

一一時にソロス基金の「人道的正義」イニシアチブのスーパーヴァイザリー・ボードの会議に出席した。「マイダン」の時期に被害を受けた人たちからの申請書や書類に目を通した。治療費を複数の組織やファンドから同時に受け取ろうとした被害者がいる、という不快なケースについても話し合った。被害者支援を行っているファンドはいくつもあるのに、それらが負傷者と被害者の統一データベース作りを拒否しているのは残念だ。統一されたデータベースができれば、治療をすでに受けているのが誰で、治療費をすでに受け取っているのが誰で、そしてまだ受け取っていないのは誰なのか、一目瞭然なのに。被害者のうち、一七〇名が現在国外で治療を受けている。治療費が一人あたり数万ユーロになっているケースもある。特にイスラエルの医療機関の治療費が高額だ。リトアニアとポーランドは負傷者を無料で治療している。ウクライナの複数の軍病院および内務省病院の指導部は私たちの支援を断っているが、被害を受けたある警察官の妻が直接申請してきて、私たちは必要な薬代を支給した。ルキヤーノフカ地区にある内務省病院の集中治療室にはベルクト隊員二名がこん睡状態で収容されている。うち一人は頭に弾が二発入ったままだ。だが病院指導部は、治療に必要なものはすべて揃っていると言う。

ドネツク、ハリコフ、ルガンスク、この三つの都市の親ロシア集会でもすでにけが人が出ている。その人たちも基金に支援を求めてくる。

ソロス基金に集まった三一二万九〇〇〇フリヴニャ（三一万二〇〇〇ユーロ）のうち、約一五〇万フリヴニャはすでに支給済み。合計一五八名の被害者が治療を受け、うち五六名はすでに退院しており、治療費あるいは人工四肢などの費用は基金が支払い済みだ。

だが、基金単独では解決できない問題もある。アフガニスタン戦争にも従軍した五一歳のワレーリー・フィスンのケース。目と肋骨のケガの治療費は基金が支払った。だが彼はクリミア出身で、必要書類はすべて家にある。クリミアに戻ることはできない、クリミアの自宅にはクリミアの警察がすでに何度か彼を探しに来ているからだ。いまのところマイダンのテントで暮らしている。マイダンのテント村が解体された時には、彼はどうなる？　フィスンが抱えてしまったような問題を誰が解いてくれるのか？　これからどこに住めばいいのか？　証明書類の再発行はどうなる？

ソロス基金でのミーティングが終わって歩いて帰宅する途中、レイタルスカヤ通りとウラジーミルスカヤ通りの角の魚料理専門レストランの前にさしかかった時、迷彩服に迷彩ベレー帽の若い男が私の目の前に現れた。ジャンパーの裾からは、おそらくベルトに留めてあるのだろう、本物の山刀《マチェーテ》の長い光る刃がのぞいていた。自分の行くべき場所がどこなのかを正確に知っている人間特有の、確固たる足取り。微動だにしない険しい表情のせいで、彼は若きチェ・ゲバラにも、精神を病んだ者にも似ていた。彼を立ち止まらせて、「兄弟、君はどの百人隊の所属なのかい？」と尋ねたいとの誘惑に一瞬駆られた。でも私はそれをしなかった。理由はいくつかある。その一、彼の歩みはあまりに速く、見知らぬ「私服」としゃべるために立ち止まる気は明らかになさそうだった。その二、マチェーテの鋼鉄の刃が放つ冷たい光。第三、私の質問は明らかに挑発的だった、なぜなら、男の迷彩服にはマイダン自衛団の百人隊に所属しているという印も、他の組織・団体への所属マークもなかったから。革命的シュールレアリスムや強かるべし。いまやかなりの数の妙な連中が「革命の一員」になっている。その一部はただの刑事犯で、右派セクターの名を騙って商店や、ウクライナ南部の農場を襲っている。ドニエプロペトロフスク州では警察の特殊部隊が、小さな町や村で強盗をはたらいている似非右派セクターの徒党を一日五集団、六集団と捕えている。いまでは警察の特殊部隊は、起こりうる犯罪現場のなるべく近くにいるべし、と大きな農場に寝泊りしている。迷彩服に銃を持ったならず者たちおおよそ二〇〇人がすでに逮捕されているが、右派セクターの本物のメンバーはその中には一人もいなかった。

四月五日　土曜日

今日はガブリエラの誕生日。一七歳になった。晴れた朝、きっと昼間も晴れだろう。ケーキとお祝いの席の食品代として、娘に一二〇〇フリヴニャ渡すことを決めてある。その予算とは別にシャンパンを二本と、カクテル用のリキュールを一本買う予定。ガブリエラは今日初めて、ラジオパーソナリティ養成講座に出る。高くつく子供だましなのは分かっているが、受講すればガブリエラにだって、自分の将来について少しは具体的な考えが浮かぶかもしれない。せめて、「これは将来絶対にしない」のが何なのかを分かってくれないだろうか?! 昼食の後でガブリエラは我が家に友人たちを集めて「朝まで」祝うそうだ。みんなに楽しんでもらうにはどうすればいいのか? と私たちの意見を聞いてきた。カラオケ大会と他にも何かゲームをしたらいいんじゃない? となった。一つだけお願いがある、と私は娘に言った、友達とベランダに出て手すりに腰かけるのだけはやめてくれ。なんといっても我が家は四階だ、それに下の階のアレクセイから、ガブリエラが手すりに腰を下ろしているのを数度見ている、と忠告されている。

昨日右派セクターが、四月五日をキエフ中心部のバリケードを撤去する「スボートニク（奉仕労働の土曜日）」にする、と唐突にも発表した。キエフ市民は活気づき、準備を始めた。だが、夕方近くに右派セクターの代表が確認の発表をした——人的要因によるミスが起きたため、土曜日に行われるのはバリケードの撤去《ウボールカ》ではなくて、バリケードが築かれている地区でのごみ掃除《ウボールカ》と整理整頓。バリケードは少なくとも五月二五日の大統領選挙投票日までは残しておく、なぜなら革命いまだならず、「マイダン」は臨時政府とその行動をコントロールできる唯一の機関であるから。

スボートニクは成立した。市がよこした数台のトラックにマイダンの人々とキエフ市民が、半日がかりでゴミを積んだ。市民の多くは幼い子供連れの家族単位で来た。学齢前の子供たちは、掃除する親を手伝いながら、大きな声でロシアの侵略とクリミアの占領を話題にしていた。どの出来事もじきに学校の歴史の教科書に載るだろう。私はその光景を想像してみた。

だが、学校の歴史の教科書には、いまのところはまだ起きていない出来事も載るのではないか、と私は危惧する。社会全般の緊迫感は今も残っている。犯罪が増えて日常生活の安全と安心の度合いが悪化したからだけではない。犯罪の増大という波はキエフにまで到達した。私の両親が住んでいるセミレンコ通りの集合住宅のエントランスで、先週、実業家一家が強盗に襲われた。五〇代の一家の主はひどく殴られて、収容先の病院で出血多量で亡くなった。我が家から程近いネクラーソフ通り八番地のアパートでは、同じ階段の四軒が同じ日に空き巣にあった。私とリーザは、知らない人間には、相手が何を言おうと決してドアを開けてはいけない、と毎日子供たちに言うようになった。ガスメーターのチェックです、書留郵便を持ってきました——ドアをノックする人間は何を言うか分からない、それでも絶対にドアを開けてはいけない。危ないから。

ロシアとの国境に近い東部ウクライナでは不穏な状況が続いている。今日、四月五日の土曜日、ドネツク市では六〇〇人ほどの親ロシア派がロシア国旗を掲げて、半日かけて市内を行進し、住民投票の実施を求めた。アゾフ海沿いの大きな工業都市マリウポリでは親ロシア派が市の検察を襲撃してなだれ込み、中をめちゃくちゃにした。警察は一人の身柄拘束も行わなかった。だが市警のトップはこう発言した、「我々は状況をトレースしており、誰が犯罪を犯しているのか記録している。後日、騒ぎの首謀者と活動家を拘束するつもりだ」。「後日」ということばは若干不安にさせる。なぜならこの地域では昨日、ウクライナ保安庁が、ウクライナ領内にカラシニコフ銃三〇〇丁、グレネードランチャー一丁、それ以外にも多くの武器を持ち込んだロシア国籍の一五名を拘束したばかりなのだ。武器は押収され、破壊工作者たちは逮捕された。ロシアは直ちに、モスクワで右派セクターのメンバー二五名の身柄を拘束したと発表した。だがのちに、拘束された全員が西ウクライナのザカルパチエ出身の、建設現場で働く出稼ぎ労働者であることが判明した。だがロシアにとって彼らは、あくまでも「ウクライナの急進派」なのだ、互いにウクライナ語で話しているのだから。

戦争はもう一つの、見えない前線でも続いている。先週の金曜日、キエフからさほど離れていないチェルカスィ市で、ジャーナリストでありマイダンの活動家であるワシーリー・セルギエンコが何者かに拉致され、拷問を受けた後に殺された。

クリミアでは、ロシア市民権を取得したくない者に対するロシアの政策が発表された。四月一八日までに四つある移住センターに出頭して、ロシア市民権を拒否する旨を申請すべし。それをしなかった場合は、四月一八日に自動的にロシア市民とみなされる。申請した場合は外国人とみなされ、クリミアに滞在して、つまり自分の家、故郷に滞在して九〇日後にクリミア半島を離れねばならない。そのあとで、ロシア連邦の規則に沿って、「外国人のための在留許可」取得手続きを開始できる。もっとも、移住センター（半島の中心部、シンフェローポリ付近に偏在している）では、ロシア市民権拒否申請はいまのところ受け付けていない。ウクライナ国民であり続けたいという希望者を特別のリストに記入するだけだ。リストに書き込まれた人々がこの先どうなるのかは不明。明らかなのは、占領下のクリミアにおいてウクライナ市民であり続けることは難しいだろうし、おそらく、危険だということ。ちなみに、ロシアは二重国籍を認めているのに、クリミアに住む人々にはこの権利は与えられない。ロシアのパスポートを申請するにあたっては、ウクライナ国籍の放棄を書面で行わねばならない。

夕方、リーザ、テオ、アントンの四人でラーザレフカに着いた。着いた後も二時間ほどは太陽が空にかかっていた。隣のトーリャが小粒のジャガイモをバケツ四杯分けてくれたので、テオとアントンと三人で、暗くならないうちに畑に植えた。明日の朝にはやり終える。

キエフの家から中華鍋を持ってきたので、夕飯は私が野菜と七面鳥入りの中華風スパイシーヌードルを作った。キエフからデザート用の甘いものを何も持ってこなかったのが残念だ。

四月六日　日曜日

日曜日、寒いがよく晴れた朝。冷え込んだ空気に鼓舞されたのか、ラーザレフカ村の雄鶏たちはいつもより早く鳴き出した。だが私は連中よりも早く、朝の六時に起きた。ジャガイモの植え付けを続けた。四列目を終えたところで、お隣のペトロ爺さんがやってきて、植え付け用のじゃがいもをあと一袋お宅に進呈したい、と言った。テオと二人で爺さんの家に行ってもらい受けるしかなかった。でも植える時間はもうなかったので地下室にしまった。二週間後に植えよう、復活祭の前に。

今日、ロシアのマスコミはアルチェフスク〔ルガンスク州の冶金業が中心の工業都市〕での集会の様子を報道した。一六〇人ほどの酒の入った活動家もどきが「ロシアの春」という名前の集会に出てきた。彼らは国有化（何の国有化なのかは理解できなかった）と社会正義を要求したあと、フランス国旗を掲揚した。ロシア国旗をよく知らなかったのだろう、使われている色はフランス国旗と同じだし。そのあと解散、となった。

マイダンの人々が撃ち殺された日々にキエフに滞在していた、ロシアの連邦保安庁（FSB）、ロシア連邦軍参謀本部情報総局（GRU）その他の邪悪な事業の専門家たちの完全な名簿がネットに出た。連中の一部は、市の南東部のコンチャ＝ザスパ地区にあるウクライナ保安庁の施設に寝泊りし、他の者たちはホテルに宿泊していた。合わせて数十名で、うち将官が数名、大佐は多数。ロシアのラブロフ外相は、沿ドニエストル、アブハジア、南オセチアの「専門家・アドバイザー」を含む、これら諜報員と騒乱の専門家たちがキエフに滞在していたのは、ロシア大使館保護のためだった、と説明した。もっとも、誰一人として大使館には居住していなかったし、大部分は、大使館を一度も訪れていなかった。

四月七日　月曜日

朝、子供たちを学校に送るとすぐに実家に向かい、母を病院に連れて行った。心電図をとり、血液検査をして、二時間を病院で過ごした。母を家に送り届け、家に戻って仕事をした。ニュースを気にしつつ、夕方まで仕事。ルガンスクでは連邦保安庁支部が占拠されたまま。当局は同ビルの電気と水を止めた。ドネツクでもいくつかの建物が占拠されたままだ。

夕方、プレミエル・パラツ・ホテルで「フランスの春」フェスティバルが開幕。フランス大使館主催で毎年開催されているフランス文化と芸術のフェスティバルは今回で一一回目。リーザと一緒に出席して、映画界の旧友多数と再会した。エリク・トサッティ、駐ウクライナ・フランス大使アラン・レミ、そしてドイツ大使と話をした。明日全員を我が家の「ワインとチーズ」にお招きした。フェスティバルに参加するためにキエフにやってきたフランスの作家たち、そしてウクライナの作家たちも来る予定。ワインを買い足さねば。

明日は国際ブック・フェスティバル、第四回「本の宝庫《アーセナル》」が開幕する。そして私はフランス大使からレジオンドヌール勲章を授与される。これを記念してワインがどれだけ飲めるのか、想像もつかない。おまけに、客人の大部分はフランス人ときている！

四月八日　火曜日

朝の小雨は朝の太陽に代わった。二階の住人のリフォーム工事はまだ続いていて、開けたベランダのドアから、ドリルだか穿孔機だかの音が聞こえてくる。

分離主義者とロシアからやってきた彼らの同調者たちがウクライナ保安庁州支部の建物を占拠したルガンスクからのニュースは流れてこない。保安庁の建物には、以前に分離主義者から押収した武器と、保安庁職員の武器も保管されているので、当然それらの武器も分離主義者たちに押さえられている。ウクライナ東部の政府による反テロ作戦は昨日ようやく始まった。ハリコフでは州の行政府の建物と、地元テレビ局とテレビ塔が一日の間に二度、分離主義者たちから解放された。七〇人が身柄を拘束されたが、おそらくすぐに釈放されるだろう。ドネツクでは今も分離主義者たちがウクライナ保安庁の建物を占拠している。彼らは武器を持っている。交渉は昨日から続けられているが、結果はいまのところ出ていない。リナート・アフメトフが折衝を行っているので、すべてはアフメトフが承知したうえで進展しているのだろうと考えてしまう。アフメトフは分離主義者たちに、当局との交渉役数名を決めるように、と呼びかけた。私は抗議をする人々を支持しているし、当局がウクライナ保安庁ビルの襲撃に出た場合、私は国民とともに、つまり、分離主義者たちとともにある、と言った。戦闘員の誰かが「俺たちは誰に投票すればいい?」と問うと、アフメトフは答えた、「地域党だ。地域党は存在しているし、これからも存続する。私も地域党員だ」。薬物依存者と中小事業者が住み、マフィアに仕切られた、波風の立たない港湾都市ニコラエフでも、州の行政府を奪取しようとの試みがなされた。だがわずか数十名による試みだったので、行政府の防衛に駆けつけた市民に撃退された。一〇人が重軽傷を負い、うち一人(行政府を防衛した市民)は銃によるけがだった。警察は分離主義者たちのテントから数十点の棍棒、ピストル、ライフルを押収した。ドニエプロペトロフスクでは襲撃事件はなかった。オデッサでは分離主義者たちが行政府に向かったものの、途中で考えを変えた。

昨日はロシア連邦軍参謀本部情報総局（GRU）の将校ロマン・バンヌィフが身柄を拘束された。バンヌィフはドネツクとルガンスクの分離主義者たちの行動を電話で采配していた。ウクライナ保安庁は、バンヌィフと分離主義者たちの電話での会話をネットで公開した。

ウクライナの臨時外相アンドレイ・デシッチャはロシアのラブロフ外相と電話会談を行った。ラブロフは、分離主義者たちをいじめるな、分離主義者に対して力を行使するな、当局は彼らの「当然の適法な要求」に反応せよと求めたのだ！

時を同じくして、キエフはクリミアの刑務所からウクライナの囚人を引き取ることに合意した。ロシアはクリミアの薬物依存者をロシアの診療所で治療すると約束した。クリミアの住民がロシアのパスポートを受け取るのは依然として問題続きだが、クリミアにある三〇〇点以上のソ連時代の記念碑や銅像はロシアのパスポートを受け取った。つまり、ロシア連邦の記念碑および名所旧跡として正式に登録された。その大部分は第二次世界大戦ゆかりのものだ。ロシアとしては、クリミアのソ連時代の記念碑へのパスポート支給は、住民への交付に優先されて当然なのだろう。それも理解できる、住民の誰もが記念碑建立に値するわけではないが、記念碑はすでにそこにあるのだし、向こう幾年月も、もしかすると永遠に、そこに存在し続けるのだから！

四月九日　水曜日

昨日、私たちが「本のアーセナル」フェスティバルを開幕し、私が駐ウクライナ・フランス大使アラン・レミの手からレジオンドヌール勲章を授与されていたころ、ルガンスクでは分離主義者たちに占拠されたウクライナ保安庁の州支部をめぐる状況が緊迫の度を強めていた。分離主義者たちは一〇〇〇点以上の銃火器を持ち、五〇人以上の人質を取っている。カラシニコフ銃多数、グレネードランチャーまである。ウクライナ保安庁の武器弾薬庫を奪取したからだ。携帯電話で始終ロシアと連絡を取っている。指示はロシアから来るのだ。

保安庁の建物を占拠した者たちは、ルガンスク州内の同調者たちと電話で連絡しあっている。会話の一部は保安機関が盗聴している。それで分かったのは、ロシア軍は昨日の朝五時にウクライナ領内に侵入する用意ができていた、ということ。ロシアにいるコーディネーターたちは、いくつもの具体的な野中の道の名前を挙げて、国境警備隊員たちを無力化するように分離主義者たちに要請していた。ロシア軍の将兵を投入し、ルガンスク市に突入させて、ウクライナ保安庁のビルを占拠した連中を支援するためだ。だが、ルガンスク州との国境において、ロシア軍部隊が編成替えをしたことが確認されたにもかかわらず、ロシア軍はウクライナとの国境を越えなかった。この地区ではウクライナ側の国境警備が、他の複数の州から転進してきた軍の部隊によって強化されていたからだろう。だがロシア軍の攻撃はいつあってもおかしくない。ウクライナ保安庁を占拠した者たちは投降する気も、武器を引き渡す気もない。連中は、テレビで放映されることを意図して、安手のハリウッド映画を彷彿させるビデオメッセージを作った。迷彩服に覆面、一人一人が複数の武器を肩にかけ手に持って並んだ男たちの口から出た一番重要なメッセージは「地獄にようこそ!」。いまのところ、連中との交渉は遅々として進まない。だが人質（ウクライナ保安庁の将校たち）の大部分は建物の外に出してもらえた。ここまでくると、残念だが、撃ち合いと犠牲者なしではすまないと思う。

ドネツクでは状況が少しだけよくなった。ウクライナ保安庁の州支部を占拠していた連中は、武器を持たずに出て行った。ドネツク州の行政府は占拠され続けている。行政府の建物はここでもバリケードと車のタイヤで囲まれていて、占拠者たちは定期的にタイヤを燃やす。分離主義者たちは、火炎瓶の備蓄ならたくさんあると誇らしげだ。ニコラエフでは事態は落ち着いた。オデッサも同様のようだ。

クリミアではロシア軍の軍曹が、ウクライナ軍の丸腰の少佐に銃を連発した。少佐は軍務を継続するためにウクライナの大陸部に移ることになっていた。今日ベルジャンスク（ウクライナ、ザポロージエ州の都市）で葬儀が営まれる。彼を殺したロシア軍のザイツェフ軍曹は告発さえされていない。いまでも自由の身だ。じきにクリミアでは、ロシアのパスポートを持ちたくないという市民の殺害は犯罪とみなされなくなるのだろう。

キエフにいる身には、上記すべては地球儀の裏側で起きているように感じられるのだから、いかにウクライナが大きいことか!

昨日は私の叙勲を我が家でほぼ真夜中まで祝った。従兄弟二人とその家族、カプラーノフ兄弟、私の本を出してくれている出版人が三人、フランス大使、ドイツ大使、フランスの外交官数名、ブックフェアのために我が国にやってきたフランスの作家たち、そしてこの人たち以外の友人たち。誰もがマイダンを話題にして、いろいろなエピソードを互いに披露しあった。

四月一〇日　木曜日

ウクライナでは、疑似軍隊化した親ロシア勢力による混乱と混沌が続いている。どうやら最後通牒の期限は過ぎたようだ。ウクライナ保安庁を占拠した連中には刑事罰を適用しないことと恩赦が約束された。連中はウクライナ保安庁を占拠して、武器を我がものにしたというのに。そもそも、武器を持って占拠を始めたに違いないと私は考えている。もしも連中が今、恩赦を受けて自由放免となれば、今後は別の場所に集結して同じことを繰り返すだろう。この連中の個人情報を書き留めて写真を撮り、住所と顔写真入りの「プーチンのエージェント・リスト」を作って周知させるべきだ。軍の部隊がブロックされる事態も続いている。大統領選挙の前哨戦では、親ロ派候補ナンバーワン〔オレグ・ツァリョフのこと〕が昨日、南部の港湾都市ニコラエフで、意外なことにも顔面パンチを食らい、高級なスーツに青チンキをかけられた。おまけにニコラエフ市民は、この候補者をロシアのスパイ呼ばわりする始末、ホスピタリティのかけらもない。同様の不快な思いしたのは、地域党の統一候補ドプキン。おなじく、南東部でマヨネーズをかけられた。血中のコレステロール値をあげるマヨネーズは、ドプキンにしろ私にしろ、一定以上の年齢になると恐ろしく体に悪い。

四月一三日　日曜日

反テロ作戦は秘密裡かつ一種あいまいな始まり方をした。スラヴャンスク市に入る二本の道路で銃撃があった。分離主義者たちは、ウクライナ保安庁の将校一名を殺害し、五人にケガを負わせた。負傷者のひとりはウクライナ保安庁特殊部隊「アルファ」の副隊長だ。これはどういうことなのか？ウクライナの「アルファ」に対峙しているのはロシアの「アルファ」なのか?!　ロシアはまたしてもウクライナを脅迫している。地方の行政府、警察、ウクライナ保安庁の支部を占拠し、警察に発砲する武装分離主義者に、ウクライナは銃火器を使うな、とラブロフは要求する。もっともウクライナは、ロシアが数年にわたってチェチェンの分離主義者たちと戦っていた時には、平和な住民が巻き添えになったにもかかわらず、黙っていた。

クリミアの収容所と刑務所に収容されている者たちに、グッドニュース。彼らは今後は恩赦を請願できる。ロシア市民権を取る気になった囚人には恩赦を与えてはどうか、という話もすすめられている。ロシアのパスポートを取る気がない囚人は、引き続き刑期を務めるためにウクライナの大陸部に送られる模様。

四月一四日　月曜日

スラヴャンスクの住民は、今日は子供を学校や幼稚園に行かせないようにと警告されたが、昼すぎまでは何も起こらなかった。分離主義者たちは居座り続けているし、増援さえ行われている。トゥルチノフ大統領代行が何の決断もしないまま、いたずらに時が過ぎていく。銃撃の責任を取りたくないのだ。銃撃は始まったら最後、大きな音で長く続くだろうから。

トゥルチノフは今日、五月二五日の大統領選の投票日には、ウクライナの領土の保全についての国民投票も行う可能性あり、と表明した。かなり賢明な決定だ。だがこの決定はロシアの好むところではない。そうなったら、ウクライナの領土での戦争を終結させねばならないからだ。

夕飯は家族全員で。ガブリエラはいつもと違って、夕食後に友だちとカフェに行って長居することもなかった。理由は大まじめなものだった、私とインフレについて語り合いたい、と言う。ガブリエラはかなりの時間をかけて、なかなかもっともらしい論を展開した。が、結論は私の予測どおりだった。危機のせいで暮らしが高くつくようになった、よって毎週の小遣いを増やしてください。しかたない、値上げしよう。

四月一五日　火曜日

雨。ロシアが陥る狂気はどんどん深まっている。モスクワの児童劇場ではお伽噺『チポリーノ』〔イタリアの作家ジャンニ・ロダーリ作『チポリーノの冒険』。登場人物はすべて野菜か果物。主人公のチポリーノは玉ねぎ坊主〕の内容が急きょ変えられた。レモン王子に抗して野菜たちが革命を起こしたいきさつがすべてカットされた。新版では、不満を持つ野菜たちはレモン王子に改革を求める請願書を提示するのだ！「モスクワの歴史と文化遺産の日」の記念コンサートのプログラムからは、オペラ『ルスランとリュドミーラ』のリュドミーラのカヴァティーナがはずされた。理由は、歌詞に「ドニエプル」、「キエフ」といった言葉が出てくるから。

夜遅く、スームィ市〔ウクライナ北東部、スームィ州の州都〕でジェーニャ・ポロージイがひどく殴られて、腕を複雑骨折した。作家でジャーナリストのジェーニャは、地元紙「パノラマ」の発行人。スームィ市のマイダンのオーガナイザーの一人で、あの時は何事もなく無事に済んだ。なのにマイダンが勝利し、ウクライナの領土保全をめぐる闘いが始まった今、マイダン活動家やジャーナリストが正体不明の者たちに襲われる事件が各地で続発している。

長い付き合いのターニャから今日聞いた話。ターニャのお隣さんで、三九歳の独り身の女性が、マイダン当時、負傷した抗議活動参加者二名を自宅に匿った。一人はリヴォフのレストランのシェフで、片足に三ヶ所銃弾を受けていた。もう一人もリヴォフ出身で、元の顔が分からなくなるほどベルクトに殴られていた。鼻が折れて、片耳がちぎられ、顎が砕けていたのだ。二人の包帯を換えるために、アフトマイダンのメンバーが、ボランティアの医師たちをこの女性の家に送り迎えした。ある夜、アフトマイダンのメンバーは外科医を連れてきた。二部屋のアパートの一室が手術室に早変わりして、リヴォフのレストランのシェフの脚から弾丸が摘出された。女性が仕事から帰宅したある晩、シェフが言った、「断りもなく冷凍庫をのぞいてしまいました。丸ごと一羽の鶏が入っていたので、解凍して料理しました。せめてもの感謝の気持ちです」。とてもおいしかったそうだ。

四月一六日　水曜日

何日も続いていた雨も、どうやら止みそうだ。数日中には気温が上がるらしい。そうなってほしいものだ、明後日は復活祭直前の村に行くことにしているのだから。国の東部では、昨日のドネツク州内の空港をめぐる戦闘以降、何も起きていない。あるいは、少なくとも、何かが起きているとの報道はない。ウクライナ保安庁は分離主義者同士の、そして彼らとモスクワとの通話の新しい録音をネットにアップした。何度も会話に出てくるのが、ロシア下院のエフゲーニー・フョードロフ議員。フョードロフとは、先日次の発言をして注目を浴びた御仁。曰く、ソ連時代にカルト的人気を誇ったロック歌手のヴィクトル・ツォイ〔一九六二～一九九〇。ロックグループ「キノー（映画）」のリードボーカル〕はCIAの協力者だった、ツォイが作ったといわれている曲はすべて、CIAの一つの部がまるごとチームとなって、ハリウッドで雇ったプロを使って「ソ連を崩壊させることを意図として」書かせたものだ。ソ連が崩壊した原因となった歌は『僕らは変化を待っている』〔この歌の正確な題名は「変化を！」。一九八七年制作の劇映画『アッサ』のエンディングにライブ映像とともに使われた https://www.youtube.com/watch?v=4v1D6ylVLEQ〕だ！

〔ウクライナの〕国境警備隊はクリミアから大陸部に向かった四人の配達人の身柄を拘束した。男一人、女三人、いずれも若い。ドンバスに現金約二〇〇万フリヴニャ（約一五万ユーロ）を運ぶところだった。分離主義者たちの給料か支援金という話だ。

　ロシアのテレビが、ヘリコプターがミサイルに撃墜される様子を放映して、ドンバスの分離主義者たちはウクライナのヘリコプターと飛行機を何機も撃墜していますと解説した。だが後日、ロシアのテレビはこの映像をひと月前にすでに放映していたし、そもそもこれは、シリアのアレッポ近郊で反政府勢力がシリア国軍のヘリコプターを撃墜した映像であると判明。分離主義者の戦死者は四人から三〇人の間、とロシアのテレビ報道。いっぽうウクライナ側の発表は、死者はゼロ、逮捕者数十名。クラマトルスク近郊の飛行場をめぐる戦闘では、負傷者あるいは戦死者が映っている映像も写真もまったくないのだ。

　昨日、キエフの裁判所の前で、マイダンの抗議行動参加者に発砲した廉で逮捕された同僚を勇気づけに来たベルクトの元隊員たちと、右派セクターの間で小競り合いが起きた。右派セクターの戦闘員たちは、ベルクト隊員たちを取り囲み、ひざまずいてウクライナ国民に許しを乞え、と求めた。ベルクト隊員たちは許しは乞うたが、ひざまずくことは拒否した。すべては平和に終わった――右派セクターとベルクトは、国家の保全を守るために、一緒に国の東部に行くことで話がまとまった。紛争の、ほとんどハリウッド的なハッピーエンド。

四月一七日　木曜日

朝の四時にベッドに寝たままニュースを見た。マリウポリで、分離主義者たちが軍の駐屯地を奪取しようとした結果、死者二名、負傷者一六名。その後、特殊部隊が武装した分離主義者たちを追跡した結果、銃撃は市内の複数の個所で起きた。六〇名以上が逮捕された。ひょっとしてこれは、転換点なのか?

朝から雨だったが、正午過ぎには空が明るくなった。昼、ルガンスクの分離主義者たちはジャーナリスト一名を人質にとった。ウクライナは、一六歳から六〇歳までのロシアパスポートを持った、あるいはクリミアに住所登録をしている単身の男性への入国の道を閉ざした。ロシアは「しかるべく」応えると表明した。だが一日を、ウクライナ産ソーセージの禁輪の決定と、ウクライナ産チーズを再び禁輪にするとの発表で始めた。

車をポドール地区の「三菱」の整備工場に点検に出した。車を預けてから市場に向かって歩いた。ひいきにしているグルジア人の売り子から、焼きたてのラヴァシ〔小麦粉、塩、水だけで酵母を使わずに薄く焼き上げるパン〕とスルグニチーズを買うためだ。フリヴニャの手持ちはなく、持っていたのはユーロだけ。マーケットに行く途中の三つの銀行でユーロをフリヴニャに替えようとしたのだが、銀行は外貨のフリヴニャへの両替をしていなかった。両替がうまくできなくなって三日目。フリヴニャは上がっている。ユーロが下がっている。中央銀行は為替投機の廉で銀行一四行を処罰した。銀行の両替コーナーでは、フリヴニャがないか、コンピューターが作動していない。というわけで、ポドール地区のマーケットでは何も買えずじまい。フロロフスカヤ通りを散策して、アンドレイ坂を上って、ブルガコフ博物館の前を通ってウラジーミルスカヤ通りに出た。ボリシャヤ・ジトーミルスカヤ通りとの角のカフェ「コーフェ・ハウス」に入って書き物をした。

夕刻。アントンとテオを連れて「ロシア・ドラマ劇場」に行った。シェフチェンコの生涯を描いた新作『どこにいても一人』を見た。芝居には二人のシェフチェンコが登場する——一人は若き日の、ロシア語をしゃべるシェフチェンコ、もう一人は、口の両脇に垂れ下がる白い口ひげをたくわえた、ウクライナ語をしゃべる、いかにもという感じのシェフチェンコ。芝居は、ある役者はウクライナ語、ある役者はロシア語でしゃべる、という二つの言語を使ったものだった。発想は面白いが、前半はやや退屈だった。二人のシェフチェンコが、皇帝の軍隊での兵士の辛い境遇を延々と語り合うのだ。後半になると舞台は生き生きしてきた。「ウクライナのシェフチェンコ」が、ゴーゴリ作の『査察官』がとてもよかった、と言うと、舞台にはチーチコフ〔ゴーゴリの長編『死せる魂』の主人公〕が登場して、芝居全体が明るく楽しい調子になった。それでも、幕が下りたあとの息子たちの感想はぱっとしないものだった。劇場からの帰り道、レナート・アフメトフがオーナーのビジネス・センター「レオナルド」のカーサロンに三台のロールスロイスがお目見えしたのに気付いた。戦争を前にして、この手の高級車を輸入する業者はいないだろう。ということは、戦争は起きない、それを誰かが知っているということか？　そしてこれを追認するかのように、ジュネーブでの会談を受けての、今日の「非エスカレーション」表明。ラブロフも署名した。もっともプーチンは今日、四時間にわたってロシア国民の質問に答えたのだが〔恒例の「国民との直接対話」。テレビで生中継される〕、プーチンの答えには「非エスカレーション」をほのめかすものさえなかった。むしろプーチンは、自分はロシア上院から、ウクライナにロシア軍を投入する権限を委託されていると改めて口にしたのだ！　いずれにせよ、今の私はなぜだか以前よりも心が落ち着いている。今晩は我が国の東部では誰も殺されずに済むと信じたい。ドネツク、クラマトルスクそして他の町でも、今日は、「一つにまとまったウクライナ」を支持する集会が行われた。クラマトルスクでは分離主義者たちが、「一つのウクライナ」を支持する人々の集会を襲ったが、警察が事態を収拾した。けが人はでなかった。

「平和な親ロシア活動家」、すなわち、部隊名や階級章などが一切ない軍服を着て、ウクライナ軍は装備していないが、ロシア軍は装備しているＡＫ－１００型カラシニコフ銃を携えている者たちに対して、ウクライナ軍は武力行使をするな、とプーチンがまたもや要求した。

ウクライナ保安庁は、騒擾参加の廉で身柄を拘束したロシア国籍の一一七名のうち一〇名はロシアの特務機関職員であると発表した。ラブロフとプーチンは、ウクライナ領内にはロシアの将校は一人もいない、と請け合っている。クリミアにもいないのですかね?!

四月一九日　土曜日　ラーザレフカ

テオと二人でジャガイモの植え付けを終えた。リーザはパスカ〔復活祭用のパン〕の生地を作り、二つの大きなパスカと三つの小さなパスカ、合計五つのパスカを焼き上げた。空はシートのような雲の膜に覆われているが、空の色は明るく、日が差すのではとの期待を持たせる。隣の家には復活祭を村で祝おうと、一五人ほどの客が来ている。

四月二〇日　日曜日　ラーザレフカ

静寂。村全体が眠っている。でも午前三時には家の前の道路を何十人もの村人が、灯したロウソクとパスカと彩色した卵を入れたバスケットを手に静かに教会に向かっていた。教会では昨日の晩から復活祭のミサが行われていた。でも復活祭のミサに夜通し参列するのは、一番タフな、特別に信心の篤い人たちだけだ。それ以外の人は、夜明け前に教会の前に並び、足元にバスケットを置いて、明け方に神父が教会から出てくるのを待つ。神父は教区の信徒たちと彼らが持ち寄ったすべてのものを浄めてくれる。去年、私たちが教会に行った折には、村人たちのバスケットには、復活祭の彩色した卵やパスカに隠れるようにして、自家製のソーセージやウォッカや自家製蒸留酒の瓶が入っているのが見えた。

〔復活祭当日の今日は〕昼食のあとは、村では皆が互いの家を訪問しあう。我が家はお隣に招待された。飲んで（グラス数杯ずつ）、食べて、小一時間過ごした。それからマイストルク家に行って、今度はいろいろな話をしながら、食べて飲んで（ギリシャのメタクサ社のブランデー）二時間を過ごした。私は元電話交換手のヴィーチャに、「夕方来なよ」と呼ばれていたのだが、疲れ果てて行かれる状態ではなかった。ヴィーチャも同様だったとみえて、「どうしてまだ来ない」という催促の電話はかかってこなかった。私が行かなかったのでホッとしたのでは。彼とは次の週末に会うことにしよう。

四月二一日　月曜日

土曜から日曜にかけての復活祭の夜、ドネツク州のスラヴャンスク市の入り口で「復活祭の奇跡」が起きた。「丸腰の平和な市民たち」、すなわち、スラヴャンスク市へと続く道路に設けられたチェックポイントを守備していた分離主義者たちは、四台のオフロードカーで乗り付けたならず者戦闘員集団の襲撃を阻止し、四台のうち二台の車を銃弾で蜂の巣にした上で、黒焦げにした。だが奇跡が奇跡たるゆえんは、丸腰の市民が襲ってきた相手を銃弾で蜂の巣にしたことではなくて、黒焦げになった車から、火の粉さえ被らなかった新券の一〇〇ドル札の束と、右派セクターのリーダー、ドミトロ・ヤロシの、これまた火の粉さえ被らなかった真新しい名刺の束がみつかったことだ。たちまち旧約聖書の逸話「燃え尽きることのない低木」（「出エジプト記」第三章二節〜四節）を想起させた。そうなのだ、ウクライナとロシアの紛争においては、すべてが燃え尽きるわけではないのだ！　だがスラヴャンスク市の奇跡はこれで尽きたわけではない。ウクライナのメディアとは口を利こうとしなかった分離主義者たちは、ロシアのテレビチームには、味方の死者三名、敵は「最低七名の死者」と語った。ただし、と丸腰の市民たちは続けた、多勢の「民族主義者・バンデラ信奉者たち」は一味の死傷者を、無事だった二台の車に乗せて運び去った。戦闘が起きたと伝えられた現場の検証の結果、血痕はまったく発見されず、唯一の確認された死者は、隣村の男性一名。その人は自家用車でチェックポイントを通過した際に、それもおそらく、推定される戦闘以前に、チェックポイント守備者たちによって殺されたと推測される。少なくとも、その男性が住んでいた村の人々は、彼は、のちにロシアのテレビで放映されたニュースが画面映えするように殺されたと信じている。殺されたチェックポイント守備者については、一切報道されなかった。そこで脳裏に浮かぶのは、この挑発行為のせいで死者が出ていたとしても、それは地元の人間ではなく、ロシア国籍の人間だったのだろう、ということ。地元の人間であれば身元は簡単に割れるし、親族が遺体を引き取って葬儀の準備を進めているだろうから。

葬儀は世間から隠すものでも、隠せるものでもない。

たしかに、宗教的な大きな祝祭の折には奇跡が起きることがある。ロシアもウクライナに奇跡をひとつ約束していた。ロシアの政治家数名およびクリミアの僭称首相アクショーノフが異口同音に言っていた、復活祭の夜、ドンバスの地に、逃亡した元ウクライナ大統領ヴィクトル・ヤヌコヴィッチが現れる、と。これを聞いたウクライナは緊張した。ジャーナリストたちは、ヤヌコヴィッチがどこでどうやってウクライナの大地に第一歩をしるすのか、と空想をたくましくした。大方の想像では——ロシアの軍部が宵闇にまぎれてアゾフ海のウクライナ側の岸にヤヌコヴィッチを密かに上陸させて、ドンバスのヤヌコヴィッチ支持者たちに手渡す、連中はヤヌコヴィッチをスラヴャンスク市の隣にあるスラヴャノゴルスク修道院に連れて行く、ヤヌコヴィッチはイコンを手に、同調者たちをキエフ攻略へと導く。だがこの奇跡は起きなかった。月曜日〔つまり、今日〕、前述のクリミアのリーダーであり、プーチンからロシアの高位官僚の位階を叙されたアクショーノフはツイッターにこう書いた、ヤヌコヴィッチは怖気づいた、だが、ヤヌコヴィッチは五月一一日にドンバスに必ず現れる。

ヴィクトル・ヤヌコヴィッチのウクライナの地への次回の上陸の、具体的な日付を盛り込んだうえでの約束は、ウクライナの近未来についてのロシアのプランをかなり明確に示している。五月九日にはロシアでもウクライナでも、ナチス・ドイツに対する戦勝記念日が今年も祝われる。通常この日は、ロシアと、共産党員たちを含めた親ロシア勢力によって、挑発行為のために利用されている。共産党員たちは赤旗とソ連のいくつものシンボルを手にデモ行進に繰り出し、ウクライナの民族主義者たちの、そして単に共産主義とソ連の過去に反対し反感を持つ人々の注目を集める。ドンバスの多くの人々の心と頭の中には、ソ連的な過去が良きものとして根を下ろしたままなのだ。今の状況を考えると、「戦勝記念日」を名目にした示威行動、デモ行進には多くの人が参加するだろう。それを地元のあるいはロシアの演出家たちが、大人数による騒擾に、行政府の建物の新たな占拠、軍の駐屯地や警察署、保安機関への攻撃に変えることは簡単だ。そうなれば、決定的な瞬間に「ドンバスの救世主」ヴィクトル・ヤヌコヴィッチのご登場となるわけだ。

ヤヌコヴィッチ自身がウクライナに戻ることをまったく望んでいないのは明らかだ。ということは、ヤヌコヴィッチ帰還作戦はロシアの特務機関が計画していることなのだ。特務機関は、ウクライナの大統領選挙前に「ヤヌコヴィッチ・カード」を使おうと急いでいる。ウクライナの大統領選挙が終わってしまえば、生きたヤヌコヴィッチはロシアにとっては何の役にも立たなくなる。

分離主義者たちに完全にコントロールされているスラヴャンスク市内では、ロマたちが所有していた家屋が襲撃された。分離主義者たちは、襲撃は完全に合法的だった、なぜなら襲撃時には、麻薬売買の疑いがあるロマたちの捜査が行われていたから、と言ってのけた。ウクライナのジャーナリスト二名が人質になり、スラヴャンスクの元市長ネリャ・シテパが護衛付きで拘束されている（拘束されている場所は明らかにされていない）ことも、分離主義者たちは完全に合法とみなしている。シテパ元市長は、最初は分離主義者たちを支持したが、のちに、分離主義者たちは実際はロシアの特務機関の将校たちの指揮下にあると発言して、分離主義者たちに異議を唱えた。

スラヴャンスク市のテレビ塔も分離主義者たちに占拠されている。ウクライナのすべてのテレビ局は放映が止められ、かわりにロシアのすべてのテレビ局が放映されるようになった。おまけに新しいテレビ局「スラブ・テレビ」が放送をはじめ、第一報として、キエフの権力はユダヤ人たちに握られていると伝えた。隣のルガンスク市では、ウクライナ保安庁の建物を占拠した分離主義者たちは、いまや、ルガンスク州が加入するはずだった「ドネツク人民共和国」ではなく、「ルガンスク共和国」を話題にするようになった。ロシアが軍事援助をよこす、との期待がしぼんできたのだろう。

四月二二日　火曜日

朝、息子たちを車で学校に送った。途中、テオが尋ねた、「パパ、スターリンとレーニン、どっちが良かったの？」。私の答え「レーニンさ。スターリンよりずっと先に死んだからね！」。息子たちはうなずいた、この答えに満足したようだ。

クリミア半島占領に参加した匿名の「ロシア軍の英雄たち」に授与される「クリミア返還」記念メダル、その裏表両側がようやくロシアで公になった。プーチンは文字どおりこう言った、「彼らの苗字を皆さんが知ることはない。だが彼らは褒章を受け取る！」。一番面白い点は、メダルにはクリミア併合作戦の期間が刻印されていることだ。「二〇一四年二月二〇日－二〇一四年三月一八日」。つまりクリミア奪取作戦をロシアが始めたのは、ヤヌコヴィッチはまだキエフにいた時、逃亡を図っていなかった時、そしてマイダンの抗議行動参加者の大量銃殺もまだ起きていなかった時なのだ。秘められたことはかくして露見するのだ。

ドネック市の近くを流れる北ドネッ川で、拷問の痕のある死体が二つ発見された。うち一体は、ゴルロフキ市の地区議会議員の遺体だった。彼は市役所に掲げられたウクライナ国旗が分離主義者たちに降ろされるのを阻止しようとした。昨日は、分離主義者に占領されているスラヴャンスクの上空を低い高度で飛んでいたウクライナの貨物輸送飛行機が、市内から自動小銃で銃撃された。当局は相変わらず、反テロ作戦が継続されていると言い続けているが、分離主義者とロシアの軍人に対する行動は何もとられていない。

今日は出版者のミコラ・クラフチェンコと一緒に、彼の車でチェルカスィ市に日帰りで行ってきた。キエフの南東二三〇キロにある、ドニエプル川沿いの気持ちのいい都市だ。〔ちょうどルートの真ん中の〕ペレヤスラフ＝フメリニツキー市の手前で、市街地を迂回する道路を警察が封鎖したのに出くわした。あとで知ったのだが、私たちが通過する三〇分前にガソリンスタンドが爆発したのだった。ガソリンスタンドに併設されたカフェ付きの商店も壊された。ラジオではすぐに、テロの疑いありと流れたが、夕方にはその見方は否定された。原因はガス漏れだった。死者六名。負傷者七名は病院に収容された。ドニエプル川に架かる橋を渡ると、武装した警官と軍人によるチェックポイントだった。彼らに手を振って先を行った。緊張は続いている。チェルカスィからドネックまではおよそ一〇〇〇キロあるが、それでも人々は分離主義者たちの襲撃に備えているのだ。

チェルカスィ市では昼間は工科大学の学生たちとの懇談会があり、それから州立図書館での講演、夕方は美術館で講演をした。キエフに戻ったのはほとんど真夜中だった。道中、ずっとカーラジオを聞いていた。ペレヤスラフ＝フメリニツキーの市街地迂回道路はまだ封鎖されていたので、回り道をする羽目になった。

四月二四日　木曜日　晴れ

今朝は、ウクライナで出版された書籍をロシアに輸出している知人からの電話で始まった。「おめでとう！」と彼は言った。ほらまた誕生日祝いの電話だ、と決め込んだ私は〔作者の誕生日は四月二三日〕、辛抱強く祝福の言葉を聞き続ける心の準備をした。だが彼の「おめでとう」は反語で、私の長編小説『大統領の最後の恋』〔二〇〇四年の作品、邦訳は二〇〇六年新潮社刊〕のロシアへの搬入が禁止になったという。もっとも彼が言うには、急進主義およびその他の、ロシア連邦に損害を与える恐れのある現象が含まれていないかの鑑定のために、ロシア連邦出版マスコミュニケーション庁に、小説を一部送らねばならない由。ロシアの法律では、鑑定は本が届いてから二ヶ月以内に行われなければならない。二ヶ月後には私も鑑定結果を一部いただける、そう期待してますよ！

昨晩は客人たちは早い時間に、二三時くらいに帰った。良い誕生祝いだった。私は最後にはピアノを弾いて二曲ほど歌った。すると声が嗄れてしまい、そのあとは黙っていた。誕生日の記念に残ったのはプレゼントされたウィスキー五本、コニャック一本、絵が一枚と、ダーチャ用のハンモックが一個。息子たちは今朝ハンモックを包みから出してものすごく喜んでいた。ラーザレフカでハンモックをかける場所が見つかったら、二人のうちのどちらが先に寝転がるかを、もう決めているようだ。

国内は相対的に落ち着いている。つまり、ロシア軍はロシア外相ラブロフの威嚇にもかかわらず、ウクライナとの国境を越えてはいない。分離主義者たちは警察のヘリコプターを銃撃し、武装した分離主義者たちはアルチョモフスクの軍の基地を攻撃したが、軍人たちはそれを撃退できた。マリウポリでは市役所を占拠していた分離主義者たちを、木のバットを持ったグループが襲い、市役所から追い出した。キエフのマイダンのテントの教会ではイコンが「没薬の涙」を流した。キエフの臨時市長はマイダンには新年の樅ノ木はもう設置しないと述べた。新年の樅ノ木の市の中心での設置場所はこれから探していく、マイダンは抗議行動が行われていた期間に亡くなった人々を記念する場所とする由。

今日はドネツクでウクライナ文学祭が始まり、キエフには、ミハイル・ホドルコフスキーが主催した会議に出席するために、ロシアから作家、批評家そしてそれ以外の知識人が何十人もやってきた。

クリミアでは、半島にギャンブル・ゾーンを開設するというプーチンの大統領令が議論の的になっている。クリミアを巨大なカジノにするというアイデアは、クリミア・タタールおよび、モスクワはクリミアを「シリコンバレー」にしてくれると期待していたセヴァストーポリ市民には非常に不評だ。

ウクライナ軍は、分離主義者たちに占拠されているスラヴャンスクに近いスラヴャノゴルスク市を押さえた。今人々は五月九日を不安とともに待っている。もしウクライナが今年の戦勝記念日を生き抜くことができれば、大統領選挙を実施して、安定に戻るチャンスが増す。より良くなることに期待しよう。戦争の予感、ロシアによる威嚇、未来への恐れ——皆が疲れている。ウクライナの歴史のこのページをできるだけ早くめくって「ハッピーエンド」にたどり着きたい！

夕方、テオとアントンが通っている第九二番学校の保護者会に出席した。世界文学の先生がテオのことを注意した、三月の初めに暗記してなくてはいけなかったハインリッヒ・ハイネの詩をまだ憶えていない。でも全体としてはテオは正直で責任感があると褒められた。担任のタチヤーナ・オレゴヴナが、学年末試験の時間割を発表した。テオの最初の試験は六月二日の数学、最後の試験は六月一六日の地理。六月一八日は卒業式で終業式、九年生修了の証書が授与される。そのあとで私たち、つまり親たちが、生徒たちの祝いの席を用意しなければいけない。保護者会は、夏休み中の学校の修繕費として一二〇フリヴニャ（約八ユーロ）と「その他」の支出のために三五〇フリヴニャ（約二二ユーロ）を生徒一人あたり集めた。アントンのクラスの保護者会では、アントンはなまけぐせがある、宿題を忘れることがある、ノートをよく忘れるとしかられた。アントンのクラスの保護者会は生徒一人あたり五〇〇フリヴニャ（約三三ユーロ）を集めた。私は払ったが、用途を聞くのを忘れた。

夕方はリーザと二人で、六月の試験でどうやったらテオに加勢してやれるかと話し合った。私は後になって初めて気付いたのだが、学校の学年末試験は、五月二五日に予定されている大統領選挙の一週間後に始まるのだ。試験が行われることを私たちは疑っていない。だが大統領選挙は行われるのだろうか？　行われる、そう信じたい。だが確たる自信はない。

訳者あとがき

二〇一三年の秋、ウクライナの首都キエフに住みロシア語で執筆している作家アンドレイ・クルコフは、オーストリアの出版社の依頼で、「ヨーロッパの人々にウクライナを理解してもらうため」のエッセイ集を執筆中だった。ところが一一月二一日にウクライナ政府がEUとの連合協定の調印の延期を発表したことで、クルコフと家族の日常も、本の内容も大きく変わってしまった。

「ヨーロッパへの道を閉ざした」政府に憤慨した市民はSNSで連絡を取り合うと、その日の晩に、キエフの中心にある独立広場《マイダン》に集まった。多く見積もっても三〇〇〇人だったといわれるが、二〇〇人ほどは広場で徹夜した。翌日には、熱い紅茶とサンドイッチを無料で彼らに提供するスポットが現れ、一〇〇〇人単位の人たちが独立広場で夜を明かした。それから二日後の日曜日、キエフのメインストリート、クレシチャチクには、政府に抗議する何万人もの市民が繰り出した。抗議行動参加者の一部が内閣ビルの襲撃を企てて、警察との最初の衝突が起きた。警察は催涙ガスとノイズ手榴弾を使い、群集からは警察機動隊に卵や石が投げられた。この三ヶ月後の二〇一四年二月一八日から二〇日にかけての三日間は、キエフの中心部で一〇〇人近い死者を出す流血の事態になり、二月二二日にヤヌコヴィッチ大統領が国外逃亡したことは、衝撃的な映像とともに日本でも広く報道された。続く二〇一四年三月には、クリミア半島が「住民投票の結果」、ウクライナからの独立を宣言し、その翌日にはロシアとクリミアによる「クリミア共和国のロシア連邦への編入条約」が締結された。これと並行して、ウクライナ東部のルガンスク州とドネツク州を中心に、キエフの新政権に反対する勢力による政府・治安当局の建物占拠などが続発。四月一五日にはトゥルチノフ大統領代行が、武装勢力による政府の建物占拠には反テロ武力作戦で対処すると宣言。以降のウクライナ東部は、戦争と呼ぶべき状況が続き、何千人もの死者が出ている。二〇一五年二月一二日、ウクライナと独仏露の首脳が停戦に合意し、二月一五日に停戦が発効した。だが武力紛争の鎮静化を目的とする合意の履行は進まず、局地的な戦闘はやんでいない。ウクライナ政府が支出する戦費は膨らみ続け、経済の苦境は深まっている。

本書は、キエフの中心部に妻とティーンエージャーの娘と息子たちと暮らし、ウクライナはヨーロッパの一員になるべきだと考える作家の、「ウクライナ危機」の最初の半年間の日記である。まずはフランス語版とドイツ語版が二〇一四年五月の終わりに出版された。二ヶ月後には英語版が刊行され、イタリア語版、エストニア語版と続いた。ポーランド語とリトアニア語への翻訳も進められている。ロシア語版は二〇一五年二月にウクライナの「フォリオ」社から出版された。ロシア語版に限って、二〇一四年五月から一一月にかけてノルウェーの「ダグ・オグ・ティグ」紙に随時掲載された、ウクライナの状況をめぐるクルコフの記事も収録されている。ウクライナ語版の刊行も二〇一五年秋以降に予定されている。

ウクライナの面積は約六〇万平方キロ（クリミアを除くと五八万平方キロ弱）、人口は四五〇〇万人強（クリミアを除くと四三〇〇万人弱）。国土は欧州最大の面積を誇るフランス（六三万平方キロ）に肩を並べ、人口は欧州で第五位のスペイン（四六〇〇万人）に続く。かようにウクライナは面積と人口ではヨーロッパ有数の大国なのだが、国民一人当たりの名目GDPは三九二九ドル（二〇一三年、IMFによる）で、EU諸国の中で最下位のブルガリア（七三二八ドル）とさえもほぼ倍の開きがある。また、旧ソ連諸国の中では、ロシア（一四五九一ドル）、カザフスタン（一三五〇八ドル）に遥かに及ばず、アゼルバイジャン、トルクメニスタン（上記四ヶ国は石油や天然ガスの輸出国）、ベラルーシの三国ともほぼ倍の開きがある。

首都キエフは人口が三〇〇万人に迫る、ウクライナ最大の都市である。ヨーロッパ第四位の長さと流域面積を持つドニエプル川中流の右岸に、八世紀から十世紀、一説には六世紀から七世紀にかけて都市としての体裁を取るに到った。一二世紀の初めまでは大公国の都として大いに栄えたが、その後は勢いが衰え、一二四〇年にモンゴル・タタールに略奪されて破壊された。そして、一九一七年の十月革命に至るまで、おおよそ七世紀にわたって、リトアニア大公国、ポーランド・リトアニア国家、ロシア国家およびロシア帝国の、一行政単位の中心都市としての地位に甘んじていた。

キエフ付近のドニエプル川は北から南に流れ、川幅は中州なども含めて数キロになるところもある。悠然とした流れである。低い左岸には二〇世紀の初めまでは村や修道院の付属地が点在し、キエフ市に組み込まれたのは十月革命以後だった。右岸には、ウクライナ・バロックと呼ばれる一七世紀から一八世紀にかけての建築様式の、金色のドームの修道院や教会を初めとする歴史的建築物がいくつもあり、街路樹が多く起伏に富んだ街並みに良く映えている。

レニングラード州で生まれたクルコフは、本書の一月九日付けの記述にあるように、民族的にはロシア人。幼い時に両親とともにキエフに越してきて、今はウクライナ国民だ。十月革命が起きた一九一七年末の時点では、キエフ市民の半分以上がロシア人、二割がユダヤ人、ウクライナ人は一割強に過ぎなかった。その後、農村部からウクライナ人が流入してきて、ウクライナ人の割合が増えていった。一〇年以上前の数字になるが、二〇〇一年の調査では、キエフ市民の八割以上が民族的なウクライナ人を自認し、ロシア人を自認する人は一割強だった。もっとも、同じ調査で、母語がウクライナ語と答えた人はキエフ市民の七割どまりで、二五パーセントは母語はロシア語と答えている。(ユダヤ人は今世紀初めまでにおおかた出国してしまい、現在のキエフ市民に占める割合は一パーセントほど)。

クルコフの父方の祖父母はロシア南部のロストフ＝ナ＝ドヌーと北コーカサスの出身で、クルコフの父親もロストフ州で生まれた。祖母アレクサンドラは戦前は小児科医として勤務、独ソ戦が始まると軍事外科医の養成コースに送られたのち、野戦病院の院長となり、自らも執刀した。祖父も動員され、将校として前線で戦った。戦後、祖父母は離婚し、祖父はロストフ＝ナ＝ドヌーに戻って学校長になった。祖母はウクライナに移り、キエフ郊外の保養地プシチャ＝ヴォジッツァの小児結核サナトリウムの医務長になった。

母方の祖父母はレニングラード州の出身。独ソ戦に動員された祖父が、一九四三年にハリコフ解放の戦いで命を落とし、共同墓地に葬られたことはクルコフが本書に書いている。ハリコフは今でもウクライナ有数の工業都市だが、独ソ戦開戦当時はモスクワとレニングラードに次ぐソ連第三の都市だった。

クルコフの両親は一九五〇年代の初めにレニングラード（現在のサンクト・ペテルブルグ）で知り合って結婚した。父は軍のパイロットで、母は医師。クルコフは一九六一年にレニングラード州の母方の実家で生まれた。七歳年上の兄ミハイル（愛称ミーシャ）がいる。ところが一九六二年のカリブ危機が収束すると、フルシチョフはソ連の軍縮を宣言、軍の人員削減が始まった。レニングラード州内の基地に配属されていたクルコフの父もその対象となり、一家は祖母アレクサンドラを頼ってキエフに引っ越した。父はアントーノフ型飛行機製造工場にテストパイロットとして就職。キエフでの最初の数年間は、祖母が勤務していたサナトリウム内の、祖母にあてがわれていた戸建ての家で三世代で暮らした。その後一家は、父の職場から住宅を割り当てられ、飛行機工場と飛行場に隣接するアパートに引越した。アンドレイとミハイルの世話をしてくれたのは、母方の祖母タイーシヤ。レニングラード郊外で年金生活に入っていたのだが、夏場以外はキエフに出てきてくれた。クルコフの母語がロシア語であることは容易に理解できる。もっとも、彼はウクライナ語もとてもよくできる。

一九八三年にキエフ外国語教育大学（現在の名称はキエフ国立言語大学）を卒業。一九八五年から一九八七年までは、オデッサの刑務所の警備にあたる内務省軍兵として兵役を務めた。キエフ総合技術大学が発行する新聞のプロダクションエディター、国営出版社「ドニプロ」の編集者（外国語の長編小説のウクライナ語訳の編集担当）などの仕事をしながら、小説や映画シナリオを執筆。キエフの演劇大学の映画科でシナリオ執筆を教えたこともある。一九九六年に発表された長編『部外者の死』

（邦題『ペンギンの憂鬱』沼野恭子訳、新潮クレスト・ブックス二〇〇四年刊。ロシア語タイトルは一九九七年に『氷上のピクニック』に変えられた）が国内では一五万部を売る大ヒットとなった。これは現代ウクライナ作家の作品としては、いまだにやぶられていない記録だという。憂鬱症のペンギンと暮らす売れない小説家が、まだ生きている人たちの死亡記事の執筆を引き受けたことで、不可解な事件に巻き込まれていく——。ソ連崩壊から間もない荒廃した世相を背景にしながらも、軽妙な味わいの作品は、英独仏をはじめとする二〇の言語に翻訳され、クルコフの名前が国外で知られ、以降の作品も諸外国で出版されるきっかけを作った。クルコフはヨーロッパ各地のブックフェアに積極的に参加し、講演なども行っている。二〇一〇年からはウクライナのペンクラブ副会長を務めている。そして、本書にも書かれているように、二〇一四年四月にフランスのレジオンドヌール勲章を授与された。邦訳されているもうひとつの作品は二〇〇四年に発表された『大統領の最後の恋』（前田和泉訳、新潮クレスト・ブックス二〇〇六年刊）。作品発表時には「一〇年先の未来」だった二〇一三年から二〇一六年のウクライナを舞台に、クルコフと同じ一九六一年生まれの大統領の孤独と冒険を通して、ソ連時代末期という近過去から近未来までのウクライナの四〇年間を俯瞰する長編だ。

本書の地名、人名の表記についてひとこと触れておきたい。ウクライナ語とロシア語は同じ東スラブ語グループに属するが、地名や人名は呼び方が異なる場合が多い。例えば、「キエフ」（ロシア語の発音では「キーエフ」）はウクライナ語では「クィエウ」に近い発音になるし、ドニエプル川はウクライナ語では「ドニプロ」となる。だが原著はロシア語で書かれているので、地名や人名も基本的にロシア語での呼び方で書かれている。翻訳にあたっては、原文のままにロシア語での呼び方を使った。ただし、現大統領のペトロ・ポロシェンコ、右派セクターのリーダー、ドミトロ・ヤロシの名前はウクライナ語の呼び方で書いた。

「ウクライナ危機」はすでに足かけ三年続いている。

クルコフ家は二〇一五年のカウントダウンをキエフの自宅で祝った。両親と兄のミーシャ夫婦と一緒にシャンパンを開けてご馳走を食べた。年が明けて二〇一五年の元日、両親と兄夫婦をそれぞれの家に送り届けてから、クルコフと妻のエリザベス、娘のガブリエラ、息子のテオとアントンの五人で正月の家族旅行にでかけた。ここまではすべて例年どおり。ただし、行き先は恒例になっていたクリミアではなくて、ウクライナ西部のカルパチア山脈地域のブコヴェリ。近年、整備が進んでいるウクライナ最大のスキーリゾートだ。正月休みは毎年クリミアで過ごしていたのだが、今年はそういうわけにはいかず、というクルコフ家と同じ事情の家族連れで、大賑わいだった。クルコフはティーンエージャーの子どもたちに負けまいとスノボーに挑戦。ほぼマスターしたものの、滞在六日目の最後の滑走時に大転倒し、その後ひと月近く「肋骨が痛かった」そうだ。

一家の近況は日本語版序文にあるとおり。執筆に集中できない、と本書で何度かこぼしている『リトアニア長編』は、「書く努力はしているのだが、現実に気をそらされてなかなか進まない」状況が続いたが、この夏にはじっくり取り組めそう、とのこと。キエフの自宅書斎ではなく、ラーザレフカ村で窓の外に田園を望みながら。

ウクライナ東部に平和が、そしてウクライナ全土に安定が、一日でも早く訪れることを祈っています。

この本の翻訳を勧めてくださった、株式会社ホーム社文芸図書編集部の今村優太さんに、心よりお礼申し上げます。

二〇二二年三月一五日　訳者

【付記】　本初版刊行から七年を経過した時点での重版に当たって、訳注のうち、変化のあった事項については二〇二二年三月半ば現在の情報に修正したことをお断りいたします。

装幀　水戸部功
地図　内藤画房

[著者]

アンドレイ・クルコフ(Андрей Курков)

ウクライナはキエフ在住のロシア語作家。1961年ロシアのレニングラード(現サンクト・ペテルブルグ)に生まれ、3歳のときに家族でキエフに移る。キエフ外国語教育大学卒業。オデッサでの兵役、新聞や出版社の編集者を務めるかたわら、小説やシナリオを執筆。1996年に発表した『ペンギンの憂鬱』が国際的なベストセラーとなり、クルコフの名を一躍有名にした(邦訳は沼野恭子訳、新潮クレストブックス、2004年)。著作は25ヶ国語に翻訳されている。日本では『大統領の最後の恋』(前田和泉訳、新潮クレストブックス、2006年)も紹介されている。現在ウクライナペンクラブ会長を務める。2014年フランスのレジオンドヌール勲章を受章。

[訳者]

吉岡ゆき(よしおか ゆき)

1959年埼玉県生まれ。東京外国語大学ロシア語学科卒業。日ソ貿易専門の商社勤務ののち、1985年よりフリーランスのロシア語通訳として放送や会議などで活躍。訳書にガリーナ・ドゥトゥキナ『ミステリー・モスクワ ガーリャの日記1992』(新潮社)、リュドミラ・ペトルシェフスカヤ『時は夜』(群像社)、ワレーリヤ・ナールビコワ『ざわめきのささやき』(群像社)、アレクサンドラ・マリーニナ『死刑執行人』(作品社)、イリーナ・ジェーネシキナ『恋をしたら、ぜんぶ欲しい!』(草思社)など多数。著書に『気持ちが伝わる! ロシア語リアルフレーズBOOK』(セルゲイ・チローノフ氏との共著、研究社)がある。

ウクライナ日記《にっき》
国民的作家《こくみんてきさっか》が綴《つづ》った祖国激動《そこくげきどう》の155日《にち》

2015年7月29日　第1刷発行
2022年4月24日　第2刷発行

著　者　アンドレイ・クルコフ
訳　者　吉岡《よしおか》ゆき

発行人　遅塚久美子
発行所　株式会社ホーム社
〒101-0051
東京都千代田区神田神保町3-29共同ビル
電話［編集部］03-5211-2966

発売元　株式会社集英社
〒101-8050
東京都千代田区一ツ橋2-5-10
電話［読者係］03-3230-6080
［販売部］03-3230-6393（書店専用）

印刷所　図書印刷株式会社
製本所　ナショナル製本協同組合

ISBN978-4-8342-5305-4　C0036